U0869295

流淌的时光

LIU TANG DE / SHI GUANG

宋新明——著

天津出版传媒集团
百花文艺出版社

图书在版编目（CIP）数据

流淌的时光 / 宋新明著. -- 天津 : 百花文艺出版社, 2023.4
ISBN 978-7-5306-8404-7

Ⅰ. ①流… Ⅱ. ①宋… Ⅲ. ①散文集－中国－当代
Ⅳ. ①I267

中国版本图书馆 CIP 数据核字 (2022) 第 208228 号

流淌的时光
LIUTANG DE SHIGUANG
宋新明 著

出 版 人： 薛印胜 **责任编辑：** 赵 芳
装帧设计： 谢蔓玉 **特邀编辑：** 孟祥静
出版发行： 百花文艺出版社
地址： 天津市和平区西康路 35 号 **邮编：** 300051
电话传真： +86-22-23332651（发行部）
+86-22-23332656（总编室）
+86-22-23332478（邮购部）
网址： http://www.baihuawenyi.com
印刷： 三河市元兴印务有限公司
开本： 660 毫米 ×960 毫米 1/16
字数： 233 千字
印张： 16.25
版次： 2023 年 4 月第 1 版
印次： 2023 年 4 月第 1 次印刷
定价： 59.80 元

如有印装质量问题，请与三河市元兴印务有限公司联系调换
地址：河北省廊坊市三河市黄土庄镇尚庄子村
电话：0316-3180002
邮编：065200
版权所有 侵权必究

人生是那么长，

长到放眼眺望，

还看不到前路渺茫；

人生又是那么短，

短到还不及回首凝望，

似锦年华便已成过往。

房世明

2022.6.26.

目录

第一辑 自然芬芳

003 桃园看花
005 人间四月
007 乡村五月
009 走进六月
011 南瓜飘香
014 听那秋雨
016 腾飞的“龙城”
019 荒山秃岭播绿人
027 拥抱科技
030 深情相依的夫妻树
034 大山的馈赠
038 节气之美

第二辑 真情感悟

059 母亲的暮歌
063 父亲喝茶
067 家训
071 初中生活散记
078 破茧
085 爱好文学是一种病
092 流淌的时光
095 孤独
097 年味
101 五月槐花香
——诸城作协临朐嵩山采风侧记
105 书香伴我到永远
——我的读书感悟
108 给一缕阳光就灿烂

第三辑 岁月流金

117 粮缸岁月
123 石具春秋
130 消失的乡村手艺人
137 故乡的原风景
143 小推车
149 小耙轻摇的时光
153 桑树情深
156 大姜情怀
161 淇河流向远方
168 亮丽的风景
171 故乡的灯
174 交通工具的变迁
176 夏日捕蝉
180 酸甜往事
186 百家饭
191 梦想从这里启航
196 皇华“三宝”

第四辑 诗性行走

203 走进草原
207 青州五日
224 印象桂林
229 多彩云南
234 神奇九寨沟
240 浪漫海南
245 初识武汉

第一辑 自然芬芳

她无须绿叶的衬托，
独自绽放出一树一树的美丽，
随心所欲，
洋溢着热情，
散发着活力。

桃园看花

四月明朗的天空下，一座座黄土聚成的土岭经东风斜雨的点染，春潮涌动。岭上梯田纵横，一棵棵精心修剪的桃树依势生长，高低长短错落有致，仿佛一阕一阕的宋词。那枝条透青，向四处斜举，那粉红色的桃花正开得烂漫。她无须绿叶的衬托，独自绽放出一树一树的美丽，随心所欲，洋溢着热情，散发着活力。

“桃花春色暖先开，明媚谁人不看来。”一个星期天的上午，我呼朋引伴，到郝戈庄村的桃园里看桃花。

那日阳光明媚，和风习习，鸟儿翩翩，游人如织。看吧，一个个游人红颊如醉，一双双清亮的明眸，迷离中含了妩媚。随着微风的轻拂，绽放枝头的花朵微微舞动，有那么几片禁不住春风的“爱抚”，缓缓飘离枝头，有的潜入大地，有的飞向空中，有的亲吻游人。人、山、桃花，构成了一幅美丽的春景图画。

昔日空寂无人的荒山野岭，经郝戈庄人的开垦、装扮，俨然一位俏丽的农家少女，美丽而不妖冶，灿烂而不刺眼。就连那些令人产生奇思妙想的石头，也脱去了冬天凝重的颜色，具有了灵性。蔚蓝的天空中，有几朵淡淡的白云在轻轻地飘动，好像在向美艳的桃花致意。在温暖的阳光照射下，我感觉身上暖意融融。我脱下外套，任由春风拂面，任由花香浸润。漫步在芬芳的桃园小路上，陶醉于大自然的美丽中，不禁心旷神怡。

一位六十多岁身板硬朗的老人走过来。我们相谈甚欢。

“现在桃花开得这样好，桃子一定很好吃吧？”

“那可不，这个是黄桃新品种，个大味甜，很受人们欢迎！希望收获的时候，你们来尝尝，保证让你们高兴而来，满意而归。”

老人的一席话，让我感到非常欣慰。这些年，农民的观念有了较大转变，观光农业、采摘园等新兴业态不断涌现，农民收入也有了较快增长。辛勤的劳动，终将会换来丰硕的果实。

你看，一根根颤动的枝条，一树树芳香的花朵，不仅孕育着美丽和希望，也充盈着智慧和聪明。桃花虽美，但更美的是山里人不再落后的意识，是生活的日益幸福和美满。

山下，是一处处寻常的农家小院，一排排的白墙红瓦，一道道的炊烟袅袅，不时从村内传出几声狗吠和鸡叫。在村前的空地上，几个小孩子放飞着五颜六色的风筝，好一派田园风味；再看河边那随风飘舞的柳条，婀娜多姿，诗句“碧玉妆成一树高，万条垂下绿丝绦”一下跳入我的脑海；柳条拂动的小河，清澈明亮，泛起圈圈涟漪；四周摇曳的白的、红的、紫的各色鲜花，正是“姹紫嫣红都开遍”。最美的还是那云蒸霞蔚的桃园。

人间四月竞芳菲，最是桃园好景致。桃园看花，我看见了一树一树的丰硕果实。

人间四月

过了烟花三月，春光一泻千里，四月迫不及待地打开季节的扉页，谱写春天华美的篇章。

和煦的春风展着盈盈的笑靥，迈着轻盈的脚步，掀起了四月华丽的盛装。花事恣意，色彩斑斓，空气中弥漫着淡淡的芳香。一树树粉红色的桃花，晕染了天空；一簇簇白色的杏花，正在枝头喧闹；灿烂的樱花，欲语含羞，红的像霞，白的如雪；金色的蒲公英，如撒在斑驳绿毯上的星星；雪色的梨花，晶莹剔透，宛若少女娇嫩的脸颊，轻轻一弹，便要弹出水来；洁净的白玉兰，像展翅欲飞的白鸽，在枝头晃动、飞落；辛夷吐蕾，对这场花事，她从来不会缺席。最惹人眼的，是一片片的连翘，给人一种“满城尽带黄金甲”的感觉。小蜜蜂在各色花间不知疲倦地忙碌着。正是树树姹紫嫣红，处处芳香宜人，“一树芳菲一树诗”。

繁美丰盛的四月，迈着娉娉婷婷的步伐，行走在天地间。风的使者早抚过大地，雨的精灵也悄悄洒落。“一场春雨一场暖”，那雨细细地，轻轻地，丝丝入怀，润物无声，唯恐不小心摧残了盛放的花朵。五彩缤纷的花朵，是树木的梦想和希望，是献给大自然的礼物。绿油油的小草、小花，迫不及待地从泥土里钻出来，摇摆着细嫩的腰身，热情地和人们打招呼。柳树在春风的吹拂和细雨的滋润下，早已裁出细叶，长出了淡黄色的花，远远看去，像披上了一袭淡绿的薄纱。柔柔的柳条，抚着静静的春水，充满了柔情蜜意。

不负春意的杨树、槐树、银杏等树木都长出了鲜嫩的叶片。梧桐、青桐等许多树木都披上了一层油亮亮的浅绿或深绿，有的含羞似的悄悄鼓出一个个芽苞。山川一改冬日的苍茫静寂，躁动起来。那些松树、柏树挥动着万千小手，在拥抱暖阳、拥抱清风、拥抱春姑娘。小河欢快地嬉笑着，时而荡起微微的涟漪。各种鸟儿卖弄着清脆动听的歌喉，在枝头、屋顶上跳跃，欢歌生命的春天。它们往往会在清晨组织一场大合唱，将最美的歌声献给四月，献给大自然。

四月已经没有了三月的倒春寒，温暖的阳光毫不吝啬地洒向大地。在春的温暖里，在清风的亲吻下，勤劳的农民脱去厚重的棉衣，扛起农具，走向了广阔的田野，他们犁开暄软的土地，播下希望的种子。散学归来早的孩子，趁着四月的东风，在田野里欢快奔跑着，放五颜六色的风筝，将长长的丝线连同春天一起放飞。

四月，是春的盛年，既有百花齐放的盛宴，也有“人间四月芳菲尽”的缺憾。但四月不会落寞，花开花落、次第开放，本就是季节华丽的篇章。即便繁花落尽，却又见蓓蕾初放。即便落英缤纷，粒粒结晶又会在枝头摇晃。四月，不仅张扬着芳香，更孕育着希望。

春风杨柳燕影斜，十里桃花相映红。万物复苏，百花盛开的四月，充满了诗情画意，正如民国才女林徽因所写：

你是一树一树的花开，
是燕在梁间呢喃，
——你是爱，是暖，是希望，
你是人间的四月天！

乡村五月

桃树、杏树已经孕育出青涩的果实，那如指头肚大小的毛桃、青杏，在浓密的绿叶中，时隐时现，探头探脑。樱桃如一簇簇小玛瑙，有黄色的，也有深红色的，在灿烂的阳光照射下，一颗颗晶莹剔透，摘一颗放进嘴里，一股酸酸甜甜的滋味沁入心田。

樱花的落英早已悄悄消融于泥土，只有那些稀疏的叶子，寂寞地在枝头上晃动。小孩子们喜爱的榆钱，也自我放逐，归于尘土，那嫩绿的榆叶趁机蓬蓬勃勃地生长。梧桐花还挂着白中带粉、粉中透紫的喇叭，一团团、一簇簇，将自己的心思不断地向大自然悄悄广播；有时她还和蜜蜂来一个亲吻，和小鸟进行一次交谈。但这花也已进入了迟暮，随时便会有一朵或几朵轻轻地坠落。

虞美人同样耀眼，四片花瓣质薄如翼纱，光洁似绸，娇嫩红艳。花冠轻盈，艳若锦霞，随风舞动，俨然彩蝶展翅。早开的花，有的已经绣上一圈粉白的裙边儿；未开的花骨朵，像一个个结实的“狗尾巴”，沉甸甸的、毛茸茸的，将柔嫩的花茎压弯了腰。

我徜徉在那片静谧的树林中，嗅着那沁人心脾的花香，有一种醉了的感觉。我轻移脚步，生怕一不小心会蹂躏了那落在地上的花瓣。“落红不是无情物，化作春泥更护花”，这落花也是有奉献精神的，我怎么舍得再让她受到伤害呢？

忽然，一股诱人的香气扑面而来。闻着这特有的香味，我知道前面定是槐树林了。你看，好大一片，足足有十几亩。瞧，那一串串洁白如玉的槐花缀满枝丫，有的恣意地展萼吐蕊，有的羞怯地半开半吐，还有的芳心犹抱，如情窦初开。每一串都如令人馋涎欲滴的葡萄，轻轻摘一串，放进嘴里细细嚼着，淡雅的清香立即沁入心底。

槐花入口，我想起了小时候，经常和小伙伴们挎着提篮，带着钩子，到处钩槐花吃。我们将钩到的槐花交给母亲，母亲便将槐花掺入地瓜面或玉米面内，蒸窝窝头吃；有时还用槐花制作槐花糕，味道甜美，十分可口。那个年代，这是我们全家人的美食。

我在槐树林中漫步。那嗡嗡作响的蜜蜂，在槐花间忙碌着，它们正用辛勤的劳动，采集、酝酿着香甜的蜜。

各种各样的鸟儿，在林中叽叽喳喳，仿佛在这芳香的树林中，开一场音乐会。唱的最响的是喜鹊，“喳喳喳”的叫声，是这场音乐会中不可缺少的音符。

从槐树林中向山下望去，远道而来的放蜂人，将一只只蜂箱整齐地摆放着，旁边搭着用于食宿的帐篷。他们像候鸟一样，每到这个时候会准时来这儿放蜂。这些养蜂人和蜜蜂一样勤劳，每年将最甘甜的槐花蜜奉献给人们。

徐步登上山顶，放眼望去，一幅各色相间的水粉画呈现在眼前。白的是地膜，下面是农民种植的花生和大姜，它在阳光的照射下，反射着万道光芒；绿的是一望无际的麦田和绿化苗木；黄的是没有庄稼和树木覆盖的土地。山坡上、田畔恣意开放着黄的、红的、紫的各色野花，让这幅水粉画增添了艳丽的色彩。

麦田在微风的吹拂下，漾起层层麦浪。由于今年春季雨水调和，小麦长得特别好，籽粒饱满。再过几天，就会看到农人们丰收的喜悦。

远处的田地里，农民正在辛勤地劳作。有的忙于种植，有的在灌溉，还有的在喷洒灭草剂。他们用辛勤的汗水浇灌着作物，用勤劳的双手创造着美好的生活，用艺术家的手笔描绘着大地这幅水粉画。

清新秀丽的乡村五月，令人陶醉，也让人产生无尽的遐想！

走进六月

六月，乍热未酷，温热的夏风如母亲的手，她轻柔地抚摸着大地，绿了满坡的禾苗，黄了一地的麦子。掐一支黄色的麦穗，搓出金黄的麦粒，一阵香甜的味道弥漫开来；采一枚圆圆的黄杏，放在口中，轻轻嚼一嚼，唇齿生香，一股夏的味道充盈肺腑。

生活就是这样，只有品尝到她的滋味，才能成为真正读懂她的人，才能领略到幸福的真谛。

走进六月，走进南风又起的清丽夏日，扑面而来的便是三夏抢收麦子的季节。俗话说："蚕老一食，麦熟一晌。"一阵燥热的西南风，一天火辣辣的太阳，麦子便熟了。农民最辛劳的日子也开始了。晨光熹微的时候，他们开启了收获之旅。轧场、收割、运输、脱粒、扬场"五部曲"已成为过去时。在广阔的田野里，轰隆隆的机器声响彻云霄，一台台高大漂亮的联合收割机吞云吐雾，来回奔驰。迎风摇摆的金黄的麦田瞬间成为一片白地。哗哗哗，金黄的麦粒从收割机的嘴里吐出来，农民们忙着运输、晾晒。丰收的喜悦荡漾在他们的脸上，弥漫于整个田野。

勤快的农家妇女忙里偷闲，用新麦子面蒸出香喷喷的大饽饽，烙出金灿灿的小火烧和酥软油亮的葱花油饼，来庆祝丰收，享受劳动果实。

走进六月，走进又一个充满希冀的夏季。丰收的喜悦还在空气中洋溢，辛勤的农民已趁早开始夏播。"春争日，夏争时。"夏播的庄稼差一个时辰，秋天的收获就千差万别。农民们从不大意。你看吧，男女老少齐上阵，手扶车、拖拉机、播种机，车水马龙，好不热闹。玉米、大豆、谷子，各色作物纷纷落地生根，不过三四天的工夫，它们便探头探脑，从湿热的土地中钻了出来，过不了多久，便把六月染成绿色，扮靓整个夏季。

走进六月，走进那些美丽的花朵。春天的花开得绚烂，夏天的花开得热烈。你看那些月季，无论大红的、紫红的、深红的、浅红的，还是黄色的、白色的，都蓬蓬勃勃地开着，你拥我挤，争奇斗妍。那淡雅的幽香，轻轻地、慢慢地散发，隔着很远都能闻到。每一缕飘香都那么清新怡人，都那么令人陶醉。那些金银花也不甘寂寞，在山坡上、树底下、道路旁，一蓬蓬，一簇簇，自由散漫地生长，曼妙婀娜地开放。黄白相间的清丽高贵，红白相间的俊俏奔放。它们两两相对，将一股诱人的清香送入你的肺腑，一时让你忘却了夏的炎热。

六月，姑娘们穿上了各种各样的裙子，亭亭玉立，朝气蓬勃。而夏天则是身着一袭绿色长裙的姑娘，正款款地走来。白天的阳光或明媚或热烈，湛蓝的天空无一点儿杂质。有时几朵白云悠闲地在天空中散步，不急不躁。夜晚，凉风习习，清爽惬意，人们舒舒服服地进入梦乡，做一个香甜的梦。清晨，在绿树上跳跃、唱歌的小鸟，用甜美的声音将人们从睡梦中叫醒。

六月雨的情愫是多元的，既有轻缓、自如，又有短暂、倏然，更有狂暴和猛烈。缠绵不断的细雨，“随风潜入夜，润物细无声”。一场雨过后，草木焕然一新，客舍青青，江山秀丽；人会有一种天高地远，神清气爽，力量倍增的感觉。有时浓淡相间的黑云从天上飘过，啪啦啪啦掉一阵雨点，人们惊慌起来，太阳却偷偷从云缝中露出了笑脸。瞬间，乌云翻滚，电闪雷鸣，大雨倾盆而下，豆大的雨点噼噼啪啪地打在房顶上，打在地面上，打在绿色庄稼上，打在各种车辆上。人们急急地跑回家，透过玻璃窗，看着如注的雨帘，听着哗哗的雨声，仿佛在欣赏一首雄浑激越的交响曲。

六月，可以伴着闪闪的星辰去散步，可以倾听夏虫的轻吟浅唱，可以欣赏小燕子上下翻飞的优美姿态，还可以品一段地老天荒的爱恋……

六月是一阕充满激情的宋词，满怀希冀，魅力无限。

南瓜飘香

谷雨前后种瓜种豆。

一个天气晴朗、阳光明媚的下午，母亲在家里的南墙根下，种下了几粒南瓜籽。不几天，三株南瓜的小脑袋便破土而出；等长成二叶或三叶绿莹莹的绿苗后，母亲轻手轻脚地将另外两株相对弱小的南瓜苗除掉，保留了一株长势好些的。随后的日子，柔弱的南瓜苗越长越大，不知不觉中，几片小手掌似的叶子长成了宽大的叶片。

南瓜一旦放开叶子生长，便无须娇宠，无须喷药，无须精心侍候奉养。母亲只在离它十多厘米处追了一小捧复合肥，那绿色的藤蔓便蓬蓬勃勃、势不可当地生长。藤蔓的顶端长着毛茸茸的两只小叶片，在丝爪的支撑下，昂着头，如一条青蛇匍匐在地上，蜿蜒向前。它逢沟爬沟，遇墙上墙，那低矮的柴草垛更不在话下。一条毛茸茸的绿色藤蔓，很快占领了半个天井。那架势，仿佛给它多大的范围，它便能长出多大范围的蔓儿。

藤蔓间，零星散落着一朵朵南瓜花，绿色的萼片，浅黄色的花瓣，状如喇叭，粉嫩嘟嘟的。几只小蜜蜂嗡嗡地在黄艳艳的花丛中流连忘返，彩色的蝴蝶、白色的飞蛾款款地飞，三两只蜻蜓在上面转几个圈，偶尔在粉嫩的花朵上歇一下脚，便倏然而去了。

不知不觉，夏天到了。南瓜无须浇水，藤蔓撑着如蒲扇般宽大的叶子，挤挤挨挨，搭出一片绿荫，土地始终是潮湿的。藤蔓上有一两只半截香肠似的小瓜，顶上的花还没有凋谢，就烂了。母亲便将藤蔓不可一世的顶头打去了，遏制它漫无目的的疯长，让它安分些，老老实实地生几个娃。

天气越来越热，南瓜主藤上生出不少的分支。在绿色的枝丫间，终于结出了小小的、嫩绿的小南瓜。它顶着淡黄的花朵，憨态可掬，令人爱怜！

南瓜越长越大，花朵越敛越小，渐渐地，花朵终于敛成南瓜上的蒂，如婴儿身上的肚脐眼。可爱的小南瓜啊，终于慢慢长大了！随着一个南瓜的成功出生，不久第二个、第三个南瓜相继降临。这占了大半个天井和半面墙壁的藤蔓，共结了六个南瓜。

立秋过后，南瓜像吹了气的气球，眼瞅着一天比一天大，最大的一个长到五六十斤。颜色也由绿色逐渐变成暗褐色，特别是朝阳的一面，颜色更深些，给人一种饱经风霜的感觉。每次回到老家，我都要到南瓜跟前欣赏一番。九十多岁的老母亲在一旁高兴地说，我活这么大年纪，头一回见这样大的南瓜，太让人喜欢了；先把那个大的摘下来，用砂锅蒸蒸吃。

听了母亲的话，我想起了小时候吃瓜的那些事。

那个年代，生活困难，主要是地瓜和地瓜干当家，很多家庭口粮不够吃，就靠在自留地里种瓜来充饥。除了种南瓜（我们那时叫倭瓜），还有方瓜、绞瓜（西葫芦）。母亲有时将瓜切成一块块的，放到锅里蒸着吃；有时将绿豆、红豆、豌豆等各种杂粮和瓜放在一起，做粥喝。特别是南瓜粥，还没有掀开锅盖，一股香甜的味道便飘满了屋子，令人馋涎欲滴。软糯的南瓜粥流入口中，一丝香甜沁入肺腑，非常可口。母亲还将南瓜与地瓜面、玉米面及白面掺在一起，做成南瓜饼、南瓜窝头、南瓜馒头等各色花样，给贫困的生活增添了一些幸福的色彩。但天天吃南瓜，确实也有些吃腻了，渐渐对南瓜产生了一些厌恶的感觉。

近些年来，随着生活水平的不断提高，人们越来越重视养生，南瓜成了蔬菜中的上品。无论在酒桌上，还是在家中，人们把南瓜切成块，浇上蜜或其他作料，蒸着吃或用砂锅炖着吃，美味可口，是大多数人喜欢的美食，更是女士的最爱。

据有关资料显示：南瓜营养丰富，含有人体需要的各种维生素和果胶。果胶有很好的吸附性，能黏结和消除体内细菌毒素和其他有害物质，能起到解毒作用，对肝肾具有一定的保护作用。南瓜还可以促进胆汁分泌，加强胃肠蠕动，帮助食物消化。南瓜含有丰富的锌，儿童如果经常吃南瓜可以促进生长发育。女性朋友常吃可以让皮肤更好，起到美容养颜的功效。南瓜种子里的脂类物质对泌尿系统疾病及前列腺增生具有良好的治疗和预防作用。男性朋友常吃南瓜也是保健的不错选择。南瓜还含有丰富的维生素E和β－胡萝卜素，这些物质具有抗衰老的作用，而且能有效地保护肌体免受一些氧自由基和过氧化物的损害。因此，常吃南瓜对身体健康大有裨益。

南瓜易储存，可以长时间存放在空闲的屋子里。南瓜亦可观赏。现在好多人都将大大的南瓜，摆放在显眼处，每天用眼睛抚摸几遍，不仅令人赏心悦目，醇厚的大自然的味道，还有让人心旷神怡的作用。

时光悠长，南瓜飘香。

听那秋雨

立秋一过，酷暑渐渐消退，凉爽随之而来，不知不觉间，秋意渐浓，身心渐爽。每年的秋雨都是淅淅沥沥的，不急不躁，挥挥洒洒，带来些许凉意，带来些许秋思。独坐窗前，望着那细细的雨丝，听着那沙沙的雨声，正是“一声梧叶一声秋，一点芭蕉一点愁”。那淡淡的愁思，那浓浓的秋意，会产生一种诗意的美。

然而，今年的秋雨却与往年不同，一改那温柔缠绵的少妇形态，像夏天的大婆娘一般喋喋不休。中雨、大雨、暴雨，雨的级别不减，雨的灾害骤增。全球气温变暖像一个魔咒罩在人类的头上，不断缩紧，让人类头痛不已。随着副热带高气压带的不断北抬，旱季变雨季，江北赛江南。雨，隔几天下一场，淋湿了大地，淋湿了岁月，更淋湿了人们的心情。

听那秋雨，哗哗哗，三五天不停歇。连绵不断的秋雨，苦了种地的农民，愁了我们的衣食父母。墨绿色的花生秧枯萎了，果实零落一地；金灿灿的玉米耷拉下高傲的头颅，机械无法收获，只能肩扛人抬；暄软的土地变成沼泽，无法及时耕翻、播种。在科技如此发达的今天，人们仍无法改变大自然，只能靠天吃饭。因此，我们绝不能随意亵渎大自然，对大自然要时刻怀有敬畏之心，遵循自然规律，按自然规律办事。

面对浸淫的秋雨，种地的农民满面愁容，一筹莫展，声声哀叹，毫无办法，正是“秋雨秋风愁煞人”。他们不会有文人墨客的闲情逸致，也没有阴柔盎然的诗情画意，他们过的是实实在在的烟火日子。“这雨什么时候是个头啊！”农民大伯望着灰沉沉的天空，凝视着长长的雨帘，长叹一口气，满怀愁绪，呼之欲出。

听那秋雨，哗哗下个不停，下肥了村前的河流，下黄了满坡的庄稼，下落了飘零的日子。雨像潮潮润润的钢琴声，敲打在焦灼的心头上，打湿了愁苦的岁月。

毕竟是秋天了，雨的淫威不会太久。深秋，肆意妄为的秋雨也终于渐渐收敛了，回归了缠缠绵绵的本来面貌。听，它又是那样轻柔。潇潇秋雨，这时像一把古老的吉他，弹奏着舒缓的乐曲，滋润着收获的季节，滋养着人们对春华秋实的美好憧憬。

秋雨中，一枚枚微黄的叶子，在雨的抚摸下，宛如一个个调皮的孩子，在秋风中蹦蹦跳跳，逃离母亲的怀抱，去寻找自己的天地。秋雨中，一片片火红色的枫叶缀满枝头，一树树黄灿灿的柿子颔首静立，一棵棵红艳艳的苹果在大地上铺展。飞霞满天，大地流金，又是一个激动人心的时刻。

腾飞的“龙城”

二十年前，因工作需要，我从常山脚下的小山村搬到皇华镇驻地居住。从此告别了“晴天一身土，雨天一身泥”的困境，告别了漆黑的夜晚，告别了灰头土脸站在路边和房前屋后的各种树木。那时我常想：什么时候农村也能像城镇一样，不再走土路，有一个干净整洁的环境该多好！

如今，年轻时的奢望终于变成了现实。家乡的道路于前年实现了户户通，村中大道是宽阔的柏油路，路边是四季常青的绿化带。沿大道两侧延伸的每一条胡同，路面都用水泥硬化了，小轿车可以直接开到家门口。道路两边安装了太阳能路灯，晚上不再是漆黑一片。家家户户都喝上了自来水，用上了天然气。村内沿路摆放着垃圾桶，实现了垃圾集中清运，村内的人居环境一点儿都不比城里差。

这些年，诸城的发展日新月异，就像一条腾飞的巨龙。

实际上，诸城本身就是闻名全国的“龙城”。

诸城是山东半岛东南部的一颗明珠。这个拥有一百一十万人口的县级城市，已有四千多年的历史。诸城龙文化特色鲜明，是全国甚至是世界上罕见的恐龙化石宝库，境内埋藏有非常丰富的恐龙骨骼和恐龙蛋化石，种属繁多，门类复杂，其中有小巧的窃蛋龙、凶猛的暴龙、高大的鸭嘴龙、笨重的蜥脚类恐龙，以及大型尖角龙、身披铠甲的甲龙等。位于诸城市恐龙博物馆内的“巨型诸城龙”，是世界上已发现的个体最高大的鸭嘴龙化石骨架。

近几年，诸城充分利用这独一无二的恐龙品牌，大力发展特色旅游。依托诸城西南部库沟的恐龙涧，建设了山东诸城恐龙国家地质公园，依托诸城著名诗人臧克家的故乡——臧家庄的恐龙化石遗址，建起了诸城中国暴龙馆，还在北靠潍河的城区西北方修建了一座占地四百多亩的恐龙文化主题公园。每一个场馆中都陈列着各种各样的恐龙化石，让人目不暇接，叹为观止。

作为一个土生土长的诸城人，我经常徜徉于每个恐龙场馆中，抚摸着粗壮的恐龙股骨化石，仰望着一副副高大的恐龙骨架，凝视着一组组恐龙蛋化石，我眼前仿佛浮现出七千万年前，恐龙在这片土地上的生活状态。

其实，在库沟龙骨涧挖掘前，我们本地人对这种化石并不陌生。那时，村民耕地、挖井经常发现像骨头一样的石头。许多村民在地里干活儿受伤后，就从这种骨石头上刮下一些粉末，涂抹在伤口处，不仅可以止血，还能治愈伤口。当时人们都觉得挺神奇，有的农户就在家中放一块备用。他们并不知道这种东西珍贵，更认不得什么恐龙化石。后来，古生物学家们进行了挖掘，并用出土的恐龙化石，组装了一副高大的鸭嘴龙骨架。人们才知道这些像骨头一样的石头，原来是恐龙化石。

在诸城每个旅游景点的货摊上，都能看到各种各样小巧玲珑的恐龙纪念品。来诸城旅游的人，都喜欢买一些这样的纪念品带回去。特别是孩子们，尤其喜爱。有一次，我正在暴龙馆门前休息，听到一个孩子高兴地对他爸爸说："爸爸，我已经集齐了所有的恐龙纪念品。"我在一旁听了，心里不禁感叹：恐龙对孩子们吸引力真是大啊！

诸城人不仅发现了恐龙化石、恐龙蛋，还在我工作的皇华镇镇区南五千米处的黄龙沟，发现了面积大、数量多的恐龙足迹群。一面斜斜的石坡上，不规则地排列一个个或大或小的恐龙足印，非常清晰。可以想象当时恐龙在这一带有过激烈的争斗。

每次我带着人去观赏，他们都会发出赞叹之声。

这些恐龙足印，让我联想到了勤劳的诸城人，就是这样一步一个脚印，在拼搏，在奋斗！

不过短短三十多年的时间，诸城城区面积扩大了好几倍。人们住上了高大漂亮的楼房，土路全部变成了四通八达的柏油路，道路上的小轿车川流不息。整个城市呈现出一派欣欣向荣的景象。

每到周末，我都会到诸城最大的河流——潍河边散步。我漫步在穿城而过的潍河岸边，眼前是美丽的潍河湿地公园，公园内鸟语花香，景色宜人。河的两边高楼耸立，像一片片树林，给这座城市增添了富足与壮丽。远处一座座巍峨的工厂给诸城插上了腾飞的翅膀。

诸城是龙的故乡。远古龙的腾飞，孕育了诸城这块宝地，让诸城光彩夺目。诸城还是炎黄子孙最早的开化地域之一，上古明君虞舜就出生在诸城。

自古以来，诸城名人辈出。从宋代的张择端、清代的刘墉与窦光鼐到现当代党的“一大”代表王尽美、文化名人臧克家与王愿坚等，无不星光璀璨。

我生在诸城，长在诸城，从上学到工作至今，诸城深厚的文化底蕴时时熏染着我。诸城的星光灿烂也让我自豪。

诸城经济飞速发展，人民生活幸福美满。

特别是自党的十一届三中全会以来，富有创新精神的诸城人民先后创造了商品经济大合唱、贸工农一体化、农业产业化、中小企业产权制度改革、为民服务联动等闻名全国的“诸城经验”“诸城模式”。经过一代代诸城人的奋斗，诸城已连续多年迈入全国县域经济百强县行列。

诸城像一条灵巧的龙，一直在升腾。

荒山秃岭播绿人

走进诸城市皇华镇，恍若置身于园林景点之间。群山迭翠，绿树弄潮。星罗棋布的大小水库，碧波荡漾，倒映着岸边的峨峰黛峦，犹如一面面熠熠发光的宝镜。山下条条小河潺潺流淌，清澈见底，两岸林木竞长，树间草长花茂。四通八达的柏油路，蜿蜒曲折，穿行于山川之中。两旁绿化带，翠树掩映，绿茵铺地，如一条条彩带飘向远方。绿树丛中，不时露出一片片村落和厂房；梯田层层，扬翠堆锦……皇华宛如镶嵌在鲁东南地区的一颗璀璨明珠。

在镇驻地南部的丘岭地带，一片绿色的海洋，随着山风的吹拂，碧波荡漾。站在华山顶上，放眼望去，两万多亩的"华山榛子园"，波澜壮阔，尉为壮观，令人十分震撼。

开垦荒山

"荒山秃岭不长草，风吹石头满地跑。"这是在皇华镇驻地南部山区的胡沟岭、上康岭、大山、小山一带村庄流传多年的顺口溜。胡沟岭、上康岭、小山、大山等荒山秃岭连绵近万亩，山上岩石裸露，草木稀疏，是个兔子不拉屎的地方。在荒山秃岭的周围散布着附近村民的一些承包地，由于土地贫瘠，又无水浇条件，全部靠天收种。旱天干死，雨天涝死。村民的收入微薄。年轻人都进城打工，村庄人烟稀少，剩下年龄大的及老弱病残的，很多人已不能耕种。土地荒芜，杂树野草丛生。

2014 年已在常山脚下试种榛子的企业家魏本欣，看到南部的荒山秃岭和山下荒芜的土地，就这样闲置着，心里非常惋惜。满怀大山情结和对土地深情眷恋的他，决心将这片荒山秃岭开垦和生态修复，让"荒山变金山，荒岭成银岭。”

在皇华镇党委政府和社区、村庄的支持下，他通过土地流转承包了近万亩荒岭。原先农民手里每亩200元都租不出的山岭薄地，魏本欣以每亩300元至600元的价格，从农民手中流转出来，而且有些土地一付就是十年。土地流转后，他先后投入1亿多元，雇用挖掘机、装载机等大型机械，将荒岭进行了翻耕、深挖和平整，配套建设了先进的微滴灌水肥一体化系统和完善的水、电、路设施，一片荒山秃岭旧貌换新颜，披上了新鲜的盛装。

建设荒山

土地整理完毕，魏本欣便着手组织人员和机械进行榛子种植。那些忙碌的日子，无论风吹日晒，雨淋霜打；无论春风呼号，烈日当空，他都会戴着一顶草帽每天准时出现在园区内，和园工一起种植，一起管理。刚栽榛子的那年春季，正逢三年持续干旱。他租用大小几十台车辆从镇里拉水上山抗旱保苗。两个多月连轴转，早出晚归，一天徒步5公里以上。他嘴上起了口疮，脚趾得了甲沟炎，最后累得走路都一瘸一拐的，别人都嬉称他为“铁拐魏”。苍天不负有心人，当年五月份，种植的三百亩榛子全部成活。满山遍野的榛子树吐芽展叶，随风摇曳，一棵棵小榛子苗，像一面面绿色的小旗子，飘扬成一片蓬勃的绿色。流过无数汗水，经过不懈的苦干，一处高标准榛子种植园区雏形已现：栽植榛树一百四十多万株，年育苗能力三百多万株；到2018年，榛子栽植面积达到一万两千亩，魏本欣以自己的名字注册了“华山老魏”这个商标。

“榛树绿满坡，结满致富果；人人心里乐，家家乐呵呵。”这是在榛子园附近的村庄中流传的一句顺口溜。一棵棵榛子树把千年荒山秃岭变成“绿色银行”，把历代农民变成了有固定收入的园工，改变了山区数以千计农民的命运，让他们实现了生活富裕。

有了初步的收获后，随着面积的不断扩大，整个榛子园面临着干旱问题。为此，魏本欣又在各级党委、政府领导的支持下，拿出大半生积蓄，多方融资近亿元，解决山岭地的水源问题。他用坚实的脚步，对荒山秃岭的每一寸土地进行了丈量。他每天徒步十余里，常常是“晴天一身土，雨天一身泥。”每一条沟沟坎坎都留下了他的足迹，每一方热土都滴下了他的汗水。经过近六年的艰苦奋斗，利用近百条千万年来形成的山沟，建造了大小水库塘坝十五座，整理大小山岭十几座。六年的风雨无阻，六年的千辛万苦，六年的汗水和泪水，年过花甲的魏本欣，用自己的行动感天动地。2019 年，魏本欣进一步扩大榛子种植规模，将原先的一万多亩扩大到两万一千亩。昔日的荒山秃岭变成了一层层梯田一层层绿的翠绿青山，变成了高标准榛子园区，变成了真正的绿水青山。园区辐射十一个村、一千一百多农户，三千多村民从土地流转中受益，入园打工农民年均工资三万多元。他用可歌可泣的勇气，践行了习近平总书记“绿水青山就是金山银山”的理论，将榛子产业培育成造福山区人们、推动绿色发展的特色产业。

种植榛子

魏本欣是原诸城市华欣铸造有限公司的董事长，他曾经将铸造业务做得风生水起。华欣铸造由创建之初的十三个人，年产值不过百万，上交税金不足 3 万元的小作坊，发展到员工七百多人，年主营收入 7 亿多元，累计上缴税金 2 亿元，位列全国铸造行业综合百强三十位的山东省铸造行业优秀企业。年过花甲后，他将接力棒交给了儿子。虽然曾经把企业搞得红红火火，但出身农民的他对农业农村和农民更是情有独钟。随着国家对环保工作越来越重视，特别是习总书记“绿水青山就是金山银山”这一理念的提出。激发了魏本欣绿化荒山，发展山区经济的激情。他瞅准了时机，动起了心思，他利用出国和国内考察学习的机会，与中国林科院专家一同到美国、土耳其、意大利等国家进行了考察，还到吉林、辽宁铁岭、本溪、辽阳和本地安丘市地进行学习。历时五年，经反复考察论证，他发现榛子产业是促进农民增收致富、改善民生和生态环境及区域协调发展、维护国家粮油安全的重要产业，已具备大力发展的基础条件。他认定这是山区脱贫的一条新路子，既可改造利用荒山秃岭，又能带动农民增收致富，实现双赢。

目标确定后，他多次去北京，请教中国林科院专家教授，并把他们请到诸城皇华进行实际考察。从他们多年杂交育苗、高产栽培的对比结果中进行了认真观察对比，从不同地域、气候、土壤试验成功的五十四个品种中，筛选出十余个适合诸城地区栽培的优良榛子种，种植到皇华南部山区。经过连续几年不断地进行开荒造田，荒山绿化，一片片榛子园绿衣招展，硕果飘香。为加快榛子种植步伐，扩大种植规模，他注册成立了山东华山农林科技有限公司。累计投资 2 亿多元，先后建设榛子苗圃六百多亩，年产榛子苗三百万株，改造绿化荒山秃岭八座，栽植榛子一百九十万株，面积达两万一千多亩。

打造品牌

在华山榛子种植园区，魏本欣栽植了“华榛”1 号、2 号，“达维”等优质榛子品种一百三十多万株。他还在华山、常山、青墩等三处基地，与国家林业草原局榛子工程研究中心，共同建设了六百余亩山东省首家高标准平欧大果榛子母本园选育推广中心，年繁育优品榛子苗三百万株。园区与选育推广中心，组成了集良种榛苗选育、榛子示范种植以及榛子果仓储物流、深加工于一体的平欧榛子产业化示范区，也是目前全国最大的平欧榛子产业化示范区。示范区已辐射全国十几个地市。小小榛子，声名鹊起，从荒山秃岭，走向了全国各地。一些种植大户多次慕名前来参观、交流、合作，拉动周边八十余家农村经济合作社、专业种植合作社、种植基地、家庭农场及农户种植。华山农林公司榛子生产基地被中国经济林协会评为榛子示范基地；被中国林业生态发展促进会命名为中国森林食品原材料认证基地；被原山东省林业厅命名为山东特色经济林科技示范基地、山东省特色经济林标准化示范园。作为集种植、育苗、采摘、文化旅游于一体的生态产业园，位于青山绿水间，叫响了林果业。魏本欣适时将华山榛子示范区更名为“魏榛小镇”，蕴含了他造福一方的良好愿望。

搞好扶贫

榛业种植发展起来后，为积极响应乡村振兴战略，改变南部山区村民的贫困状况，实现精准扶贫。在上级党委政府的支持下，示范区内使用上级扶贫资金 211 万元，分两期建设了共八百亩的榛子扶贫产业园，经过精心管理，榛子收益可观，建园以来，上缴收益 63.3 万元，惠及皇华镇八十多个村三百多户贫困户。园区流转的两万一千亩土地，涵盖了省定贫困村胡沟和下康岭，其中流转建档立卡贫困户九十四户土地三百三十亩，每年土地租金就有 19.4 万元。园区还优先安排贫困户家中人员入园务工，共有一百二十名贫困户人员在园区打工，月可实现收入 2400 元至 3600 元，让每家贫困户都有了一定的收入，实现了脱贫。

为进一步提高农民收入，魏本欣牵头成立了“诸城市共好榛子种植合作社”，向农民免费提供种植管理技术指导，在未入盛果期的前五年，为入股农户发放工资，提供技术指导。进入盛果期后，再按效益分红。采用“龙头企业 + 专业合作社 + 万亩示范基地 + 农户 + 特色榛园专属区域认购 + 精深加工 + 仓储物流 + 线上线下销售 + 农业林旅一体化”的绿色全产业链发展模式和现代化企业的管理制度经营，实现榛子种植、生产、粗加工、贸易、销售全产业链发展。三年来，共带动周边村庄三千多农户、六个专业合作社，种植平欧大榛子达到两万多亩，每亩年增收近万元，帮助一百多户省定贫困户脱贫，为振兴乡村经济、带动农民脱贫致富起到非常好的示范作用。

示范区已形成了平欧大榛子苗木繁育、种植、加工、仓储、销售全产业链条。两万一千余亩的榛子基地，年育苗能力三百万株，年产榛子一万五千多吨，加工成榛子蛋白饮料、榛子果、榛子粉、榛子油等系列产品，年产值达 2 亿元左右。真正做到了“绿水青山就是金山银山”。

为带动周围村庄的农民尽快富起来，从 2018 年开始，魏本欣开始推行“土地返包”试验，将加入合作社的社员，每五户分为一组，每组承包至少三十亩榛子园。合作社提供农资、技术、收购等服务，榛子收获结算后，合作社只扣除每亩三百斤榛子的承包费和服务费，其余收益全归承包农民。

魏本欣说：“把这两万多亩再返包给农民，合作社从田间管理等日常事务中解脱出来，专注于向深加工、休闲体验和旅游开发要效益。只有这样，才能真正带富更多乡村，才能与农民结成牢不可破的‘命运共同体’，从而为农业长远健康发展奠定基础。”

开发新品

金色秋天是一个收获的季节。每当这个季节，魏本欣便会登上华山岭顶，放眼望去，只见漫山遍野的榛子树郁郁葱葱，簇簇果实沉甸甸地压在枝头。望着这用汗水浇灌的丰收果实，他心中的喜悦溢于言表。更令他欣慰的是，周围农民那一张张迎着他的笑脸。

随着榛子种植面积的不断扩大，中国榛子产业进入了一个快速发展的阶段，栽培面积快速增加。据有关统计，全国平欧杂种榛子栽培面积已达到一百多万亩。榛子产量不断增加，销路问题日益突显。为促进行业发展，解决榛子种植户的销路问题，魏本欣成立了山东三羊榛缘生物科技有限公司，聘请了专家进行榛子产品开发。近年来，相继开发出传统工艺榛子、榛子仁、榛子巧克力、榛子甜品类、榛子酱、榛子油、榛子粉、榛子奶制品、榛子蛋白饮料等系列产品。这些产品通过多种渠道进行销售，取得了良好的收益。公司生产的“华山老魏”大榛仁、榛子油两款产品获得中国林产品交易会金奖，“华山老魏”大锅榛子产品获得银奖，公司产品被认定为国际风筝联合会指定专用精品。先后通过了 GB/T19001-2008 质量管理体系认证、中国森林食品原材料基地认证、首批国家森林标志生态产品认证、齐鲁放心果品品牌认证等。公司生产的多口味榛仁、榛子巧克力、榛子能量棒、榛子油、榛子酱等产品也深受消费者的喜爱，填补了国内榛子产品深加工的空白。与中国农业大学联合研发国内首款纯榛子植物蛋白饮料——魏榛·榛子乳，开创了中国植物蛋白饮料的新品类，产品上市引发社会关注，线上线下销售火爆。

硕果丰实

在大力种植榛子的同时，魏本欣还注重搞好榛子产业的发展，加大研发投入力度，开发榛子新产品。他成立了榛子研究所，研发了全球首款魏榛·榛子乳，填补我国在榛子工业化生产中的空白，这一产品荣获林业产业创新奖。他还主导制定了《榛坚果收购等级》《榛仁质量等级》《榛坚果贮藏规程》《榛子乳（露）》《裹衣榛子仁（烘烤类）》《压榨榛子油》六项团体标准，为行业发展做出突出贡献。2019 年 7 月 23 日第五届中国（诸城）榛子科技与产业发展研讨会暨山东榛业现场观摩会在诸城举行，会上他作了《榛业助推“乡村振兴华山榛业探索发展模式”专题报告》受到与会领导、专家的一致好评。

由于发展劲头足，贡献突出，公司被评为“第四届中国林业产业突出贡献奖”和国家林业重点龙头企业；魏榛榛子荣获 2019 年中国北京世界园艺博览会国际竞赛优质果品大赛铜奖；魏本欣本人先后荣获 2019 中国农村新闻人物、山东低碳功勋、山东省优秀企业家、山东省创新型企业家、山东省扶贫攻坚奉献类先进个人、第四届山东农行杯十佳三农人物、感动潍坊人物、富民兴潍劳动奖章获得者、潍坊市最美林业人、潍坊市优秀企业家、诸城市优秀共产党员等荣誉称号。

拥抱科技

“这煎饼真好吃，是哪里买的？”

三姐一边吃着金黄色的玉米煎饼，一边问我。“这煎饼多好！既细腻又香甜。抹得也薄，卷起来，比根指头粗不了多少。这人手艺真好！”三姐不住地夸赞。

“能不能给我买三十斤？”三姐又问。

我说：“那可不行，现在腊月初，快过年了，已经排号到腊月二十几了。十斤人家还是看面子才应允的。要是别人，人家还不会应承。”

去年冬天，三姐从浙江回家，我买了她爱吃的煎饼，吃馋了，想多买点儿带回浙江，分给朋友吃，却没能如愿。

抹煎饼的师傅姓焦，是诸城市皇华镇六谷村人。他购买了一台新型煎饼机，上面安装了六台煎饼鏊子，在电机的带动下，鏊子不停地匀速转动着，底下燃烧着无烟煤，使鏊子受热均匀，摊在上面的煎饼不易煳。焦师傅端坐在煎饼机前，挥舞着两只手，一会儿摊煎饼，一会儿将薄如蝉翼的煎饼从鏊子上揭下来，那架势就像一位美术大师，在挥毫泼墨，不一会儿，六幅精美的作品就完成了。他每天能抹一百多斤煎饼，还是供不应求。

近年来，很多农民购买了这样的煎饼机，每天收入四五百元，那不停转动六个鏊子的煎饼机，就像农民的提款机。这个小小的发明，既方便了农民，又提升了他们的生活质量，使不少农民走向了发家致富的道路，让头脑灵活又勤劳的农民，活得更潇洒、更幸福。

有一天，我再去焦师傅那里买煎饼，趁他休息的间隙，和他攀谈起来：“这鏊子机是哪里买的？同时转动六个鏊子，相当于比以前提高了六倍的效率。”

焦师傅边用大毛巾擦着汗，边高兴地说：“是啊，这东西真管用。以前一盘鏊子，太慢了，累死了，也挣不了几个钱。这是从惠林精密机械有限公司买的，听说是这个公司姓韩的老总发明的，还申请了发明专利。”

哦，说起惠林精密机械有限公司，我是知道的。这家企业位于诸城市皇华镇中小企业创业服务基地内，创建于 2009 年，主要从事凸轮空间曲线及非标自动化设备的研发设计，以及相应的凸轮分割器工位变换装置的设计制造，致力于为工业控制中各类复杂应用环境下的运动控制提供最佳解决方案。

公司总经理韩志云是个技术型人才，他带领的研发团队已申请了五十多项专利。在他的带动下，公司由刚创立时的几十人，发展到现在的二百九十多人，去年实现销售收入一亿一千万元，利税三百多万元。在科技的助推下，惠林精密机械有限公司不仅迈入了快速发展的通道，还带动整个诸城市的精密机械行业实现了突飞猛进，诸城市已成为全国重要的精密机械生产基地。

就是惠林公司生产的这样一台不起眼的煎饼机，解决了农民的大问题，使他们的工作效率成倍地增长，收入不断翻番。

惠林公司的发明创造，让我想起了一句名言：创新是一个民族进步的灵魂。

是的，没有创新，就不会有发展。从一个企业，到一个地区，再到一个国家，只有不断输入新鲜的血液，才能产生新的无穷的动力。

随着 5G 技术的发展，我们在享受生活便利的同时，越来越感到科技改变生活的力量，科技改变世界的力量。

我小的时候，经常梦想着在家可以看电影，出门就可坐车，现在这已经是很普及的事情了。不仅如此，移动互联网的飞速发展，随之诞生的移动支付、在线购物、网约车、外卖、快递等，深刻改变了我们的生活。尤其是年轻一代，生活更便捷，工作更高效。

随着应用到生活的方方面面中，5G 开始带来新的产业，改善着我们的生活。5G 将为“第四次工业革命”铺平道路，为我们打开一片新的天地。

据有关资料介绍，5G 的速度和低延迟有助于改变几乎所有行业，从制造业到医疗保健。例如，5G 可以通过无线连接的机器人和自动化装配线使工厂受益，有可能使这些过程的监控比以往任何时候都更加精确和便捷。医疗保健应该受益于一个低延迟、高速 5G 网络，它能提供像 3D 成像、先进的诊断，以及无线连接到机器人手术工具接近实时的东西。

让我们热烈地拥抱科技吧，它将深刻地改变一切，改变我们的生活，改变我们的命运；让我们生活更丰富，人生更精彩。

深情相依的夫妻树

记不清我来了多少次，每一次我都驻足留恋，每一次我都被这两棵深情相依的夫妻树所感动。

这里是明末清初的大文学家丁耀亢的故居，是一个偏僻的小山村，一个古时称之“橡谷山庄”、现在名为“相家沟”的地方。这两棵夫妻树是银杏树，系丁耀亢之父丁惟宁所栽，距今已有四百多年。

这两棵银杏树，一棵在西，一棵在东；树干粗壮，三个人才能合抱过来；树冠高大，有二十多米高。西边的雄树生长茂盛、枝繁叶茂、遮天蔽日，树枝向东倾斜，遮在东边相对矮小的雌树上，就像一个魁梧的男子汉用手臂轻轻挽住娇小妻子的臂膀，呵护她，与她亲昵悄悄地说着情话。而东边这棵银杏树就像一个娇羞的妻子，偎依在丈夫的肩头，享受着丈夫的爱抚。

这就是皇华镇有名的“夫妻树”。

一

也许自从被栽植的那一天起，它们就产生了爱慕之情，就不停地向着天空和大地伸展，一点一点离对方近些再近些；它们决心克服重重困难，努力实现相亲相爱的梦想。无数个寒暑往来，数不清的风吹雨打，它们始终不畏艰难，坚贞不渝。不知从什么时候，它们的枝叶相触在天空，根基痴缠在地下。终于，它们不再遥遥相望，不再只靠飞落的鸟儿和翩翩起舞的蝴蝶表情达意、传递呼吸。

它们相偎在这空旷的山根下，三面是连绵起伏的黑牛山和黄豆山山系，只有北面是一条平坦的道路。一条淙淙流淌的小溪从脚下流过，滋润着它们，让它们保持着旺盛的生命力。周围山上的映山红、野菊花、喇叭花等各种花争奇斗艳，它们不羡慕、不嫉妒；田野里的桃树、杏树、梨树、苹果树等各种果树结出了丰硕的果实，它们也不眼馋。它俩站立在这块平坦而又肥沃的土地上，相扶持着，没有孤独，不会悲观，全力向上生长着，在这山山岭岭之间，树立了伟岸的形象。

四百多年来，就这样日复一日、年复一年地相依相偎，不离不弃，如痴如醉。无论什么样的山风吹过，无论什么样的严寒拷问，它们始终亲密相偎，哪怕它们的手臂不停地颤抖，甚至断裂，甚至干枯，但始终执着地紧握在一起，不曾分离。

每次我站在树下，都会感受着这树与树的深爱。我常想：当初栽植者是有意还是无意？无论如何，这都是大自然善解人意的造化。一棵雄树用自己庞大的身体为另一棵雌树遮挡风霜雨雪，旁若无人地凝视、倾诉、私语；它指向天空的枝干，是否想高歌一曲，将自己无限的爱意尽情表达？而这棵雌树则小鸟依人般幸福地享受着这一切。以天为幕，以地为席，根基缠绕根基，枝叶挽着枝叶，一往情深，令人惊奇。

二

在小溪的西边是有三百多户人家的相家沟村。栽植它们的主人丁惟宁和大文学家丁耀亢的故居就曾在村子的中央，在 20 世纪 60 年代被夷为平地，现在已成为一排民房。两代宗师的文化符号就这样消失了。

虽然它们的主人早已逝去四百多年，但它们留下的文化血脉还一直在流淌，在传承。特别是位于村东的这两棵夫妻树，还傲然屹立在相家沟的文化圣地上，它们不仅延续了主人的生命，还给周围人们带来了希望和福祉。

不知从什么时候开始，它们成为周围村庄百姓心中有灵气的神树。有的甚至不远百里来烧香许愿。站在树下，抬眼望去，只见翠绿的枝条上挂满了数不清的红布条，在蔚蓝的天空下，像一面面旌旗随风招展，这每面小旗就象征着一个鲜活的生命。

因为迷信，有的农户的孩子身体不好，请神婆或算命先生看后说要找干娘干爷（干爹），否则不好养。实行计划生育后，大多数家庭只有一两个孩子，为了自己儿女的健康和安全，一般人不愿再给人家当干娘干爷。没有办法，有这种需求的人家就只好到相家沟来，拜这两棵银杏树为干娘干爷。

每当我带人来瞻仰这两棵树，常常见到树下烟雾缭绕。只见虔诚的人们一边烧着纸钱，一边磕着头，嘴里念念有词，在为孩子祈福。仪式快结束时，他们便把写有字的小布条拴上一颗小石子，朝树上扔去，小布条便稳稳地挂在了树枝上。还有仔细的人家，从附近农户家中借来梯子，亲手将布条系在粗壮的树枝上，然后才放心地回去。

每次见到这种情境，我就想，这对夫妻树有着多么宽阔的胸怀啊，无论谁来找它们，从不拒绝，它们用自己的博大承载了多少生命啊！什么是博爱？也许这就是博爱！不分男女老幼，不分贫穷富贵，不分职位高低，有求必应，有难必帮，它寄托着多少人的美好愿望啊！

三

在小溪的上面有一座小石桥，叫“野鹤桥”，是丁耀亢在教私塾时筹资修建的。

丁耀亢，号野鹤，又号紫阳道人、木鸡道人、西湖鸥吏等。他是明末清初著名诗人、剧作家和小说大师，他的著作《续金瓶梅》在国内享有很高声誉（有学者考证他父亲丁惟宁是《金瓶梅》的作者）。他从诸城城里来到相家沟村后，就在这两棵夫妻树的北边建起私塾，以教书谋生。私塾的西边就是条小河。河不大，平常只有淙淙流淌的涓涓细流，但每到夏季雨水大的时候，山洪暴发，河水就暴涨，水流湍急，无法往来。孩子们常常被阻在河边。丁野鹤心里很是着急，为了孩子们上学，他找附近村子里的几个财主筹资修建了这座小石桥。从此，无论发多大的水，孩子们再也误不了上学了。人们为了表达对丁先生的敬慕之情，就给这座小桥取名“野鹤桥”。

三十多年前，“野鹤桥”是通往这对夫妻树的唯一通道。夫妻树和“野鹤桥”也成了丁氏父子留给相家沟村的重要人文遗产。

因为丁耀亢教出很多优秀的学生，丁家的后代也曾出过“翰林”。为让深厚的文化底蕴不断传承，相家沟村委会在私塾旧址建起了一所小学校，这两棵银杏树就在学校的大门口。学校建成后，通行的人越来越多，为了保护“野鹤桥”，也为了方便群众到夫妻树下许愿，相家沟村委会就在“野鹤桥”的东面又修了一座又长又宽的石拱桥。“野鹤桥”则不再允许通行。夫妻树更是得到了重点保护。后来学校被撤并、拆除，相家沟村委会通过招商重建了丁耀亢的塾堂。

现在，夫妻树不仅是周围村庄人们许愿的父母树，也是游人渴望一睹风采的名树。每每有朋友到诸城来，我都会带他们来到相家沟，来到夫妻树下瞻仰、膜拜。

大山的馈赠

漫山遍野的深绿，葱葱郁郁的树木，立秋过后，大山一步步走向成熟。连绵起伏的黑牛山中，高大的板栗树随处可见，各类野生植物互相攀升，各种藤蔓相互缠绕，伴着鸟儿们的欢叫嬉戏，山涧的溪流声、草虫的鸣叫声此起彼伏。秋季晨雾笼罩着的山林，给人一种神秘感，仿佛云雾缭绕的藏宝洞。

秋风阵阵，落叶飞舞，空气中充满了惬意温馨，中秋是收获栗子的季节。秋风徐来，香气四溢，一棵棵茂盛的栗树捧出一树树绿刺猬一样的栗子。在温暖的秋阳抚摸下，绿刺猬逐渐由嫩绿变成深绿，由深绿变成浅黄。一阵秋风吹来，“小刺猬”张开口，露出红褐色的栗子，不时有一颗会从“小刺猬”的口中“啪”的一声掉到地上。捡起一颗，剥去坚硬的红褐色外壳和薄薄的内衣，一口咬下去，甜甜的、脆脆的，满嘴都是秋天的味道。

板栗，俗称栗子，别名毛栗、栗果等，素有“干果之王”的美誉。在大山里种植的板栗，也叫山栗。它根植贫瘠的土地，饱经肆虐的风霜，任凭雨淋雪打。它结出的果实味道甜美，风味独特，粉质细腻，是来自大山的馈赠。山栗子果像蒜瓣一样围坐成一团，被栗蓬（方言，栗子的外刺苞）包裹着挂在栗子树上，中间还有一粒脐栗。

“针球粒粒黄金满，父老家家笑语稠。”甘甜的栗子，承载着山里人满满的希望和梦想。

每到中秋成熟季节，风一吹便会有熟透的栗子啪啪地落下来，勤劳的山里人便挎着提篮到树下捡拾，每年都捡拾十几天。为了缩短收获的时间，人们还要用长木竿将不易自动降落的栗子敲打下来。在树顶上面的，要爬到树上，再用木竿敲下。用戴着皮手套的手掰开多刺的外壳，会发现栗子果油光发亮，褐红通透，非常讨人喜爱！

对于在土地上忙碌的山里人来说，山栗子是殷实的希望，是沉甸甸的收成。抬眼望着满山坡的栗子，山里人的心里总是荡漾着栗子般的甜蜜，那是满山坡的钱包在鼓胀。它们在山野的风里、雨里、阳光月影里吸吮自然的精华，慢慢在刺蓬的包裹中将嫩白变成浅褐，将浅褐变成红褐。那浑身的刺，是最好的保护层。无论是空中的飞禽，还是地上的走兽，只能望栗兴叹，虽然垂涎欲滴，但就是不敢下口。它是山里人忠实的仆人，它忠诚于它的主人，等待主人来收获。

收获是喜悦的，但也伴随着风险。虽然栗子不会主动伤人，但意外总是在所难免。有的摘栗人，仰脸朝上，敲栗子时，躲避不及，会被突然从树上掉下的栗蓬刺伤眼睛，如针扎一般，疼痛难忍。还有人站在高高的板栗树上，一失足就有可能掉到树下，发生断胳膊、断腿现象。勤劳的山里人，许多时候，是在用生命和躯体来收获这红褐色的果实。

民以食为天。在饥荒的年代，栗子曾担当起粮食的重任，挽救了无数百姓的性命。据记载，诸城板栗自明代末年开始栽植。清朝乾隆年间的大学士刘统勋心系家乡诸城，嘱咐家乡人栽植栗子树，以防灾年。刘家人在他的授意下，开垦潍河滩，种下了万棵板栗树，为救济灾民立下了汗马功劳。这片古老的栗园至今保存完整，成为诸地历史的重要册页，是一部厚重的农桑史记。

从此，种植板栗成为诸城的传统。山里人缺少肥沃的土地，他们便开垦荒山，因山制宜，合理种植，不仅让荒山披上了绿装，还收获了大自然的恩惠，收获了自己丰硕的劳动果实。贫瘠的山地，养育着朴实的山里人，也养育着优质的山栗子。山栗子虽然个头小点儿，但味道甜美。山栗子树像大山一样，线条硬朗，傲然而立；山栗子树像山里的汉子一样，血气方刚，敦厚诚实。

山栗子树固守在一道道山坡上，在大山上铺展着伟岸的身躯，展示着旺盛的青春和生命。春天一片翠绿，夏季一片深绿。那绿，绿得波澜壮阔，绿得高风亮节。风过时，绿波起伏，荡漾着的山栗子树，孕育着丰厚的宝藏。仲秋时节，累累果实经受不住秋风的引诱，纷纷降落人间。或柔软或稚嫩或粗糙的手将它们一粒粒收入囊中，成为人们的美食。

山栗子内心是柔软的，它以丰富的营养，精心呵护着世上的生灵。山栗子的外表是坚硬的，它不仅有着带刺的铠甲，还有坚硬的外壳和结实的内皮。不付出一点儿劳动，是不易亲口尝到栗子滋味的。要想完整地吃好栗子，须用刀将板栗的尾部切开，再把洗净的板栗放入沸水中，用大火煮一分钟，这样才容易去掉板栗的皮。

栗子的食用方法有很多。可生吃，可煮着吃，还可炒着吃。刚从树上掉下来的栗子，鲜嫩个大，咬一口，既脆又香，像吃生地瓜一样。但这时的香味和甜味都还不到火候，只有放在荫凉处，晾三五天，或炒或煮，真正的香甜味道才能出来。

栗子熟食的较多。在家乡诸城，除了炒栗子、煮栗子，以板栗小米粥、糖炒栗子和栗子炒鸡最为有名。而栗子炒鸡是招待贵客的一道特色名菜。

做栗子炒鸡时，先将栗子切口，放入开水锅中煮至壳与衣可以剥掉时捞出，剥去壳衣待用。再将鸡洗干净，剁成块；炒锅烧热投进鸡块，煸至皮成黄色。加入料酒、姜丝、白糖、酱油，烧至黄色；加入水、红枣、核桃仁烧沸，移至文火，焖烧一小时左右；最后倒入栗子再焖十几分钟即可出锅。栗子炒鸡这道菜，既是一道名吃，也是一味中药，可以温中益气、补精生髓。

板栗属于坚果，但它不像核桃、榛子、杏仁等坚果那样富含油脂，同时它也是对人体大有裨益的食疗保健药材，是孕妇、老年人及身体虚弱者滋补的营养佳品。《本草纲目》记载："栗治肾虚，腰腿无力，有补肾健脾、强身壮骨、益胃平肝等功效。"因此栗子又有了"肾之果"的美名。

如果家里有小孩子走路晚，脚弱无力，或者讲话晚，可能是先天肾气不足。可以每天吃几颗栗子补肾气。如果老人家腰腿无力，也可以每天吃几颗栗子，强健筋骨。

栗子是美食，很受人们喜爱。每到收获的季节，集市上、大路旁、村庄头，山里人大筐小筐、大担小担摆出来售卖，很多人往往买十斤八斤馈赠亲友，它是小孩子们都喜欢吃的零食。

这来自大山的礼物，沐浴阳光雨露，吸纳日月精华，滋养着天下苍生。

节气之美

大雪

——二〇二一年廿四节气之二十一

日期：农历十二月初四，公历 12 月 7 日。时间：5 点 56 分 55 秒。太阳黄经 255 度。天气：晴。空气质量：优。气温：-1℃至 10℃。风力：微风。风向：东北风。

看到“大雪”这两个字，你眼前会立刻浮现出一场鹅毛大雪漫天飞舞、纷纷扬扬飘落的景象。

“大雪不封地，过不了三二日。”这句谚语在鲁东南这个地方流传了千年，是农家人对天气的经验总结，也是智慧的结晶。按照常理，大雪标志着仲冬时节正式开始。大雪节气与小雪节气一样，是反映气温与降水变化趋势的节气，是古代农耕文化对于节令的反映。大雪节气的特点是气温显著下降、降水量增多。大雪过后，天气骤然寒冷，虽还不是最冷的节气，但寒风吹彻、雪花飞舞、气温骤降却是常态。这个时候，万木萧条，百花凋零，枝丫光秃，候鸟迁徙。只有淡蓝色的天空和那一轮太阳还能给你一种温暖。

今年的大雪节气，却异常暖和，如春天一般。人们纷纷将外套脱了下来，穿着薄薄的保暖内衣，就感到很舒适。难道今年又是一个暖冬？近年来，随着全球气候变暖，人们明显感觉到，老祖宗留下来的二十四节气，已经不如以前那样准确了，常常要推后好几天才会呈现时令特点。

温暖的天气，让人们非常舒坦。绿色的麦田、空地里，不少人挎着提兜，手持各样的工具，细心地挖着荠菜。以前上不了饭桌的野菜，现在成了人们的美食。还有三五成群的人饶有兴致地爬山，汗水淋漓，满脸红润，享受着冬日的美好。喜鹊、麻雀等各种小鸟欢快地在光秃的树枝、房屋上跳跃。多日不见的三五只苍蝇不知从哪里跑出来，趁机在屋内嗡嗡地飞着，但灵活程度明显不如夏天。手起拍落，不一会儿，这几只苍蝇便在拍子下丧命。空调关了，门打开了，坐在屋里，泡一壶红茶，那淡淡的香在屋内氤氲着，轻轻嘬一口，品尝着醇厚的味道，享受着这岁月的静好。

大雪，这个寒冷的词汇，在“大雪”这个寒冷的节气，带给人们是春天一般的温暖。

冬至

——二〇二一年廿四节气之二十二

日期：农历十二月十八，公历12月21日。时间：23点59分02秒。太阳黄经270度。天气：晴。空气质量：良。气温：1℃至13℃。风力：3至4级。风向：东南风。

冬至来到，标志着即将进入寒冷的天气，也进入了“数九”寒天的时期。民谚曰：“夏至三庚入伏，冬至逢壬数九。”民谚又曰：“冷在三九，热在三伏。”寒冷的天气从此开始了。

但今年冬至这一天，却温暖如春，最低气温1摄氏度。早上起来，只有屋瓦上、杂草上、树木上披着一层白霜，显示着冬天的迹象。太阳露脸不久，白霜便化为乌有。上午十点以后，外套便穿不住了，屋内也不用开空调。无事的人们从屋里走出来，享受着这冬日的暖阳。

常言道：长到夏至短到冬。过了冬至，白天会越来越长了。冬至这天，太阳光直射南回归线，太阳光对北半球最为倾斜，太阳高度角最小，是北半球各地白昼最短、黑夜最长的一天。冬至也是太阳直射点北返的转折点，这天过后它将走“回头路”。太阳直射点开始从南回归线向北移动，我们所处的北半球，白昼将会逐日增长。

冬至这一天还有吃水饺的习俗。俗话说：“冬至不端饺子碗，冻掉耳朵没人管。”到了冬至这一天，家家户户都要包水饺吃，大多是在晚上，全家人围坐在一起，炒上几个小菜，就着水饺喝上点儿小酒，其乐融融。正是：冬至大如年，人间小团圆。据说，冬至吃饺子是为纪念“医圣”张仲景冬至舍药留下的习俗。

在我的家乡，冬至还有上坟的习俗。这天要到坟上烧纸钱，祭奠祖先。据《周礼·春官·神仕》记载：“以冬日至，致天神人鬼（冬至到了，要祭天地，敬鬼神，拜祖宗）。”看来，从周代起就有冬至祭祀活动。汉代的《四民月令》记载，冬至之日要用黍糕做供品，祭祀神灵和祖先，大家一起进酒肴，还要向师长和老人祝福，习俗与大年初一相同。随着社会的发展，很多形式上的东西都简化了。上坟只烧纸钱就行，不用再摆供品。

小寒

——二〇二一年廿四节气之二十三

日期：农历十二月初三，公历 1 月 5 日。时间：11 点 23 分 17 秒。太阳黄经 285 度。天气：阴。空气质量：良。温度：-4℃至 6℃。风向：东南风。风力：微风。日出：7 点 13 分。日落：17 点 02 分。

小寒、大寒都是代表气温出现急剧变化的节气。小寒来临，表示即将进入三九天，进入冬季最寒冷的时候。按照以往的气候变化，小寒一过，就进入“出门冰上走”的三九严寒天了。

今年的小寒却与往年不同，虽说天气阴，但云层薄薄的，呈现着一种灰白的颜色。这云看上去，就没有下雨雪的迹象。中午的时候，淡白色的云层犹如一层白色的窗帘，挡不住阳光的照射。下午1点多，阳光终于冲破薄云，将温暖洒向大地。气温没有明显的下降，只是早晚感到寒冷，中午就温暖了许多。

河中、水库里始终没有结冰。微冷的风吹起一圈圈涟漪，不时有水鸟从水面上划过，水中的枯草在寒风中摇曳着，与岸上的枯树枝遥相呼应。

“小寒鱼塘冰封严，大雪纷飞不稀罕。”伴随着似乎刮不完的西北风，每到小寒节气，就可能有大雪随风飞扬。在这寒冷的冬日，外面大雪纷纷，屋内炉火正旺，和家人或三五好友一起围坐，吃着热气腾腾的火锅，聊着家长里短，好不妙哉！抑或独坐炉火旁，手捧一本书，烤着火，品着茶，静享着惬意的时光。

这幅温馨的画面，在今年的小寒，绝对是一种奢望。没有冰封的池塘，没有大雪纷扬，没有寒冷，也就缺乏围坐火炉的欲望，缺少那份优雅的情调。

小寒时节，梅花初绽，凌寒独开，正是“未报春消息，早瘦梅先发”。家中没有梅花，无缘享受梅花的美妙。妻子精心侍养的蟹爪兰和墨兰却迎寒而开。蟹爪兰是红色的喇叭状。而墨兰虽然也是喇叭状，喇叭口却呈五角，有两种颜色，一种是紫红与黄色相间，上面紫红色，下面黄色，另一种全是黄色。它们都由一根花茎长长挑出来，分外显眼。这样的冬景，这样的花开也是别有情趣。物以稀为贵，它们不去争春，却在寂寞之处盛开，呈现了自己的独特魅力。

开在冬日的花啊，温暖了多少人的情怀。

但我还是盼望着有一场大雪，纷纷扬扬，无法出门。独坐在家，捧一本书，听一场雪，做一会儿时间的主人。

大寒

——二〇二一年廿四节气之二十四

日期：农历腊月十八，公历1月20日。时间：22点54分33秒。太阳黄经300度。天气：晴。空气质量：优。温度：-8℃至1℃。风向：东北风。风力：微风。日出：7点11分。日落：17点16分。

大寒，是二十四节气中最后一个节气。大寒一过，又开始新的一个轮回。“小寒大寒，无风自寒”“小寒大寒，冷成一团”的谚语，说明大寒节气也是一年中的寒冷时期。今年大寒节气正值“四九”第四天，前一天气温还很低，天气相对寒冷。今天的大寒节气，却天气晴朗，异常温暖。

今年的二十四个节气已全部过完，本应最冷的大寒节气，却如春日般温暖。阳光温暖地洒向大地，晴空万里，微风习习。腊月初八这一天，下了一场小雪，只有山后的背阴处还残存着一点儿积雪，散发着冬天的味道，昭示着我们还在冬天。

今年的冬天已注定又是一个暖冬。

想起小时候，大雪纷飞，冰凌如柱，我们在雪地里堆雪人，打雪仗，这个场景在近几年很难出现了。在古代，那些描写寒冷冬天的诗词数不胜数，如宋代诗人邵雍写了一首《大寒吟》：

旧雪未及消，新雪又拥户。
阶前冻银床，檐头冰钟乳。
清日无光辉，烈风正号怒。
人口各有舌，言语不能吐。

诗中描写大寒时的寒冷天气，一去不复返了。大寒的节气里，我们期待一场雪，期待一场纷纷扬扬的大雪，期待倾听雪的节奏，时而舒缓，时而极速，就如同生命的成长一般。但，这也许就是一个期待，或者是一个梦想罢了，至少在今年是不会成为现实了。

寒冷的冬天即将过去。大寒过后，即是立春，真正温暖的春天马上就要到了。

立春

——二〇二二年廿四节气之一

日期：农历正月初四，阳历2月4日。时间：4点50分36秒。太阳黄经315度。温度：-7℃至3℃。空气质量：优。风向：西北风。风力：微风。日出：7点10分。日落：17点12分。

今日立春，但天气阴着，并没有温暖的迹象，气温似乎比年前还低。正是春节期间，大家都欢欢喜喜过大年，忙着走亲访友，沉浸在一片祥和、愉悦、快乐之中。春天已来到了人心里。

春天真的来了吗？没有。老一辈人说：“打春虚欢喜，还有四十天的冷天气。”春天的脚步一路蹒跚，有时还会倒退几步，栽几个跟头。寒风、雪花还会随时卷土重来。老话说：“清明断雪，谷雨断霜。”只有过了清明，才能真正迎来暖和天。立春，只是一个开始，说明天气已开始步入温暖的通道。因此，有一句俗语说得好：“打了春的雪，狗也追不上。”立春过后，雪下得再大，也不会几天不消融。它逞能不了多长时间，很快就融入大地的怀抱。

古时候，人们将立春的十五天分为三候：“一候东风解冻；二候蛰虫始振；三候鱼陟负冰。”立春到，春的信息便到。在向阳的地方，柳树朝南的枝干上已呈现出斑斑驳驳的青色，这是春天最早的信息。往年小河里的冰已逐渐解冻。因去年是暖冬，河水并未结冰，今年也不存在解冻的现象。

“一年之计在于春。”立春后，白昼变长，天气变暖。在人们的心中，春是温暖，万物复苏，鸟语花香；春是生长，百草发芽，耕耘播种。勤劳的农民，漫步在暄软的田间地头，筹划着全年的农业生产大计。哪里种花生，哪里秧地瓜，哪里播玉米，一切都要有计划，有谱气。“心里没谱，打不得锣鼓。”“吃不穷，穿不穷，不会算计一世穷。”只有春天打好谱气，秋天才能有丰硕的收获，一年的日子才能红红火火。

雨水

——二〇二二年廿四节气之二

日期：农历正月十九，公历2月19日。时间：00点42分32秒。太阳黄经315度。天气：晴。温度：-7℃至1℃。空气质量：优。风向：北风。风力：2级。日出：6点45分。日落：17点47分。

今日天气晴好，但小北风飕飕的，气温较低，有寒风刺骨的感觉，似乎比小寒、大寒期间的天气还冷。院内的自来水龙头已冻住，不能出水了。春节前，大寒期间水龙头都没有冻死。上午，天还扯拉着绵薄的云彩，到了中午就已湛蓝，阳光温暖地洒向大地。由于北风刮了一天，到了晚上，气温极低。

“七九河开，八九雁来。”雨水正处在数九的“七九”中，河水破冰，大雁北归。虽然寒气还在逞强，但气温毕竟会逐渐回暖，雨也渐渐多了起来。

雨水，多么富有诗意的节气。听到这个名字，就会有一种温润、柔软的感觉。你会想到阳光暖暖的，风柔柔的，杨柳枝条迎风飞舞，喜鹊、麻雀、百灵鸟等在枝头欢快地鸣唱，小狗儿在田野里快乐嬉戏，猫儿在树丛中顽皮地跳跃。田野的麦苗儿，直直腰，颜色青青的。

雨水时节，天空会有一层薄薄的灰白色云，像帷幔一样。时而飘落下小雨滴，酥酥的，软软的，柔柔的。滴在禾苗上，禾苗挂上了晶莹的泪珠；滴在树干上，枝干透出了隐隐的青色；滴在轿车上，车身上布满了斑点，像蒙上一张尘土的网；滴在乡间的土路上，一股潮湿的泥土气息，便散发在空气中。

雨水时节，小雨像一个顽皮的孩子，有时点点滴滴，有时飘飘洒洒，有时会趁你晚上睡觉时，悄悄地把大地淋湿。清晨，推开窗，一股清爽的凉气直扑心怀。

雨水时节，天气变化无常，忽冷忽热，乍暖还寒。“倒春寒”时常发威，小雨时而会变成小雪花，轻飘飘地落下。雪随下随化，遮不住大地，时间长了，薄薄的一层，像一地碎银。树上、房屋上、草垛上像披了一层白纱。太阳露脸不久，这些碎银和白纱就悄悄消失了。

雨水知时节，春风蕴诗意。多少文人墨客感怀抒情，留下了千古诗句。“好雨知时节，当春乃发生。随风潜入夜，润物细无声。”诗圣杜甫的一首《春夜喜雨》，写了春雨的淅淅沥沥、飘飘洒洒、如烟似雾的优美形态，洋溢着春雨滋润万物、润泽心田的喜悦之情。唐代大诗人韩愈的名句“天街小雨润如酥，草色遥看近却无”，对春雨春色的描绘更为生动形象。

“雨水到来地解冻，化一层来耙一层。”人勤春来早。雨水到来，歇了一冬的农民,急不可耐地脱掉厚重的棉衣,扛起耙具,到田地里耙地,保墒情。在北方，十春九旱，历来有“春雨贵如油”的说法。如果不耙地，呼呼的春风刮起来，春地很快就会干旱，不利于春播。有了雨水的滋润，田野里便一派繁忙，充满希望。“春种一粒粟，秋收万颗籽。”“春天挖下窝窝，冬天吃个饽饽。”朴实的庄稼人，懂得“一年之计在于春”的道理，他们珍惜春天的大好时光，播下丰收的希望。

惊蛰

——二〇二二年廿四节气之三

日期：农历二月初三，公历3月5日。时间：22点43分34秒。太阳黄经345度。温度：-3℃至11℃。空气质量：良。风向：东北风。风力：微风。日出：6点27分。日落：18点00分。

春雷响，万物长。惊蛰迈着轻盈的步子款款走来，携带着东风，携带着温暖，将明媚的阳光洒向大地。

昨天还是大风天气，强劲的北风裹挟着沙尘从北方呼啸而来，天空灰蒙蒙的，有一种暗黄的感觉。本以为今天会变得很冷，却出乎意料的温暖。野外朝阳地方的迎春花已开出黄灿灿的花朵，三五朵一簇，像星星般在闪烁。田畔上、山坡处未开的枝条上，花苞鼓胀暗红，蕴足了一股急不可耐的力量，随时准备绽放美丽与芳香。田野里，不知名的野花野草已开始返青生长，小草睁开了蒙眬的睡眼，鸟儿唱响了清脆的歌喉。柳树的芽苞已悄悄吐露，随时准备裁出细叶。最迫不及待的是白玉兰，高大的树干、缀满花苞的枝条伸向天空。那圆锥形、灰白的花苞，鼓胀着，蓄势待发。已开的，远远望去，皎洁无瑕的花朵仿佛一只只落在树上的白鸽，又如在树上栖息的白蝴蝶。迎面一阵柔软的春风吹来，好像欲展翅飞翔。天地似乎一下子就有了无限生机。

春雷响，百虫忙。惊蛰踏着铿锵的步伐由远而近，轰隆隆的雷声也许并不会在这一天响起，但暄软的土地、纷繁的尘埃分明被一种沉闷的声响惊动。虫儿们都醒了，有的伸伸僵硬的腰肢，有的微微摆了摆头，准备拱破松软如面包的泥土，享受温暖的春风，沐浴大好的春光，开启新的一生。更有那些黑色的小飞虫，乘着和煦的西南风，在天地间自在地飞舞，成了春天百虫的使者。

“九九八十一，家里送饭坡里吃。”“九尽桃花开，春耕不能歇。”惊蛰到，齐鲁大地就进入了春耕大忙季节。勤劳的农民早早地收拾好农具，趁着墒情好、土地暄软，已在农田里辛勤地劳作。有的正在用机械犁地，有的正在起垄，还有的正用喷灌机给小麦浇返青水。那哗哗的流水，滋润着饥渴的麦苗，干裂的土地贪婪地吸吮着甘甜的流水，发出滋滋的声响，小麦苗摇摆着瘦弱的身躯，欢快地舞动起来。人声、马达声、水声交织在一起，麦田里一片欢腾。

春天的乐章已经奏响，温暖的大幕徐徐拉开，寒冷的篇章就此翻过。告别了寒冷的冬季，人们浑身轻松，情趣盎然，满怀希望，拥抱春天，享受春天，享受更加美好的生活。

春分

——二〇二二年廿四节气之四

日期：农历二月二十八，公历3月20日。时间：23点33分15秒。太阳黄经0度。温度：-1℃至8℃。天气：多云。空气质量：优。风向：东南风。风力：微风。日出：6点06分。日落：18点14分。

春分，春季平分，昼夜平分，寒暑平衡。古人的智慧，着实令人佩服。

春分之日，气温并没有春天般温暖，天气多云，阳光无力穿透那灰白的云层，散发着惨白的光，缺乏热量，给人一种阴冷的感觉。

大自然中各种花草树木却早已按捺不住，它们没有人那样娇气，听到了节气的号令，便争先恐后地向前冲，谁也不甘落后。白玉兰早已满树银花；迎春花身披黄金甲；柳树长出了细叶，远处看，一树朦胧的绿色烟雾；樱桃树绽出了红色的花苞，欲开未开，有些娇羞，有些含情脉脉；桃树、杏树性子急的，白的、红的花已开满了枝条，散发着淡淡的清香，性子慢些的，鼓满了小苞苞，正欲开放。各种小花小草也都悄悄从大地里钻出，田畔上，道路旁，空闲的春地里，斑斑驳驳地呈现片片草绿色。草儿们争相在这美好的春天开启幸福的一生。

一场春雨一场暖。春分前两天，下了两天小雨雪，时断时续，停停歇歇，非常吝啬。小小的雨滴，夹杂着细小的雪粒，唰啦唰啦地响，小北风也趁机发着最后的余威，天地间一片湿气，但只不过是雪（雨）下地皮湿，土地的旱情没有完全得到缓解。天气因此寒冷起来。春分下雪，自古常有。苏轼在《癸丑春分后雪》中写道：“雪入春分省见稀，半开桃李不胜威。应惭落地梅花识，却作漫天柳絮飞。不分东君专节物，故将新巧发阴机。从今造物尤难料，更暖须留御腊衣。”

面对倒春寒冻人不冻水，人们不能把棉衣过早地收藏起来，有时还要穿一穿，抵御一下春寒。虽然春寒冻人，但过不了两天，气温就会陡然升起，温暖会如影随形。

春分到，田间的小麦都直起腰身，一身嫩嫩的青绿色，在春风中摇曳，风情万种，呈现着一派生机。俗话说：“春分麦起身，肥水要紧跟。”田地里，有心的农民早已开动机器给干渴的麦田浇返青水，有的随水播撒着化肥，让小麦喝足吃饱、增加产量，今年必将又是一个丰收年。

春分到，春季大忙季节也即将拉开帷幕。前些日子，虽然勤快的农民早已开始耙地、整田，但只是小打小闹。只有春分过后，春管、春耕、春种才会进入繁忙阶段，这才是一场大仗、硬仗，它关系着一年的收成，关乎着一家人的口粮。

春分到，在家闲不住的小孩子们，像争春的树木一样，从家里蜂拥而出，在广阔的田野里放风筝，追逐嬉戏，享受春日这大好时光，正如唐代诗人刘长卿在《春分》中描写的：“日月阳阴两均天，玄鸟不辞桃花寒。从来今日竖鸡子，川上良人放纸鸢。”

春分到，鸟儿唱，草长莺飞柳絮扬。各种欢快的小鸟，梳理着厚重的羽毛，高兴地在林中、屋顶跳跃、歌唱。不久，它们也将换上单衣轻快地飞来飞去。小燕子也会高兴地从南方排着整齐的队伍，回到它的老家。农家人早已敞开大门，等待它们入住。

春分时节，淙淙的小溪唱着欢快的歌，一路蜿蜒远去，承载着远大的梦想。从此，它会一天一天丰盈起来，滋润两岸的土地和庄稼，滋润人们的心田。

春分到，春风化雨，散落人间，万物复苏，活力无限。

清明

——二〇二二年廿四节气之五

日期：农历三月初四，公历4月4日。时间：3点20分03秒。太阳黄经15度。天气：多云。空气质量：良。温度：8℃至24℃。风向：北风。风力：微风。日出：5点44分。日落：18点27分。

"清明时节雨纷纷，路上行人欲断魂。"每到清明节气，就是凭吊的日子。人们都要去扫墓，祭奠逝去的亲人。

今年的清明节，虽然没有下雨，天却阴沉沉的，给人一种心情沉重的感觉。

家乡的习俗一般是在清明前"一百五（从冬至开始数105天）"上坟添土，祭奠亲人。随着社会的发展，人员流动大，很多在外地打工、上班的年轻人，没时间在清明节期间回乡祭祖，各种新兴祭奠方式应运而生，如鲜花祭扫、网上祭扫、社区公祭等方式。人们通过这些新兴方式，寄托自己的哀思。

杏花春雨，落不尽多情伤感泪。雨声凄凄，道不尽断肠亲人情。清明，是一个悲伤的日子。清明，又是一个春天最明媚的时刻。

清明节这一天，还有在门头上、屋檐下挂柳的习俗。据说可以除疫情，防鬼神。小孩子们则吹起了柳哨，放起了风筝。年轻的大姑娘、小媳妇，兴高采烈地荡起了秋千。这时阳光明媚、草木吐绿、百花盛开、风和景明、万物皆显，自然界呈现生机勃勃的景象，正是人们春游的好时候。每到周末，各种车辆络绎不绝，都往野外、山上飞，亲近自然、踏青游玩，享受大好春光。

在这风清景明的日子里，还可以采一朵花，种一棵树，仰望一朵流云，将所有念想放飞蓝天。

清明节前一天是寒食节。寒食节是春秋时晋文公为纪念被火烧死的介子推而设的节日。每到这一天，禁火寒食，以寄哀思，至今已有2600多年的历史。伴随着岁月的流逝、社会的发展，寒食节静静地融入了清明节，年轻人对寒食节已没有什么印象，只有老年人还不忘这个传统节日。无论怎样，寒食所代表的人们对忠诚、廉洁、政治清明的赞许，千年如一。

“清明谷雨两相连，浸种耕种莫迟延。”清明时节，勤劳的农民开始播种。土豆、花生、春玉米等农作物都披着明晃晃的铠甲（地膜），舒舒服服地躺在松软的土地里，做着香甜的梦。各种机械在田野里欢快地唱着自己独特的歌。那不绝于耳的吼唱，此时此刻，是那样悦耳动听。在这宜人、宜种的季节，农民们洒下汗水，播下希望，等待金秋的丰硕收获。躲在地下多半年的青蛙不甘寂寞，成群结队地爬在浅水湾里，哇哇哇地叫着，起劲地唱着春的赞歌。

清明是一种感怀，是一种思念，也是一种信念。

谷雨

——二〇二二年廿四节气之六

日期：农历三月二十，公历4月20日。时间：10点24分07秒。太阳黄经30度。天气：晴。空气质量：良。温度：15℃至27℃。风向：南风。风力：3至4级。日出：5点24分；日落：18点40分。

谷雨是春季的最后一个节气，是“雨生百谷”的意思。此时，“润物细无声”的春雨拉开了万物生长的序幕。百花争妍，树木葱绿，田野碧翠，一派风景如画。

常言道：清明断雪，谷雨断霜。谷雨过后再无寒，人间芳菲已向暖。太阳明媚，天气温暖，世间万物欣欣向荣，展现着旺盛的生命力。此时节，正是：“春去将去，夏至未至。杨花落尽，牡丹曳枝。柳絮纷扬，子规夜啼。播种移苗，埯瓜点豆。桃红柳绿且看惜，樱桃桑梓已初成。”

谚语说：谷雨前后种瓜种豆。随着全球气候变暖，这几年，聪明的农民已根据气温的变化，趁早下手，于谷雨前就结束了春播春种。春玉米、花生、土豆等作物，谷雨前就从温暖的大地中破土而出，摇曳着绿色的身姿，向勤劳的农民致意。田园里栽插的各类秧苗，挺直了腰板，向着和煦的春风微笑。她们怀揣美丽的梦想，向往着秋天的绚丽，期待着将那枝头和绿茎压弯。

谷雨毕竟是春季最后一个节气，过了就是立夏。因此，春意阑珊，花事将了。早开的花朵，如玉兰、樱花、杏花、桃花已是落英缤纷，让人有些许缺憾。但大自然这位丹青圣手，不会轻易抛却这美好时光，梧桐花、月季花、百日红等美丽的花朵会次第开放，让春的容颜不会轻易老去。流光容易把花催，也会把人抛。但放眼而去，会有更进一步的惊喜。你看那枝头，不正孕育青青的希望，展现着绿色的大幕？正如诗语：“芳菲歇去何须恨，夏木阴阴正可人。”

无论春意如何阑珊，就让我们在郑板桥的《七言诗》中体验这美丽的时光吧：“不风不雨正晴和，翠竹亭亭好节柯。最爱晚凉佳客至，一壶新茗泡松萝。几枝新叶萧萧竹，数笔横皴淡淡山。正好清明连谷雨，一杯香茗坐其间。”

在香茗袅袅中，感悟春光，享受春光，不是人生中一大乐事吗？

“谷雨”，多么富有诗意的名字，它如播进泥土的一粒种子，生在大地上，开在花朵里，长在树木上，扎根在诗词中，更植入人们的心灵深处！

立夏

——二〇二二年廿四节气之七

日期：农历四月初五，公历5月5日。时间：20点25分46秒。太阳黄经45度。天气：晴。空气质量：良。温度：16℃至28℃。风向：南风。风力：4至5级。日出：5点08分。日落：19点10分。

作为夏季的第一个节气，立夏预示着我们告别了温暖美丽的春天，迎来了蓬勃炎热的夏季，一个新的季节开启。

今天气温和往年差不多，最高温度达到了28摄氏度，还处于相对适宜的时段，没有感觉到夏季的锋芒。鲁东南的气温，只有到了夏至才能真正炎热起来。最热的时段是“三伏”天气。

立夏到来，气温升高，降水增多，大地上万物进入快速生长的时期。特别是地里的庄稼，几乎是一天一个样，眼看着不断长高、长壮，似乎能听得到它们拔节的声响。由于今年春季比较干旱，至今无有效降雨，许多庄稼没有了旺盛的长势。特别是小麦，正要进入灌浆期，是最需要降雨的时期，却没有雨。未浇水的地块，麦叶缺少水分，麦穗干瘪，惹人疼爱。大地上的树木似乎影响不大，它们庞大的根系向地下不断延伸，攫取水分，吸收能量，蓬勃地生长着，婆娑的枝条挂满翠绿的叶片，向着四周和天空不断延伸。

最可恨的是那些小草。庄稼已经半死不活，它们却铺天盖地，来势汹汹，趁机抢占庄稼的地盘，争夺庄稼的养料。它们混迹于庄稼之间，用除草剂又怕伤害了庄稼，勤劳的农民只好用锄头来消灭它们。农民们懂得“锄板响，庄稼长”，只有把草消灭干净，才能让庄稼安心生长。此外，对土地进行划锄，可以起到保墒的作用。除了茂盛的树木和繁荣的小草，夏花也是热烈的，特别是各色月季花，异彩纷呈，争奇斗艳，把夏打扮得分外艳丽。

季节更改，我的心情不改。每个节气我都会到田野里走走，感受大自然的美好。晚上独坐在书桌前，翻看那些描写季节的优美诗句，感受季节的美好。

这晚，我翻到了宋代诗人赵友直写的《立夏》一诗："四时天气促相催，一夜薰风带暑来。陇亩日长蒸翠麦，园林雨过熟黄梅。莺啼春去愁千缕，蝶恋花残恨几回。睡起南窗情思倦，闲看槐荫满亭台。"

优美的景象，唯美的语句，淡淡的忧伤，把对春天的留恋和初夏的喜悦，表现得淋漓尽致，让我产生了强烈的共鸣。

小满

——二〇二二年廿四节气之八

日期：农历四月二十一，公历5月21日。时间：9点22分25秒。太阳黄经60°。天气：晴。空气质量：良。温度：20℃至32℃。风向：南风。风力：3至4级。日出：4点53分。日落：19点05分。

"小满小满，麦粒渐满。"到了小满节气，气温日渐升高，小麦进入灌浆期，逐渐饱满，即将成熟。辛勤的农民脸上常常洋溢着对丰收的期待。

今年的小满，天气异常温暖。由于今春少雨，晴朗燥热的天气已连续了多日。虽然也下过几场小雨，但仅仅是雨过地皮湿，解决不了旱情。急待上粒的小麦，始终喝不上一顿饱水，干瘦的身躯在燥热的夏风中摇曳，绿色的汁液日渐减少，秸秆已呈现出灰白的颜色。特别是山岭薄地更甚，个子低矮的麦子，失去了圆润的美感，失去了勃勃生机，每到中午，蔫头耷脑，犹如昏睡一般。

勤劳的农民望天兴叹，束手无策。土地干涸，河道枯竭，灌溉无望。今天科技如此发达，卫星能上天，人类能登月，但农业生产还是要靠天吃饭。天不下雨，只能任其干旱，任其减产，没有更好的办法。

小麦长势不好，春耕也受影响。花生、玉米都难以下种。那些勤快的庄稼人，早早地通过拉水，用地膜把花生种上，绿色的小脑袋从明晃晃的地膜中钻了出来。手脚懒惰、动作慢些的，只能大眼瞪小眼，毫无办法可使。玉米要在小麦地里套种，没有充足的雨水，更是不可能实现的。庄稼人只能等，等一场雨，等一场及时雨。

张爱玲说："等待雨是伞一生的宿命。"其实等待雨，也是庄稼人一生的宿命。如果没有及时雨，庄稼人要付出几倍乃至十几倍的努力和辛苦，才会有收获。北方的春季，十年九旱，春雨贵如油，这就是北方农民的宿命。

无论天气多么干旱，各种杂草却不受影响，它们伸展着嫩绿的身躯，见缝插针，迅速占领了没有树木和庄稼的土地。各种野花也不惧雨水的多寡，争相卖弄自己的姿色，招惹得蝴蝶、蜜蜂在它们周围不停地旋转、飞舞。

奇妙的大自然，总是有的欢喜，有的忧。

芒种

——二〇二二年廿四节气之九

日期：农历五月初八，公历6月6日。时间：0点25分37秒。太阳黄经75度。天气：晴。空气质量：优。温度：16℃至28℃。风向：北风。风力：3－4级。日出：4点46分。日落：17点16分。

"芒种"既忙收又忙种。"芒"是指一些有芒的作物，如稻子、黍子、麦子等，特别是北方的冬小麦，到了收割期。"种"，既是种子的"种"，又为播种的"种"。到了"芒种"节气，有芒的作物如谷子、黍子等都要进行种植。否则，秋天就没有收获。

前两天虽然下了点儿小雨，但并未解除旱情。夏种依旧无望，山岭薄地的小麦有的早已干死，浇了水的正日渐成熟。今天刮起了三四级的大北风，天气晴朗，阳光明媚，气温却明显低了下来，早晚要穿长袖褂子。

家乡有句俗语：芒种三日见麦茬。也就是说，芒种节气过了三天，就要割麦子了。由于今年天气干旱，春节过后，就没有下过透犁雨（方言，一犁深的雨），加上很多地方没有水浇条件，山岭薄地的麦子都旱死了。不到芒种节气，就开镰了（或动用收割机进行机收）。到了芒种节气，麦子已收获了大半。

芒种节气，也是三夏大忙季节。在收获小麦的同时，还要播种，玉米、大豆、谷子、黍子都是播种的好时机。这时也可以种麦茬花生，秧地瓜。但由于天旱，今年播种是没有希望了，人们只能一心一意地收麦子，然后静等老天下一场及时雨、透犁雨，好把农用物种植好，到秋季有一个好收成。

“春争日，夏争时。”夏季作物种植，差一个时辰都不行，到了庄稼长高后，会有明显的差别。随着气温的不断升高，过了芒种节气，农作物的成活率就会越来越低。

芒种节气，也预示着气温会越来越高，雨量充沛、空气湿度大，逐渐进入闷热天气。

第二辑 真情感悟

虽然她的头上已开满了霜花，
脚步日益蹒跚，
但她这首充满沧桑的暮歌，
始终在我的人生中响彻。

母亲的暮歌

母亲已是九十二岁高龄了，满头银发，岁月在她脸上刻下了道道沟壑。母亲的脚步虽有些迟缓，思维却还敏捷。平时，母亲干一些力所能及的家务活儿，伺候着九十四岁的老父亲。

母亲是城里人，20世纪40年代末，因社会动荡，来到农村，嫁给父亲。那时候父亲家中一贫如洗，生活极其艰难。后来我们姊妹六人先后出生，全家骤增至十一口人。父亲因生活所迫闯关东去了，爷爷身体又不好。母亲每天像一个壮劳力一样在生产队里干农活儿，回家还要帮奶奶做家务。十一口人，光吃饭就是大问题。推碾、推磨、抹煎饼，母亲单薄的身体连轴转；还要喂猪、拾草、种菜，就像一头负重的老牛，默默地为一家人操劳着。记忆最深的是，每隔两三天，微白的光刚舔亮窗纸，我们还在热被窝里香甜地睡觉，母亲像启明星一样悄悄爬起来，轻轻将睡梦中的大姐或二姐摇晃起来，一起推磨。有时转不了几圈，姐姐打瞌睡，磨棍悄然滑了下来。很多时候，都是母亲一人在那固定的轨道里转圈，一圈一圈又一圈，推走了母亲的芳华，磨下了母亲的人生。春秋时节，母亲的头发和眉毛上沾满了晶莹的露珠；炎热的夏天，汗湿的衣服紧贴在母亲的身上，一条条小溪不停地在她脸上流淌；寒冷的冬季，母亲的身上总是披着一层薄薄的冰霜，从嘴里哈出的热气结成细小的冰凌挂在她的围巾上。推完磨后，母亲便坐在油亮的鏊子前，开启了与鏊子的对话，舀一勺糊子，转一圈木耙，添一把烧草。那跳动的火焰，映着母亲疲惫的脸庞。母亲一张一张地从鏊子上揭着圆圆的煎饼，就像在翻阅一本大书，这一本写满了劳累的大书，到中午才能翻完。

望着那一摞半米多高的煎饼，年少无知的我们，只知道狼吞虎咽地吃着，从来没有想过，为了养育我们，母亲流了多少血汗，付出了几多艰辛，好像母亲就该这样天经地义地付出和辛劳。

大炼钢铁的年代，家里的大铁锅和粮食都交到大队去了，全村人吃食堂。人们往往吃不饱，常常是三根肠子闲着二根半。母亲早预感到把家里的东西全部交出去，不是什么好事。她不顾爷爷的反对，偷偷留了一口小锅和一小袋地瓜干。在最困难的时候，这口小锅救了急。那时家里孩子多，吃不饱，经常饿得哭。家里没有其他粮食，母亲便到坡里跑五六里路拔了一些刺刺芽，掺上地瓜干，在家里偷偷熬稀饭给孩子喝。有一天，生产队队长看到我家的烟囱冒烟，到家里去找母亲："天上不掉，地上不冒，你家的东西是哪里来的？"母亲看了队长一眼，轻轻地说："我煮的刺刺芽，要不你也喝点儿？"听了母亲的话，看到几个饿得嗷嗷叫的孩子，生产队队长只好无趣地走了。母亲说，要是死心眼儿，说不定你们几个就有饿死的。

母亲没有上过学，斗大的字认不了几个，但儿时的我，却总觉得母亲的知识非常丰富。每当夏天的夜晚，闷热难耐，一家人坐在天井里乘凉，我总要缠着母亲给我讲故事。母亲一边为我摇扇驱赶蚊虫，一边教我数星星。望着墨蓝的天空中满天的星斗和那一轮圆圆的月亮，在蛐蛐、蝈蝈、纺织娘等各种夏虫的交响乐中，母亲向我娓娓道来：地上一个人，天上就有一颗星，地上的人死了，天上就会有颗星掉下来。有时，看到一颗流星从天上划过，母亲便说，不知哪里又有一个人死去了。母亲还会给我讲故事，唱民谣。牛郎织女的故事，最早就是母亲讲给我听的。那动人心弦的坚贞爱情故事，让还不懂事的我激动不已，以致每年"七夕"来临，总想看一看那鹊桥；有时会天真地跑到葡萄架下，倾听牛郎织女的情话。民谣有好多，大都记不清了。印象最深的一首，我至今还能背诵："月嬷嬷，本姓张，骑着马子扛着枪，一枪打杀个山老鸹。你拎着，我秃巴（方言，把动物身上的毛拔干净），你吃肉，我喝汤，留着骨头给老张。老张老张不愿意，拧着鼻子哭三日。"

去年秋天，母亲总感到眼睛发乌，看不清东西，像有一层浓雾在眼前罩着。我和妹妹一起带她到医院进行了检查，原来是白内障，需要做手术。母亲一再追问，要花多少钱，她担心花钱太多，给我们增加经济负担。无论什么情况，她首先想到的是儿女，而不是她自己。我告诉她：花钱不多，还有合作医疗报销，你就放心吧。

经过检查，她右眼眼底不好，眼内还有一个很小的肉瘤，手术要比单做白内障复杂一些，也要多花些钱。我们兄妹几个商量后，决定还是做了，钱不是问题，只要母亲的视力能好就行。

手术是在一天下午两点开始的，母亲排在第三。前面两人，一人因害怕，上了手术台全身颤抖，无法做就下来了；另一人在医生的安抚下，坚持做完了。我担心母亲害怕，在一边不断鼓励她。母亲却没有表现出任何惧色，昂首挺胸进了手术室。我和妹妹在手术室门外如热锅上的蚂蚁转来转去，一会儿担心母亲手术不顺利，一会儿担心母亲受不了。两个多小时后，手术终于做完。我和妹妹赶紧跑过去搀扶着母亲。妹妹问："娘，你没害怕？"母亲轻松地说："不怕。给我做手术的大夫年龄不大，也就三十多岁。"听了母亲的话，我的心像一块石头落了地，一切顺利。

术后，医生要求母亲必须低头一周，这期间还要点眼药。母亲坐在洁白的病床上，如那低头吃草的老牛，一刻也不抬起。三天后，低头时间长了，有些难受，母亲想抬起头来，医生不让。我和妹妹也责备她，我甚至态度生硬地对她说："忍几天就好了，连这么点儿苦都吃不了？不听医生的话，会影响你的视力。"说完后，我有点儿后悔，其实母亲不是那种不能吃苦的人，毕竟她已是九十多岁的老人了。母亲这时候只好自嘲地说："你看看，这就像以前的犯罪分子，得低头认罪。"母亲的一席话，惹得病房里的人都笑了。同病房的人大多是六十岁以上的老人，他（她）们都很羡慕母亲，说母亲这么大年纪了，身体还这样好，根本不像九十多岁的人，也就有七十多岁。母亲听了很高兴，我心里也很受用。

半个多月后，母亲的视力还没有好转，她心里开始急躁，经常唠叨：

“白花了钱，也不管用。”我和小妹便劝她：“人家医生说了，需要一个多月的时间。”

时间一点一点过去，母亲的视力也渐渐恢复。有一天，我回老家，母亲对我说：“我现在站在咱胡同口，能看见一村的大街上汽车在跑。（距离五百多米）。”我大吃一惊：“有这么厉害？再过两个月，再把你的左眼也做了吧！”

母亲一听说又要花钱，心痛地说：“不做了，光这个眼就花了一万块，再做还要花钱，用这一个眼看事就行。”她一直为自己治病花了儿女这么多钱而感到内疚。

后来，在我和妹妹的坚持下，母亲又到医院做了左眼的白内障手术。现在母亲两眼的视力非常好。酥饼上面的黑芝麻掉到了炕上，她能一粒粒地捡起来。没有事的时候，母亲还坐在炕上偶尔做点儿针线活儿，自己能把针纫上。

母亲和父亲有点儿小毛病，从来不去医院。为不给我们添麻烦，也很少告诉我们，都是自己去村内的诊所找乡村医生买点儿药吃。病情严重时，就让乡村医生打点滴。没有人看针，她和比她还大两岁的父亲都学会了换药和撤针。

母亲非常爱干净，她穿的皮鞋能照出人影来，都比我的亮，家里总让她收拾得一尘不染。父亲常年在外懒散惯了，家务活儿一点儿不会干，过着衣来伸手、饭来张口的日子。他不大讲卫生，有时随口将痰吐在地面上，再用脚搓一搓，有时将垃圾随手扔在炕前，有时吃饭不洗手，毛病不少，却不让人说。每次母亲一说，他便瞪着放光的两只小眼儿和母亲吵，甚至出言不逊，好几次，似乎就要动起手来，但最终偃旗息鼓。吵归吵，到了吃饭的时候，母亲照旧将饭菜端到父亲的跟前；父亲有病了，母亲依然颠颠地端水送药。

母亲，就是这样一位普通的农家妇女。虽然她的头上已开满了霜花，脚步日益蹒跚，但她这首充满沧桑的暮歌，始终在我的人生中响彻。

父亲喝茶

父亲不好酒，好茶，我们家及周围的人没有谁不知道。亲朋好友逢年过节，不送烟酒，却忘不了给父亲捎一包茶。

父亲是个木匠，手艺人。年轻时，父亲走百家串万户为别人做家具，天天都有烟酒茶水伺候着。对于酒，父亲天生就适应不了，每次连半两都喝不了，喝上一点儿就脸红。这点可能是遗传吧。我爷爷在世时，不用喝，闻着酒就脸红。我也是喝酒就红脸，但酒量似乎比他们要大些。父亲不好酒，但好烟，好茶。父亲四十多岁才吃烟，一旦吃上就很迷。他从来不吃烟卷，说没有劲儿。他喜欢吃老旱烟，有时自己种，有时到集市上去买，用本子纸卷粗粗的一根，烟味很是呛人。七十岁那年，父亲感冒咳嗽，医生劝他不要吃烟了，他很有决心，一下子就戒掉了。因此只有喝茶这个好习惯了。父亲在很多单位干过，有时工作忙，顾不上喝水，工作之余怎么也得泡上一杯茶细品。特别是晚上回到家，一壶茶是必不可少的。如果没有别人来玩，父亲自己也能喝一暖瓶水；要是有别人来玩，常常要换过好几次茶。那时我小，每每被父亲安排到天井里，用电热水壶为父亲及客人烧水泡茶。

喝的茶多了，父亲对茶的色、香、味都有研究。在计划经济年代，物资由国家统购统销，物价稳定，茶叶的等级明确，价格也基本不变动。对茶水父亲喝一碗便能品出价格，误差不超过两毛钱。记得那时我村有一姓王的退休老干部（其儿子在外当干部）也很好茶，在我村住的时间长了，和父亲成了要好的茶友。他曾检验过父亲好几回，但父亲每次都说得极准确。此后每当别人送给他茶，或他儿子从外面带回家茶，他都要泡上一壶请父亲去品价格，看看人家送他的茶到底多少钱一斤。

改革开放以后，计划经济逐步走向了市场经济，物价不稳定，而且假冒伪劣产品过多。父亲喝的茶也时好时坏，再也品不出茶的价格。有时包装精美、价格不菲的茶叶却极难喝。父亲常常感叹：再也喝不到以前那样的好茶了。

和父亲一样，我也是好茶不好酒。对酒其实也有那么一点儿喜欢，只是酒量太小，特别是在酒桌上，没有本事和人家较量，只能闭口不言，看着人家豪饮。但我酒量比父亲要长一些。他喝酒从没有超过半两，我有时冲劲上来，还能喝个半斤四两。我喜欢喝茶，但又和父亲不同。

父亲最喜欢喝茉莉花茶和珠兰茶，这两种茶香味大。茶叶下到壶中，用开水一冲，满屋飘香，甚是好闻。喝到口中，香气绵长，回味久远，确实不错。但我偏爱绿茶，特别是桃林的绿茶，冲出的茶水淡绿色，有一股清香味。（最早的桃林茶，有一种豌豆面香味，现在由于追使化肥，有的还使用催生素，再也没有豌豆面香味了。）从养生角度看，绿茶有提神、软化血管、防癌抗癌等很多好处。但父亲却不喜欢喝绿茶，他嫌绿茶过于清淡，无滋无味，至于那些所谓的功效，他并不理会。

父亲虽然是喝茶行家，喝茶的观念却明显有些陈旧。如，无论喝什么样的茶叶，每次他都要求我用开水冲泡，并且要盖严壶盖，闷几分钟，再用茶水打几次（方言，洗茶），下来色才能喝。而且他好喝酽茶，他喝的茶水，头遍别人都喝不来。到了晚年，这一习惯才变了，不再喝酽茶了。如果喝绿茶时，也像他这样泡茶，那茶叶就烫熟了，不但破坏了营养成分，也冲不了几次，就没颜色了。因此，我每次都按有关资料说的，用八十多摄氏度的水冲泡，而且不盖壶盖。父亲只要看到，就会说，哪有这样喝茶的，闷闷喝才对。开始我还和父亲解释一番，后来看到父亲并不认同，也就算了。

父亲在外漂泊了半生，五十多岁后，回家重新拿起农具，开启了种地的生涯。到了坡里，农活儿沉重、繁忙，尤其是夏季，天气炎热，出汗多，没有水喝怎么行？邻居们都找一个大塑料桶，装上一桶凉开水捎着。渴了，咕咚咕咚喝一顿。父亲从不喝凉开水，他用一个暖瓶加上茶叶，再带一个茶缸，歇息时，倒上茶水慢慢喝，这样既解渴，还消暑。无论生产生活环境怎样变化，他都会创造条件去喝茶，这一点轻易不会改变。

父亲喝茶和过日子一样，一点儿也不舍得浪费。我每次喝茶，都要洗一洗，将茶中的杂质、尘土洗去。既卫生，又有利于健康。父亲却不以为然：洗什么洗，那么些讲究，把茶色冲掉了；我喝了一辈子茶，从来没有洗过茶，身体不也好好的。

过年时，不知哪位亲戚送了一盒茶叶，里面茶叶末子较多，我想扔了，父亲却不舍得。他将茶叶全部拆包，倒进簸箕里，将茶叶末子簸了出来，再喝。过了夏的绿茶，不但颜色发灰，味道也不好，父亲也照喝不误。我要扔，父亲赶紧说，别祸害了，这也是花钱买的。许多时候，我只好趁父亲不注意，偷偷倒掉。

父亲对喝茶的器具也不怎么讲究，只要能泡茶叶就行。我先后给父亲买过紫砂壶、紫砂杯，他用了些日子，后来都不用了。邻居送给他一个小白瓷茶壶，两个人喝正好，一个人喝也行，父亲便喜欢上了这把小壶，直到去世前，都用着。

父亲晚年没有耽误了喝茶，不光我们姊妹们往家买茶叶，侄子、外甥平日回家、逢年过节都会给他带点儿好茶。西湖龙井、竹叶青、碧螺春、武夷岩茶、崂山绿叶等，他都喝过。父亲虽然喜欢喝茉莉花茶和珠兰茶，对绿茶也并不排斥。有就喝，没有也不挑剔。红茶他却从来不喝，金骏眉、正山小种、滇红等，这些我觉得很好的红茶，均引不起他的兴趣。

每次我回老家，父亲便会泡上一壶好茶，倒上一碗，推到我的面前说，喝茶吧。回想起我们爷俩喝茶的情景，我心里就会浮起一种温馨的感觉，久久不能忘怀。如果有农活儿或家务活儿，顾不上喝水，父亲害怕我渴，便早早冲上热茶，倒进茶碗凉着，看看不烫了，就吆喝：过来喝水吧，都凉了。我便跑过去，赶紧喝两碗，再干活儿。这时，身上好像充满了干劲儿，疲劳感一扫而光。后来父亲身体不是很好了，行动不很灵便。吃完饭，他不大乐意下炕活动，便坐在炕头上，对我说，冲水喝吧。我将那个小白瓷壶洗一洗，泡上茶叶，在袅袅的茶香中，和父亲一起品味着，拉呱着家常，听他讲述艰难的过去。

为了全家人的生计，父亲一生曾背着沉甸甸的木工箱，九次闯关东，将大半生奉献给关东的父老乡亲，为他们盖房，打家具，也挣得了一些收入，解决了家人的生活问题。后来他又回到关内，在工厂、学校当过临时工，干了一辈子木工活儿，拉大锯，抓大锛，推刨子，累得他腰都弯了。到老了，体力不行了，才又回家种地。

父亲一直活到九十四岁。我想，他之所以高寿，也许与好喝茶有很大关系。都说喝茶有很多好处，兴许父亲就是一个很好的例证。

现在，喝茶也成了我的一种嗜好。每当工作或写作累了，我会沏上一杯清茶，静静地坐在电脑旁，一边细细品茶，一边畅游在漫无边际的思绪中，想我所想，写我所言。于苦涩中现幽香，于平凡中见滋味。其实人生就如同一杯清茶，有苦有香、有浓有淡。在品味中，感悟人生真谛；在品味中，撩起无边思绪。

每当我端起一杯飘香茶水、凝神静思时，和父亲一起喝茶的情景瞬间就会浮现在我的眼前，一种眷念的思绪便萦绕在我的心头。

家训

父亲今年九十二岁了，在将近一个世纪的人生历程中，他始终践行着从爷爷那辈就立下的家训："不贪小利，乐于助人。"

一

我家世代木匠，爷爷在世时，主要做独轮车。他做的独轮车，木料大、卯榫严，经久耐用，在我们那一带远近闻名。父亲继承了爷爷的手艺，但并不像爷爷那样专做一样木工活儿，凡是木匠能干的活他都会干。

那时的农村手艺人很吃香，无论到谁家干活儿，都要好酒、好饭伺候着，活儿干完了，再结算工钱。由于物质匮乏，木料奇缺，经济又不宽裕，无论结婚做家具，还是盖房装檩条、做门窗，户主淘换点儿木料都不容易。父亲不管到谁家做活儿，都实心实意地干，从不拖延时间，也不会像其他木匠那样，趁户主不注意，往自己的工具箱塞点儿小东西。由于父亲不喝酒、不吸烟，只是喝点儿茶水，用村里人的话说："很好伺候。"所以，不管到谁家干活儿，都会受到欢迎。

20 世纪 70 年代，村里发展副业，建起了麻袋加工厂，所有麻袋机都由父亲负责进行安装、维修。很多人，包括家里人都认为这是一个发财的好机会，都劝父亲：以前在个人家做活儿，不好意思贪便宜，现在给公家干活儿，总要贪点儿小利吧！父亲却严肃地说："无论是给个人干，还是给公家干，我们都不能贪小便宜。有这种毛病，不仅会坏了个人的名声，也败坏了我们的家风。"父亲又说："不贪小利，是从老一辈就立下的规矩，我们不但不能坏了这规矩，还要世世代代发扬下去。"

父亲上过私塾，有点儿文化，说话办事总是比没有文化的人要强一些。

二

20 世纪 60 年代初，因天灾人祸，人们的生活陷入了极度贫困，家家吃不饱。我们家也是一样，由于人口比较多，生活很艰难，但好歹还没有断粮。

有一天，父亲在从外地干活儿回家的路上，碰到一个二十多岁青年走在路上直摇晃。父亲以为他得了什么病，便连忙上前问他怎么了，他说是饿的。父亲一听，二话没说，就直接把他领回了家。

回到家后，奶奶却犯起愁来。原来家里虽然还没有断粮，但添上一口人吃饭，却没有这个能力，但人既然领回家了，就不能让人饿着肚子走了。奶奶把缸里的米全部打扫出来，本想做一顿米饭，但因米太少，米饭还是稀的。没办法，奶奶只好把汤先舀了出来，自家人喝，把剩下的干米饭全部舀给了那位饥饿的青年。青年也顾不上客气，低下头，一会儿工夫，就把米饭全部吃光了。吃完饭，青年一个劲儿地表示感谢，并动情地说："要不是碰上大叔这样的好人，我恐怕就饿死了。"

父亲问了问青年的家庭情况，知道他家里挺困难，便挽留青年再住几天。青年在我家住了两天，看到我家粮食也不够吃的，不好意思再待下去。第三天吃完早饭后，便起身告辞了。临走时，青年写下自己的家庭住址，并一再承诺："大叔，非常感谢您的救命之恩，过了这个困难时候，我一定会回来报答您的。"

但此人走后，便没有了音信。家里人常常说父亲，救了一个白眼狼，一点儿恩情也没有。父亲却说："话不能这么说，当初救人家的时候，本就没有想着让人家报恩。"

三

动乱年代，邻村的一个姓高的村干部，不仅被造反派赶下了台，还遭到了揪斗。白天老高被拉到工地上干活儿，到了晚上，造反派就把他拉到会场上进行批斗，批斗现场往往是拳脚相加。有些在老高当干部时没有捞到好处的、受到处分的人，趁机进行报复，打得老高路都走不成，口里直吐鲜血。就这样第二天还要到工地抬土。

有一次，父亲到大姑家，路过该村，碰到老高的老婆，听说了这事，便到老高家看望他。父亲和老高一起在坊子煤矿工作过，有一些交情。父亲到了老高家不一会儿，老高便瘸着腿回家了。看到老高回来，老高的老婆就哭了。父亲问明了缘由，感叹道："这个世道有点儿乱了，我就没敢参加任何派别。他们爱斗谁斗谁，我不掺和。"

到了吃晚饭的时候，老高两口子非留下父亲吃饭不可。父亲只好留下，但晚饭端上来后，只是一小笸箩地瓜干子皮。

父亲问道："你们就吃这样的饭？"

老高老婆叹口气说："就这样的地瓜干皮也就只吃两天！"

父亲回家后，和奶奶商量了一下，连夜给老高送去了一担地瓜干，还有两升高粱。老高两口子感激得热泪盈眶，老高动情地说："这个时候连亲戚都没有敢上门的，你却给我们送来吃的。"

到了秋收后，老高到我家还粮食。父亲说："你家人口多，饥荒也多，这点儿粮食我就不要了，你吃了就行。"因家里确实困难，老高也就不再客气，就担着粮食回家了。

但这种恩情，老高终生没忘。后来他全家迁到了东北，每隔几年，都会回来看望父亲，直到去世。

四

我参加工作后，每次回家，父亲都不厌其烦地告诉我："在单位上一定要听领导的话，不要贪小利，要乐于助人。古人说，帮助一个人，就多一条路；得罪一个人，就添一堵墙。"

记得有一年，村民委员会进行换届选举，村里为了吸引村民参加会议，在正式选举那天，给凡是参加会议的，每人一个马扎。我也去参加了会议，并且多要了一个马扎。

回家后，父亲看到我拿了两个马扎，就问我："村里不是说每人一个马扎吗？你怎么拿了两个？"

我说："我多要了一个。"

父亲一听就来了气，二话没说，就朝我火了："全村就你特殊，每人一个，你偏要两个！你忘了我平时是怎样嘱咐你的？不贪小利！不贪小利！贪小利这个毛病一旦养成，你时时事事都想占便宜。养成这种习惯，以后要吃大亏的！"

最后，父亲非得逼我把多要的那一个马扎送回去。

我怕惹他生气，便只好拿着马扎从家里出来，心里想：现在已经散会了，村办公室恐怕也没有人了，马扎已无法再交还村里，但拿回家去又不行，怎么办？正发愁间，村会计从家里出来，我赶紧叫住他，把马扎给了他，这才回家交了差。

父亲就是这样一个人，他用自己的一生践行着"不贪小利，乐于助人"的家训，并且严格要求他的每一个子女也牢记并遵循这个家训。

初中生活散记

岁月如梭，人生茫茫，不知不觉，坎坎坷坷走过了五十余载。往事不堪回首，但又不能不回首。记忆的流水淙淙流淌，有很多难以忘怀的东西，像跳跃的浪花腾空而起，激起一圈圈涟漪。

记忆的流年中，最难忘记的是那一段初中岁月。

考入公社重点班

1977 年冬，在邓小平的倡导下，我国恢复了改变几代人命运的高考制度。随着这一制度的恢复，教育教学工作也逐步走向了正规，提升教育教学质量成为学校的办学目标。

当时的皇华人民公社教育组顺应形势，抢抓机遇，于 1978 年在全市率先办起了重点班。他们从全公社公开选拔了五十多名学生，抽调了全公社最好的老师来授课。功夫不负有心人，当年全公社考入中专十余人，拔得了全县头筹，冒了一阵青烟。教育组长在全县教育大会上做了典型发言，叫响了“时间加揉搓”的皇华经验，他也成为第一个敢于吃螃蟹的人。尝到甜头后，重点班便接着一届一届办下去。1980 年秋，公社教育组又率先在全县进行了创新，从初中二年级开始就开办重点班。经过严格的选拔考试，十五岁的我如愿进入了第一届初二重点班。在同学和邻居羡慕的眼光中，我高高兴兴地走向了离家二十多里的公社驻地，开始了重点班生涯。

入住简易宿舍

当我背着简单的铺盖，在父亲的陪同下，和两名本村的同学一起到学校报到后，班主任领我们到宿舍安排住宿。呈现在眼前的是三间简易的大通屋，前后玻璃窗，前墙最西边一间安有单扇玻璃门，梁和檩条都裸露着，无吊棚，室内没有床，沿南北两面墙垒起了两排大通铺。红砖铺墙，墙高半米左右，墙内全部用炉渣填满，然后在炉渣上面拉上一层大粗席。上面凹凸不平，这就是我们睡觉的“床”，更确切一点儿说是“炕”。

望着这简陋的“炕”，在家里睡惯了热炕的我，心里不免有些犯嘀咕，这“炕”咋睡？但摆在眼前的现实条件就这样，不睡又咋办？好歹母亲早有经验，在家早用布袋给我缝了一个长 2 米、宽 1 米的草褥子，里面填满了当年刚打下来的麦秧。母亲告诉我，这东西越睡越暖和，到外面上学这是最好的褥子啦。环视了一下屋内，我算是准备比较充分的，有好几个同学只带了一床小薄被和一床小棉褥子，连个草褥子也没有。直到冬天，这几个同学也是这点儿装备，那些寒冷的夜晚，不知他们是怎样过来的。

父亲把我安顿好后，就走了。剩下我和大多数刚认识的同学在一起，兴高采烈地交谈着。眼前的条件虽然简陋了些，却没有影响我们的心情，正是少年不知愁滋味。小小的我们，虽然从不同的学校和村庄走到一起，彼此原来并不认识，却没有很强的陌生感。大家聚在一起，像一群刚出笼的小鸟，叽叽喳喳，无忧无虑，很快就熟络了。

煎饼与馒头

正常上课之后，吃喝成了摆在我们面前的一个重大问题。

20 世纪 80 年代初的生活水平还处在解决温饱阶段，那时还是地瓜和地瓜干当家，偶尔吃顿面食是改善生活。

整个皇华公社的生活水平，可分为三段：以公社驻地为中心是中段，生活水平处于一般状态；驻地向北十里地的部分村庄是北段，土地平整、肥沃，处于一个小平原地带，生活最好，每个村每口人每年能分到一百多斤小麦，好的村庄能分到二百至三百斤，所以这些村庄的学生隔三岔五还能吃上点儿馒头；驻地以南五里地之外的村庄属南段，处于山区，土地贫瘠，生活水平就比较差了。他们的主食都是以地瓜和地瓜干为主，学生上学背的干粮也是地瓜，家庭条件最好的学生背的干粮是骨碌煎饼（一种用地瓜面在煎饼鏊子上摊出的薄饼）。

学生们捎的干粮大多数是煎饼，这煎饼分三种，分别是玉米煎饼、高粱煎饼、地瓜干煎饼。这三种煎饼，最好吃的是玉米煎饼，黄色，表面细腻，口感好。玉米煎饼分两种，一种是去皮的，煎饼糊是细的，抹成的煎饼吃起来又软又香；另一种是不去皮的，比去皮的节约，同样一斤玉米要多抹几个。为了节约粮食，大多数家庭是吃不去皮的煎饼。这种煎饼吃起来，口感明显不如去皮的，有一种拉嗓子的感觉，但味道和营养还是差不多。其次是高粱煎饼，暗红色，表面粗糙，无论口感还是味道、营养都不如玉米煎饼。最差的是地瓜干煎饼。这种煎饼的制作工艺和前面二种不同，不是先磨成糊糊再在鏊子上用煎饼耙子转圈抹，而是将地瓜干磨成粉，用水和成团，将面团在鏊子转圈，大约转完三圈后，一张煎饼就成了。因此，地瓜干煎饼在皇华这一带也叫骨碌煎饼，就是一圈一圈骨碌的。

皇华公社的初二重点班设在大山村，由“五七”红校改建而成。除了附近几个村庄外，距离都比较远。学生每周只能回家一趟，所以每个人都要带够一周的干粮。大多数学生都带煎饼，好捎带又好储存。冬天可以成包放着；春秋也可以成包放两天，之后再晾开；夏天只能在宿舍里扯上一根麻绳，将煎饼搭在上面晾干，然后再用热水泡着吃。家庭条件好点儿的，可以捎点儿咸菜，有的父母还用大油（用肥猪肉炼成的）

炒一些咸菜丝让孩子捎上。大多数学生的调料，是用大油炒的盐粒，用一个瓶子装着，每到吃饭时，将煎饼泡在热水里后，再撒上一些盐粒，就是一顿美餐。

其中一名学生，离学校有十里地，家里也不富裕，但父母为了改善他的生活，便将家里小麦的一半磨成了面粉，隔些日子蒸一些馒头给他带到学校吃。有一天，一连两顿，他到伙房馏的馒头都被别人拿走了。问伙房的师傅，也不知道是谁拿的。为了找到拿他馒头的人，吃饭的时候，他便偷偷躲在伙房的门口观察，看到底是谁拿走了他的馒头。但放学铃一响，全校的学生就像一窝蜂一样，争先恐后地涌向伙房，纷纷抢拿自己的饭盒。到底是谁拿走了他的馒头，最终他也没有查到。之后他便不再带馒头，而是和其他同学一样带煎饼了。

抢水

一日三餐的喝水是最大的问题，每个年级都有值日生，负责到伙房打水，因学生太多，每个班每顿饭就只有一桶水。这水也不是什么好水，都是馏锅水，也就是蒸馒头或馏干粮的水，颜色都是暗黄色，喝到嘴里有一股饭味。全班五十多名学生喝一桶水，显然不够。为了能抢到水，许多学生将小茶缸换成了大茶缸，以便抢水时一下能抢到够喝的水。

每当值日生将水从伙房抬出后，还没有到教室门口，全班五十多名学生便一哄而上，将自己的茶缸插进了水桶内，能抢多少算多少，最起码要抢到自己喝的。有的时候，因抢水会被热水烫伤手。有一次我的手被烫伤了，听说尿能减轻疼痛，便跑到厕所，趁没人注意，偷偷将一泡尿尿在了自己的手上。还有一次，我为了跑去抢水，把脚踝崴了，差点儿走不了路，有三天的时间只能扶着墙走。有一周多的时间，我只好一瘸一拐去上课。那时学校离家十二千米路，每次回家都要走近三个小时，每当周一到学校上课，都要迟到一节课。

抢水的风波也是经常发生的。有一天中午，当值日生从伙房里抬出来一桶水后，全班学生照例像潮水般涌了上去，大小不一、颜色各异的茶缸纷纷伸向了水桶。站在圈外的一位男生看到自己就要喝不上水了，便一不做二不休，从外面一脚踢翻了水桶，一桶水全倒在了地上。除了几个手快的把茶缸从水桶里抽了出来，抢到点儿水外，其余的同学都没有抢到水。整个中午大家没能喝上水，只好干啃干粮了。

另一起抢水风波是在十天以后发生的。这一天当值日生从伙房里抬来水后，同学们又像潮水般涌了上去。另一位男生吸取了上次的教训，准备了一大一小两个茶缸，一齐伸进了水桶，抢到两缸水。回到宿舍吃饭时，因水太热，他便将大茶缸里的水倒进饭碗里一些，准备晾一晾再喝。这样一个大茶缸、一个小茶缸、一个饭碗，三个盛水的家什一齐摆在睡觉的石渣炕沿上。正当他就着咸菜，洋洋得意地啃着窝窝头时，班主任杨老师走进了宿舍。

他刚进来便看到了这个男生的三个盛水家什，便厉声问道：“这是谁的水？”

男生一看班主任这架势，知道来者不善，便怯生生地说：“是我的。”

杨老师怒喝一声：“我叫你抢！我叫你喝！”接着，便伸出长长的胳膊，把男生的三个盛水的家什一下全部扫到了地上，然后指着男生的鼻子狠狠地训了一顿。

男生吓得大气不敢出一声，其他同学也都低着头，不敢说话。

只听杨老师大声训斥：“你们大家都听着，往后都文明点儿，谁也不许再抢水了，一个一个挨着舀，确保每一个同学都喝上水。谁要再违反了纪律，我决不轻饶。”说完，气哄哄地走了。

事后男同学们才知道，原来大多数女同学都没有抢到水，她们便一起去找了班主任杨老师，他这才发了火，到男生宿舍调查抢水问题。

从此以后，学生们再也不敢像以前一样不顾一切地抢水了，文明了许多，再也没有出现有的同学喝不上水的现象。即使有个别同学没有舀到水，别的同学也会匀给他一些。

砖厂听书

1981年，农村文化生活相当匮乏，除了公社放映队到各村轮回放电影外，基本没有什么文化娱乐活动。最吸引人的就是各村高音喇叭播放的县广播站的各类文艺节目。特别是刘兰芳说的评书《岳飞传》《杨家将》，吸引了大批听众。许多家庭全家为了听书，饭也顾不上吃。

学生们自然也不例外。

这年八月，每天晚上八点县广播站播放刘兰芳的评书《岳飞传》。吃了晚饭，我和另外两个同学一起偷偷跑到学校西边的砖厂内玩耍。

学校坐落在大山村西。学校西边就是公社办的大山砖厂，砖厂西边紧靠220省道。为了不影响学生上课，制砖机靠近公路；与学校相连的是砖坯摆放场地，一排排码放整齐的砖坯，高一米左右，零零散散的几棵杨树无精打采地立在这些砖坯中间。因学校周边实在无地方可玩，这里便成了游玩胜地。这一天我们又一起来到了这里。

农历八月底的傍晚，天气已经不是那么炎热，微微的暖风吹在身上，甚至有些凉爽的感觉。我们三人忘情地玩要着，这时高音喇叭里传出刘兰芳那动听的声音：南宋时期，金宋两国在爱华山前展开一场生死战斗，大金国四狼主金兀术，带领四十万人马兵进中原，兵扎爱华山，连环战表打到了宋朝国都。宋高宗便派精忠大帅岳飞率兵往爱华山，扎下了营盘，歇兵三日，响炮出兵。

三个人一边听着，一边赞叹着刘兰芳的好口才，完全忘记了上晚自习。我们玩得正酣，突然想起到了上课时间了，便赶紧向教室跑去，这时班主任杨老师正在教室里上课。他厉声问道：“你们三个人干什么来？”三个人大气不敢出，低着头不出声。杨老师又断喝一声：“说！”这时我只好老实说：“在外面听《岳飞传》来。”

“你们往后不用上课了，光听《岳飞传》就行了，听《岳飞传》你就能考上学？”

三个人一声不吭。

“你们到这几十里远的地方上学，就是为了来听《岳飞传》？嗯？”

三个人声音极低地说：“不是。”

“往后还去听不？”

三个人齐声答：“不去了。”

“好，我今天就先饶你们这一次，下不为例，听明白了没有？”

“听明白了。”

“好，坐好吧。”

三个人慌忙去了各自的座位坐好，低下头开始认真学习。

破茧

一个天气闷热的上午，本村的两名学生推开我家的门，将一张诸城师范的录取通知书送到我家。接过通知书，我看了一遍又一遍，望着“诸城师范学校”那红色印章，心情无比激动。闷热的感觉一扫而光，浑身清爽起来。

我长吁一口气：终于如愿以偿了，终于破茧而出。两个送通知的五年级小学生，还挺会说话的：“祝贺了老师！以后就有好日子了。”

是的，作为做了十年民办教师的我，终于化蛹成蝶，跳出了农门，成为一名公办教师。这是我多少年来梦寐以求的，也是每个民办教师的梦想。

别了，我的民办教师生涯；别了，那些艰难的岁月。我将以此作为新的起点，开启新的人生征程，燃起理想的火把，照亮前行的隧道。

回首过去，那些含辛茹苦的日子，充满了激情和奋斗，充满了艰辛和无奈，充满了希望和惶恐。

1985 年，通过乡镇统一招考，我有幸成为一名光荣的民办教师。满怀期待，满怀梦想，立志干出一番成绩来。那时，每月只有三十六元钱，却很满足。参加工作的第二年，我到了离家二十多里地的仉林小学任教，担任三年级全科教学和班主任，有二十多个小孩。白天正常上课外，还有早晚自习课。除了本村教师，其他教师都住校，只能周五下午回家。那时教师和驻村干部都吃派饭，由村干部统一派到每家每户，每天四毛五分钱，或者三毛钱一斤粮票。工作虽然累些，老师们相处融洽，生活快乐。

第三年，我又被调到河北小学任教。这一年教小学五年级，当时还是五四学制（小学五年，初中四年），五年级是小学毕业班，升初中要统一考试。小学毕业班也有压力，工作任务比非毕业班重，由我和一名姓魏的老教师任教，我教语文，他教数学。毕业考试时，我所教的语文科获得朱家村乡第三名。次年，被乡教育组调到中心小学任教。从此在学校吃食堂，与吃派饭绝缘。

1989 年，诸城市行政区划调整，朱家村乡合并到皇华镇。朱家村乡中心小学改为朱家村小学，我继续在该校任教。当时乡镇行政事业单位人员、民办教师工资全部由镇财政发放，从这一年开始，民办教师工资不再按月准时发放，有时拖欠达半年之久。

作为民办教师，仅靠这点儿工资是养活不了家口的。除了上课外，大家都利用星期天和节假日帮家里种地维持生计。平日里，大多数民办教师都是起早贪黑地干。每天天刚亮就扛起农具到坡里干活儿，看看快到上班时间了，赶紧跑回家，匆匆吃点儿饭，再跑到学校上课。很多人衣服都来不及换，有的穿着拖鞋上了课堂，有的穿着带泥水的裤子进了教室，还有的脸顾不上洗，就跑到了办公室。

那个年代，教师晚上还要上晚自习、办公，九点多才结束。只有周日一天休息时间，也只有这一天才能帮家人干一天活儿。令民办教师欣慰的是，那时都放麦假和秋假，每年的麦收放七天，秋收放半个月，虽然时间比较短，收获和播种基本上都能完成。时间靠不上，锄草、灭虫、浇水等管理跟不上，地里的产出往往比邻居少。工资少，地里产出少，民办教师成为村中最为贫困的人，也是村里人最瞧不起的人。记得家里最穷时连十元钱都拿不出，我的凉鞋带断了，都舍不得花两角钱去缝补，只好用订书针固定，将就着穿了一个夏天。每次望着那钉了两个针的鞋带，心里就难受：什么时候我能够有钱花，不再过这穷苦的日子呢？每当我想到那个时候的穷苦，心里就酸酸的，一股苦汁不断在内心翻腾。

由于民办教师户口都在本村，村里各种集资、工程、捐款等摊派，民办教师都有份。集资、捐款还好说，没有，借钱也可以交上。但摊派的各项工程就很难办了，如果去完工程，就要请假，耽误学生上课；如果不去，就要向村里交罚款。个别教师找村干部理论，答复很简单：各项工程都按人口分的，只要你户口在村里，就有份儿，不论你干什么。有本事，把户口起出去。只要户口不在本村，就没有份儿了。

面对如此困境，许多民办教师坚持不下去了，部分人辞职了，有的去当了工人，有的去经商，还有的回村当了村干部。真是“八仙过海，各显其能”。

看着那些有能力、有关系的人纷纷跳出民办教师队伍，我心里也开始犹豫，这民办教师到底是干还是不干？干，一个月几十元钱，还不按时发放。不干，心里确实舍不得，况且自己还有着美好的理想。那段时间，脑子里常常有两个小人在打架：一个说，你要坚持下去，困难是暂时的，国家绝不会让这种状况长期下去。一个国家要发展，必须重视教育，重视人才，没有人才，就谈不上发展。另一个说，就这么点儿工资，还不按时发放，你怎么找对象，怎么养家糊口？这两个小人不分胜负，经常吵得我不得安宁，让我寝食难安。

其实20世纪80年代末90年代初，不光教师的待遇出现了问题。当时，恰是商品经济风起云涌的年代，全民经商的热潮汹涌澎湃。下海经商的浪潮一浪高过一浪。不只是小小的民办教师，很多正式工人、党政干部都辞职下海了。他们满怀挣大钱、一夜暴富的美梦，扑到商海里摸爬滚打，去实现自己的人生价值。

记忆最深的是有一次，在上班的路上，碰到我的初中同学，他用自行车带着一箱冰棍，到处卖。他问我，一个月多少工资？我说，三十六元。他很是不屑地说，我一天就挣你一个月的！还是你厉害，我称赞道。但我心里想：人各有志，我有我的理想，我不会因为一时的收入而放弃我的理想。

这期间，三姐给我找了一个人，让我跟着他到诸城的善人桥去卖布。

善人桥位于诸城的西关，在现在的老百盛西边。当年市政府为发展商业，把人流多的一条街道搭起一个很高的棚子，里面垒上了摊位，租赁出去，主要是卖服装和布匹。买卖很好，每个摊位一年能挣近万元。那个年代的万元户，凤毛麟角，比现在的千万元户还风光。

面对诱惑，我心有点儿动了。当我下决心欲辞去民办教师，那天晚上，却失眠了。怎么办？到了紧要关头，我又舍不得了。想到那一张张天真无邪的笑脸，想到那甜甜的“老师”的叫声，想到那夜深人静的读书时光，想到在初中时就萌动的作家梦，我又犹豫了。最终，我还是放弃了去做买卖的想法。也许，挣钱肯定比民办教师多，但我骨子里不喜欢那种忙忙碌碌、人声嘈杂的工作环境。我还是喜欢安静一些的生活环境，规律的作息时间，按部就班地去工作，去学习，去读书，去实现自己的梦想。

这一次躁动之后，我安静了，再也没有了跳出教师队伍的想法。我相信，党和政府不会忘记民办教师，不会不重视中国的教育。我曾写过一篇《你的未来不是梦》的散文，表达自己对教师的未来充满了信心。这期间，我潜心进行教学，认真开展教学研究，先后有三十多篇教学论文在省市级报刊上发表。同时，我还在文学创作和新闻写作上发力，有多篇文学作品在《山东文学》《山东教育报》《潍坊日报》发表。《诸城市报》经常刊发我的新闻稿件，诸城电视台和广播电台每隔两三天便播出我的新闻稿。《农民日报》《齐鲁晚报》《潍坊日报》《潍坊晚报》《潍坊广播电视报》都刊发了我写的新闻通讯。2022 年我被诸城市委、市政府表彰为“诸城市十佳新闻工作者”。

诸多收获，让我有了成就感，也让我坚定了从事教育工作的信念。我曾在《诸城市报》上发表过一首《写给老师》的诗，表达了我对教育事业的坚守：

您写的每一笔
都是一缕春天的阳光
您写的每一个字
都是一朵花蕾含苞欲放

窗外，金钱闪着诱人的光
可您，守住贫穷
执着于
浇铸人格智慧的作坊

这些作品的发表，不仅给了我精神上的动力，也带来一定的经济收入。虽然稿费不多，一年最多千元，但对于还处于贫困状态的我，却是不小的帮助。小小的收入，常常解了我的燃眉之急，让我颇感欣慰。有时参加一些征文比赛，奖个台灯、收音机、石英钟等小物件，也省却我一些小开支，让我欣喜一阵子。

为了赶稿子，我经常爬格子到深夜。农闲时节还好说，农忙季节，累得腰酸背疼，农活儿都干不过来，哪有时间和精力去搞创作？心里急躁，但也没有办法。毕竟第一要务是生存和温饱，只有吃饱了饭，才能有理想，有梦想。如果连饭都吃不饱，一切都是空谈，都是空中楼阁，都是不切实际的幻想。

略感安慰的是，民办教师的待遇也在不断提高，虽然还是很低，但已经看到了曙光。

1994年实施的《中华人民共和国教师法》，明确规定了教师的工资不低于或高于当地公务员工资，从法律上对教师的待遇进行了规定。教师的工资由乡镇政府统筹、乡镇财政发放，改为县级政府统筹、县级财政统一发放。从此，教师的工资再也没有拖欠过。

党和国家一直没有忘记民办教师。自20世纪80年代起，就从民办教师中招收师范生，成立民师班，我们俗称“民师”。这些民师毕业后，再分配到原单位，成为正式公办教师，通过这种途径解决了一部分民办教师出路问题。

最初限定了十年教龄的条件，每个乡镇也都限定了名额，一般二至三人。全县统一招考，一个乡镇能够考上一名以上就很好了。那时民办老师是一个庞大的队伍，占到全体老师的百分之八十以上。他（她）们担当重任，吃苦受累，默默无闻，无私奉献，每月只发几十元工资，不及公办教师的四分之一。能够考上师范，改变命运，是每个民办教师梦寐以求的。

1993年，民师招考政策放宽，取消教龄限制，只要是在编民办教师就可以考师范。但还实行名额分配制，每个乡镇三至五人，由乡镇预选后，参加统一考试。

作为民办教师中的一员，我于1994年首次参加民师招考。为了金榜题名，根据自己的实际情况，我制订了详细的学习计划。由于还任着课，不能耽误教学，我只好利用晚上和早上的时间来学习。民师招考共四门课程，分别是语文、数学、政治和教材教法，其中前三门都是初中课程。我自己语文底子较好，在学习过程中，只把初中语文大体浏览了一遍，就不用再看。重点是我的弱课：数学，我把晚上的时间全部用来学习数学。早上，头脑清醒，主要背诵政治。教材教法与平时教学关联较大，没有固定的教材和资料，就靠临场发挥了。

我像一架机器一样，每天晚饭后，准时坐到写字台前，开启学习之旅，直至深夜十一点才结束。第二天早上准时于五点半起床，在政治的王国里遨游，七点后，吃点儿早饭赶紧到学校上课。

当时，最让我烦心的是妻子养了三只大鹅。每天天刚亮，它们就抻长白色的脖颈，扯着嗓子“嘎嘎嘎”地叫。常常把我从睡梦中惊醒，严重影响我的睡眠，也打乱了我的作息习惯。和妻子说了多次，让她卖了，她就是不舍得。有一天早上，我忍无可忍，打开大门，气呼呼地将三只大鹅赶了出去，望着它们摇摆着身子，慌慌张张冲出大门，我心里松了一口气：这下清静了。没想到，这三只大鹅出去后，便不知去向，想必被走村串户、收大鹅的小商贩掳了去，也未可知，反正再也没有回家。妻子为此和我吵了一架，但我态度坚决，不能因小失大，影响了我的学习，耽误了我的前途。

这一年，我名落孙山，未能考取。

面对失败，我痛心但不气馁，决心再战，并抱定必胜的信心。我对第一年的考试成绩进行了认真分析，语文一百多分，政治八十多分，只是数学分太低，影响了我的总分。找准弱项，我便下决心进行攻坚。功夫不负有心人，有志者事竟成。1995年，也是我参加民师考试的第二年，我终于如愿以偿，以高出录取分数线二十多分的成绩，考取了诸城师范学校，两年后，终于成为一名公办教师，实现了我人生的一个重要目标。多年的愿望终于变成了现实。我破茧而出，化蛹成蝶，开启了新的征程。

这时，全面解决民办教师问题也成为全社会的共识。2002年，山东省将所有符合条件的民办教师全部转为公办教师。喜讯传来，民办教师们载歌载舞，举杯欢庆，终于走向康庄大道。那些曾经挺不起腰杆的民办教师家庭，在村里也能昂首挺胸走路了，不再有低人一等的感觉。

民办教师完成了蝶变，从此退出了历史舞台。如今，教师已渐渐成了令人羡慕的职业。

爱好文学是一种病

一

20世纪80年代初，我在镇驻地上初中三年级。教我们语文的王老师，不但教学水平高，还爱好文学。他经常讲一些作家的故事，读一些文学作品给我们听。在他潜移默化的影响下，我渐渐喜欢上了文学，而且到了一发而不可收的地步。

那时我非常喜欢语文，成绩也特别好。尤其是作文，在班里可以说是数一数二。记得有一次全公社初三年级统考，我写的作文得了满分，在全公社引起了轰动。在这之前，还从来没有人作文得过满分。平时的作文，老师有时也会在班上当范文来读。

对文学的热爱，使我有了一个当作家的梦想。为了实现自己的作家梦，在紧张的学习之余，我如饥似渴地阅读各类文学书籍和有关写作的文章。我把平时父母给的生活费节约下来，到公社驻地的书店买了课外读物。利用难得的星期天到县城书店买了《臧克家长诗选》《红楼梦》《三国演义》等名家作品和文学名著，到报刊亭买《小说选刊》《小说月报》等刊物。记得当时诸城文化馆的王良瑛老师有一篇小说《老憨门前的烟灰》发表，我和爱好文学的同学羡慕得不得了。

那时读了很多谈写作的文章，都说要写好作文就要多读多写，于是也就天真地认为只要多读多写，就一定能写出好的文章，并常常以“背过唐诗三百首，不会作诗也会溜（方言，吟诵）”这句顺口溜来鼓励自己。

但繁重的学习任务，使我无过多时间来阅读文学作品。于是我产生了退学的想法。我幼稚地想：不上学了，回家专门阅读文学名著，写文学作品，实现自己当作家的梦想。

我回家和父亲说了一声。因那个阶段，我正好得了神经性头痛，吃了很多药也不好。父亲知道我上学压力很大，因此并没有坚决不同意，只是说："如果你自己上够了学，不愿上，就不上了。"

回到学校后，星期一的下午，我去找班主任马老师，他不在，我便到教数学的王老师宿舍内和他说。王老师脾气好，心又细，在我们学生中威信很高，有些事我们也都乐意和他说。

进到王老师屋内后，我低着头，一时竟难以开口。他问我有什么事后，我才不好意思地把自己打算退学的想法说了出来。我并没有说是为了爱好文学，想回家写作，而是说我头痛，无法上课了。王老师听了我的话后，没有同意，语重心长地说："你再好好考虑考虑，这可是关系你一辈子的前途。有病可以治病，但最好不要退学。"

听了老师的话，我仍旧低着头，不敢看老师，只是默默地不再出声。

从王老师屋里出来后，我便回家了。

回到家后，一晚上在家没有事干，我翻来覆去睡不着。在学校时，我们五点半便要起床跑操。在家里寂静无声，但我还是准时醒了，也许是过分的寂静将我惊醒。睁开眼望着窗外刚刚发白的天空，一时让我心里感到非常的慌乱。这种慌乱像天地间忽然被无底的黑云笼罩着，压抑得我六神无主。吃了早饭后，我无法忍受那种慌乱和失落感，便又自己跑回了学校。

回到学校后，其他老师都没有说什么。只有化学老师下班后见了我，很委婉地说了我一句："咋了，闹了个小故事？"

我的脸一下红了，没有敢说什么，就赶紧跑回了座位。

此后的日子我只好暂时先放下文学，不敢再看课外书籍，而是全身心投入各科学习，准备中考。那个时候，农村人唯一的希望就是将农村户口变为城镇户口，成为吃国库粮的人。跳出"农门"，是每一个庄户孩子最大的梦想。

全家人都将希望寄托在自己身上，怎能辜负家人的希望呢？

但我头痛病一直没有好，我坚持着，努力着，直到预选考试结束。可想而知，我没有入围学校的预选，也就没有资格参加中考。

二

20世纪80年代初，记得全国大中专学校总共才招收六十多万学生，而初高中毕业生基数又大，一个公社一年能考上五六个学生就很好了。没有能够考中专和重点高中，我只好参加普通高中考试，顺利被皇华中学录取了（那时普通班的学生多数连高中也考不上）。当时我头痛还未好，过了一个多月好了之后，我才去正式上课。

在高中上学期间，爱好文学的梦想又死灰复燃。在初中就有一个同学和我有着共同的文学梦想，他也是因为爱好文学而影响了学习，没有进入学校的预选，只好考了普通高中。

在我俩的带动下，全班冒出了五六个人都热衷于文学。我们经常在一起高谈阔论，相互传阅手中的文学名著，搜集作家成功的故事，无时无刻不在编织着作家的美梦。由于教我们的语文老师写作水平不是很高，我们常常自以为是，作文都写得很长。还有一个同学故意为难语文老师，一篇作文就将一个作文本写完了，不但没有得到老师的表扬，还得到了“懒老婆的裹脚布——又长又臭”的批语。

两年的高中生活结束后，我们班没有几个同学考上大中专学校，大多数都回了农村，继承祖祖辈辈“修理地球”的事业。

那时家里承包了十几亩地，我、哥哥和父亲是劳动力。当时农村还很落后，一直处于牛拉犁的农耕时代，没有农业机械化，全凭人力和畜力。劳作一天后，累得全身像散了架一样，吃了晚饭，在桌子旁倒下就睡了，哪有什么时间和精力去读书，去写作，去想自己的作家梦呢。

所有的梦想，在严酷的现实面前都碰得粉身碎骨。

人活着首先要解决温饱问题，其次，还要有一定的经济基础和自由支配的时间，才能想三想四，才能有所谓的理想或者梦想。否则，一切都是空谈，都是空中楼阁。

到了冬季农闲时节，有些空余时间了，也有了精力可以看点儿书了。但家里条件不好，连张像样的桌子也没有。我只好找了一块小木板、四根棍子，用钉子钉起来，作为我的学习桌，在上面看书写作。

那个年代，我家和大多数农户一样，都不富裕，居住条件也差。全家七口人住着三间房子，到了晚上，我和哥哥只好住在邻居家（他们只有爷俩过日子）。没有地方看书学习，又成了摆在我面前的一道难题。最让我生气的是，到了晚上，正是我学习的最好时间，家里却常常会有人来串门。

每当家里来了客人，父亲都会吩咐我用快壶（一种白铁打制，用木柴烧水的壶）烧水，冲茶水招待客人。

为不影响自己的看书学习，我只好将家东面的地瓜窖清理了一下，每天晚上，端着煤油灯，到地窖里学习。有一天晚上看书入迷了，忘了上来，家里人找不到了。父亲看到地窖口透出了灯光，才找到我。

严酷的现实，无法忍受的家庭环境，使我充分认识到，没有一个好的环境，没有足够的条件，想实现自己的梦想是不可能的。

于是，我有了走出家门的想法。我不能像父辈一样，每天都“面朝黄土，背朝天”“日出而作，日落而息”，把自己的一生埋葬在黄土中。我要寻找机会，我要跳出农门，我要脱离这片黄土的海洋，我不能溺入其中。

当朱家村乡发布招收民办教师的公告后，我毅然决然地参加了招收考试，拒绝了父亲让我当木匠的想法（我父亲和爷爷都是木匠）。我终于如愿以偿，当了月工资不足四十元的乡村民办教师。

我的心情豁然开朗，精神倍增。我想，这也许就可以有机会实现自己的梦想了吧？

但现实远比我想象的艰难。当了民办教师后，由于工资太低，我们并没有脱离农村，星期天、寒暑假还要回家种地。家里的承包地并没有减少，农活儿像以前一样多。那个年代，民办教师是村里最穷的户，生存的压力非常大。在学校里白天上课，早晚学生要上自习，教师要看班、备课、批改学生作业，很多时间晚上也要给学生讲习题。基本上没有个人时间，只能挤时间自己看点儿文学作品。

我克服种种困难，忙里偷闲，开始爬格子。功夫不负有心人，我先后有十多篇诗歌、散文、小说在省市级报刊上发表。

三

20世纪80年代，文学进入鼎盛时期。作家们重新获得了写作的权利，创作欲望非常旺盛，年轻作者纷纷涌现。被压抑的精神得到了释放，如著名作家张炜所说："人们第一次感受到文学的强势存在。一个作家发表一篇作品便可名满天下，全国上下争读一部一篇、街头巷尾口耳相传一位作家，是再正常不过的事情。"

作家也成为人们最羡慕的职业，能够写点儿东西的人，也是受人们尊重的人。大量青年学生成为文学爱好者，有了当作家的梦想。

和我一样爱好文学的几个人，只有我自己坚持下来了。他们大多和我一样当了教师。繁重的教学任务，沉重的农活儿，烦琐的家务，早已将每个人的梦想击得粉碎。还有的当了工人，终于也能够养活全家人。最差的是个别人，连媳妇都没有找着，满脑子天真，又不愿下苦力，只好当了算命先生，勉强混口饭吃。认识的人都说："这个人，爱好文学爱傻了。"

读书读傻了，写东西写"朝"（精神病）了。这是周围人对一些文学爱好者的评价。当然如果你修成正果，成名成家了，他们一定另眼相看。可是这世上这么多文学爱好者，真正成名成家的又有几人？大多数只能是做个文学梦罢了。因了这文学的梦想，因了这梦想的天真，有些人不正常了，或者是“病”了，这就是一种“文学病”，不切实际的“文学病”。

在现实生活中，每个爱好文学的人，都觉得自己是高尚的，是有理想、有梦想、有追求的人；有的人甚至在别人面前装出一副清高的样子。但在其他人眼里，爱好文学的人都有点儿傻乎乎的。以前如果身边人在报刊上发表一篇哪怕是豆腐块的东西，也会引起人们的羡慕，但现在你即使在省级刊物上发篇长作品，也不会引起人们的注意，也就是在文学圈内引起一点儿骚动。除非你的作品在全国获得大奖，得了很多奖金，人们才会关注你。物质高度丰富的社会，人们看重的是物质和金钱，不是所谓的精神，现实就是这样残酷。

然而现实生活中，爱好文学的人层出不穷。无论结果如何，其中也不乏一生执着不弃的人。也有的人基本是实现了自己的梦想，成了一个作家。但这样的作家，并没有过硬的作品面世，在全省乃至全国更没有什么影响。在一个小县城也许还有一定的影响力，或许是受人尊重的。其实这也能让人满足了。

我有个文学挚友，对文学非常痴迷。他曾对我说，当年他立下誓言，不出成就坚决不结婚。后来，年龄越来越大，年近四十岁了还是光棍一个。有一年，他的一个短篇小说在省级刊物上发表，同时获得这个刊物的年度一等奖。那是 20 世纪 90 年代末，文学的热度还没有完全消散，人们对文学还怀有崇敬之心，对作家还有向往之情。他的小说获奖后，在圈内掀起了不小的波澜，引起了一个女文学爱好者的注意，两人终成眷属。

多少年后，我们谈起爱好文学对一个人成长的损益，基本上都认同了爱好文学是一种“病”的看法。他也曾感叹道：“好险，我就因为爱好文学，差点儿打了光棍。”

当代社会，由于生活品质不断提高，人们的工作和精神压力也在不断增大。除了文学爱好者，普通大众已经没有多少人再去阅读那些长篇文学作品。手机是人们最重要的消磨时间的工具。无论你走到哪里，无论是在商店、广场、公交车、地铁上，很少看到有人像 20 世纪 80 年代那样拿本书在阅读。人们都成了低头一族，抱着个手机津津有味地读着、看着。手机已是人们须臾不能离开的工具。

正如作家张炜在《语言的热带雨林》中所说："在网络时代，写作和阅读方式发生了改变。人们开始热衷于碎片化阅读，在小小屏幕上花费的时间越来越多。内容芜杂，主要是社会信息的流动。人类的好奇心首先需要得到满足，审美也就放到其次。人们愿在极短的时间内获得更多消息，虽然大多无关于自己。它们作为意趣而不是意义被人接纳。这就占用了大量时间，受到伤害的不仅是文学阅读，而是整个的精神空间、生存空间。"

与普通大众相反，一部分执着的文学爱好者，却在不停地奋斗、拼搏。还有一些所谓的文学工作者，在做着无病呻吟的无聊文字游戏。因此形成了写诗的人比读诗的还多，出书的人比读书的人还多的怪现象。

这种现象，张炜也进行了精辟的论述："作为语言艺术的文学则产生了灾难性的结果。我们如果稍稍注意，就会发现随处都是文字垃圾，它们正日夜滚动在屏幕及各类印刷物上。兴之所至的涂抹、昏妄的呓语、不知所云的喧嚷、恶意的发泄以及晦暗不明、意思暧昧、稀奇怪异，全都出现了。正常的人只要读上区区十分钟，就会心生感叹：怎么会有这么多无聊、阴暗丑陋和恶意？美与善何在？它们仍然有，可是已远远不够，难道在坚硬的金属容器中密封起来？污浊和拙劣与一个时期的商业主义和利益集团结合，运用金钱向前推进，生出锥心之痛。"

不管怎样，社会总是在向前发展，而且几乎是日新月异。文学也会紧跟时代步伐。大众阅读的趋向一时还很难改变，文学爱好者和作家也会不断涌现。但我相信，像 20 世纪 80 年代那样，有那么多文学爱好者，并且到了疯狂地步的现象，是不会再出现了。80 后、90 后，甚至 00 后，这些年轻人是不会和 60 后、70 后的那代人一样傻了。也许这种"文学病"也不会那样普遍了。

流淌的时光

家乡，我回来了。

在村前的小河边，我凝望着清澈的河水淙淙流向远方。

我将双脚轻轻浸入水中，赤足徜徉，微凉的流水轻柔地抚摸着脚踝，圆润细碎的砾石按摩着脚底，有一种舒服感。河道已整修拓宽，河堤已铺上柏油。

河已不是以前的河，水更非昨日的水。我在河中踽踽独行，望着水中波动的孤单身影，思绪飞回四十多年前。

四十年啊，这漫长而倏然掠过的岁月。从一个朝气蓬勃的少年迈入老态渐显的中年。无论岁月的车轮怎样碾过，无论流淌的时光怎样漫漶，你娇美的容颜都清晰地在我眼前显现，你动听的笑语仍在记忆的时空中婉转回旋。

你还记得那个背着书包在河边溜达的少年吗？你还记得我们手牵手在河中奔跑的情景吗？你还记得我们在河边的海滩上堆城堡、过家家的快乐时光吗？那时的我，还不知道人生的坎坷，还不懂得感情的磨难。

杨柳春风里，小燕呢喃，蝶舞莺啼，处处迷人心眼。我充满了对美好未来的憧憬；朦胧中，也满溢着对你无限的向往。

春风又起，桃花依旧，正是春天的大好风景。我多想与你牵手走在这无边的风月里，在四溢的花香中，让快乐和幸福永远环绕着我们。

四十年了，你在哪里啊？年年春夏我都回来找你，我已找遍了目光里的每一寸土地。

我的脚步不停歇，我的目光在搜寻，我的心绪在澎湃。每每会在一房一树，一桥一水，风过花开间恍惚看到你的倩影；你动听的声音仿佛就在耳边响起，可我却无法捕捉你真实的芳踪。

那淙淙流淌的小河啊，你为何总是这样缓慢流淌而不呼啸奔腾？你在迟疑什么？难道你背负了太多人的忧愁？还是和我一样，有着太多的叹息？

那栖身高枝的鸣蝉啊，你为什么总是重复单调嘶哑而不动听的歌喉？你有什么难言之隐？难道是因为思念你的心上人，才喊哑了嗓子？

我在你桃花春雨的涤荡中萌动了爱的春芽，在与你温情脉脉的交往中，生发了纯真深情的痴恋。

那是多么纯真幸福的一段时光啊！在学校，在河边，在共同骑行的道路上，我们两情相悦，度过了美好的青春时光。然而在那个我们还看不清虚实、分不清究竟、艰难困苦的岁月，贫困的生活像一架绞肉机，绞碎了太多人的幻梦。我的一往情深，终成镜中月、水中花。

月明星稀，秋风乍起。在你家门前那棵落叶飘零的梧桐树下，你在左边，我在右边。我搂着那棵树，羞涩地刚刚开口，你便阻止了我。没有任何理由，你放下了我滚烫的手，浇灭了我火热的心。我一下陷于冰库，全身凉了半截。

你的困苦我知道，我的穷愁你了解。那时还年少的我们，都穷怕了，苦怕了，看不到未来的希望，前途一片渺茫。无奈，你选择了高枝栖息着。我知道这是生活所迫，也是你当时最好的抉择。

我也曾想，天涯何处无芳草！我把失去的悲伤化作奋斗的力量，不断拼搏，以近乎自虐的方式顽强奋争。我青春血脉里奔突着自强不息的远大志向，我要活出个样子，向你，向周围一切人证明我不是懦夫，不是无能之辈。

我终究没有成就什么伟大的事业。作为一个普通人，我克服了诸多磨难，实现了自己既定的目标，有了稳定的收入和小康的生活。但我的血脉里还激荡着我的理想，我的雄心壮志还没有被残酷的岁月磨灭，内心的火焰还在升腾。

我还会不停地奋斗，生命不止奋斗不息！

但没有你，我的动力总是不足，人生注定会不完整。你不会知道，我是怎样刻骨铭心地想你。凄风苦雨里，我会在炉火中，找寻你的温暖；大雪冰冻时，我会在凝霜的玻璃窗上，写下你的名字……

我也曾一年一年地来到我们离别的梧桐树下，一遍一遍抚摸那略显粗糙的树干，那上面是否还留有你手上的余香？我也曾一次次来到村前的大路边，长久而无声地向路的尽头张望，也许你的倩影会出现在我的视线里？

我的满腔豪情成就不了自己的人生，一世衷情只能被寒风吹彻。我终究没有成为那个掀起你红盖头的人啊！

头已花白，人渐老去。

回首一路坎坷，我慢慢咀嚼苦涩的人生，才发觉自己就是那只南飞的孤雁，一路哀鸣。

孤独

那一年，他二十八岁。

他离开了舒适的生活环境，手持一柄斧头，来到了瓦尔登湖，用白桦木建造了一幢美丽的小房子。他孤独地在这里生活了两年零两个月。他每天读书、思索、写作，用大量的时间观察大自然，考察瓦尔登湖，开启了心灵与自然的长久对话，写下不朽之作《瓦尔登湖》。

他就是美国著名作家梭罗。他独自隐居，认真观察，潜心写作，才有了这部优秀作品。如果他拒绝孤独，还会有这样的成就吗？

孤独是成功者的必然状态。

没有孤独之旅，就不会有成功之路。

走向孤独，就是走向自己确定的目标；走向孤独，就意味着走向成功之路。当然也许不会一帆风顺，也可能面临着失败的结局。无论结果如何，奋斗的过程就是一种孤独的过程。

坚守孤独是多么不易啊！没有顽强的意志，没有坚定的决心，没有明确的目标，是做不到这一点的。

家中电视机优美的旋律在屋内旋转，你能无动于衷吗？手机里大量吸睛的信息，你能不翻阅吗？同事们在热火朝天地斗地主、打保皇，你能不手痒吗？

家人相处的温馨，厨房飘香的饭菜，酒桌热闹的气氛，音乐会上那动听的旋律，这些你都能舍弃吗？

作为一个常人，面对各种各样的诱惑，你能够坚守住孤独，耐得住寂寞，就一定会做出一番成就来。

一个人如果能把自己的心灵悄悄收藏好，把一粒粒秘密的种子轻轻暖热，把一个个躁动的欲望慢慢地释放，让天空中那轮清冷的月亮，照耀着孤单的身影，照耀着身边一片寂静的空间，做到心静如水，波澜不惊，那是一种至高的境界。将常人眼中的孤独寂寞化为感受过程中的自由与喜悦，化为奋斗的激情，化为不达目的不罢休的动力，那么他就不会感受到孤独的苦寂与难耐。

著名作家路遥为了创作《平凡的世界》，只身一人到铜川矿务局陈家山煤矿医院，在一间会议室改成的工作间里，孤独而勤奋地进行创作。他唯一的伙伴就是一只经常吃他馒头的老鼠。在这里，路遥完成了长篇巨著《平凡的世界》，并于1991年荣获第三届茅盾文学奖。《平凡的世界》被誉为茅盾文学奖皇冠上的明珠。

如果没有孤独的奋战，路遥就不会有这样的成果。

孤独不是离群索居。有的人终生郁郁寡欢，不喜与人交往，却好一人独处。这不是孤独，它是孤僻。还有的人喜欢奇装异服，将毛发染成一撮红、一撮紫或一撮蓝。这也不是孤独，是标新立异。

孤独对于不同的人有不同的意义。对于一个喜欢独处的人来说，孤独是一种精神的升华，也是一种生活的境界；可对于一个爱热闹的人来说，孤独绝对是对自我的一种折磨，是难以忍受的。

孤独是寂静夜晚的一杯清茶，散发着淡淡的芳香；孤独是皓月当空时，仰望星空的一份思念；孤独是在喧嚣的尘世中，独守的一方心灵净土。孤独能让思绪弥漫天际，孤独能让情感汹涌澎湃，孤独能使思维清晰敏捷……

孤独的过程，是弱者经过奋斗转化为强者的过程，是贫穷转化为富有的过程，也是化蛹为蝶的过程。没有孤独的磨炼，没有孤独的淬火，终将不能成器，也必定会颗粒无收。

年味

常言道：过了腊八便是年。喝了腊八粥后，我就盼着过年，希望年早一天到来。过了腊月十五日，母亲便操持着钱和布票给我和哥哥、姐姐们买衣服。我们家孩子多，往往一个人也就买一件。新衣服做好后，不能穿，只有过了大年夜，到正月初一这一天才能穿上新衣服，到各家去拜年。

过年最大的乐趣是放鞭炮。二踢脚、唧唧针、摔炮仗是我们小孩子的最爱。家里富裕点儿的，能给孩子多买些；不富裕的，少买一些哄哄孩子就算了。因此大多数孩子都得不到满足。为了过过放炮仗的瘾，小孩子们天不明就结伴到各家去，捡拾人家放鞭炮掉到地上没有响的炮仗。有的单独点着放，有的将火药全部倒出来点烟火，还有的将火药攒在一起，放进子母（子弹壳）里放“钻天冲”。那个年代，经济都很拮据，大多数农户都放一百头或二百头的鞭炮。极少数富裕的户，能放挂五百头或一千头的大鞭炮，在全村就引起了轰动。小孩子们跑一早晨也捡拾不了多少炮仗，还有的人家不让别人家的孩子去拾。但孩子们乐此不疲，兴致盎然。

过年还盼望着父母给我们分些好吃的，如糖果、花生、瓜子等稀罕物。这些东西平时是捞不着吃的，只有到了过年，父母才舍得花钱买一些，主要是招待客人，然后分给孩子们一些解解馋。我们家孩子多，母亲给每人分一小捧花生、几颗糖果。我们都不舍得吃，各自找地方偷放着，到正月初一才舍得拿出来吃。

因为平时各种活儿都很多，没有时间做家里的卫生，一般都是过了小年之后家家户户才开始扫屋。这种活儿既脏又累，要将屋内的家什全部搬出，然后用一根长木棍将大笤帚绑上，把屋内墙壁及屋顶的灰尘全部清理完毕。扫完屋后，又要用报纸重新糊墙壁。大人们忙着赶年集，做大豆腐、蒸干粮，进行各种过年准备工作，糊墙壁这种活儿往往是我们小孩的。我最爱干这活儿了，为了让墙壁新鲜好看，每年我都极其认真地对待这项工作。记得好几个大年夜我都没有睡。

各项工作准备就绪后，除夕这一天的上午还要将春联贴上。我家常贴的两副春联是：忠厚传家远，诗书继世长；吉祥门第，幸福世家。到了除夕夜，父亲将从集上买来的（有时是邻居送的）芝麻秸撒在天井里。俗语道：过年撒芝麻秸，家里出大官。不管出不出大官，反正年年家家户户都要这么做。然后是“摆供”，在天井、堂屋、灶间各摆上案桌，在案桌上摆上香炉、水果、糖果等供品。在堂屋的案桌上还将祖宗的牌位摆上，好迎接祖宗回家过年。案桌的两端各点一支粗蜡烛（现在则用制成蜡烛形状的红色小灯代替），大年夜这一晚，蜡烛是要点到天亮的。

年夜饭我家的规矩是吃米饭。照例先炒上几个小菜，一家人虽然平时不喝酒，这一晚我和哥哥也会喝一点儿。过年了，总要有个气氛。不过二两酒下肚，兄弟俩脸都发红了。吃完饭，就要迎财神、迎家堂（山东习俗，除夕请祖先回家过年）、烧纸、磕头、放鞭炮。迎财神时，要先看看灶王上写明的方位，财神是在正东、正北还是正西，烧纸的方向不能错。从傍晚开始，四面八方鞭炮声便不断。有钱的、好显摆的，纷纷燃放震耳欲聋的礼炮和五彩缤纷的烟花。整个大年的夜晚沉浸在隆隆的鞭炮声中，晚上七点至十点是第一个高潮。随着礼花的绽放，漆黑的夜空中时而绚丽多姿，时而银光四射。

一切活动结束后，我们便继续完成还没有干完的活儿，如糊墙、剪窗花等。从 1984 年开始，中央电视台每年举办春节联欢晚会。大多数人家都围坐在电视机旁，一边看央视春晚，一边包零点以后迎接新年的水饺，欢欢乐乐地过大年。

十二点刚过，清脆震耳的鞭炮声再次密集响起，掀起了第二个高潮。房前屋后的邻居纷纷起来，下水饺，放鞭炮。我们这儿也叫发“纸马”。

水饺煮好后，先在天井里摆供，然后再依次在财神、灶王、家堂的前面摆供。接着是烧纸、点香、磕头、放鞭炮。这一切活动结束后，才能开始吃水饺。这顿水饺，都是素的，馅全部用大豆腐和韭菜，不准用半点儿肉。在我们家中，这顿饭是由男人做的，不用女人。家里女人只坐在炕上等着吃就行，一年到头好像也就享受这一次。烧火的草是早已准备好的豆秸。母亲常说："过年烧豆秸，家里出秀才。"反正在过年这一晚净想好事，不是想做大官，就是想当秀才。愿望都是好的，也不知有几家几人能实现。

吃了水饺，放了鞭炮，天还没有明，小孩子们便挨家挨户拾炮仗玩儿。大人们开始串门拜年，本家的都约好，一起先去拜辈分高和年龄大的，然后依次挨家挨户走走，说笑一番，喝一会儿茶水，嗑一会儿瓜子，吃一些花生。本家拜完，再到平时相处较好的邻居家拜年。中午便开始坐下喝酒，先在本家轮，正月初一就排好日子，从大到小轮着，不用再叫了，到了时间就去集合。大家或吆五喝六，或猜拳行令，好不热闹。本家轮完，邻居家再相互请吃。常言道：做菜容易，请客难。为了请客，有些人要提前好几天就约好，还有的即使提前约好，也有可能被人家拖了去。因此一到正月里，一个家庭往往要派两三个人出来找人请客。特别是有小男孩的家庭，一般就是这家里的请客"大使"，需要叫人的时候，这男孩子就负责跑腿到各家去把被请的人请到家里。如有的人还在犹豫，或者拿拿架子、摆摆谱，孩子就只能下手往家里拖。总之用尽一切办法，把人请到家里去，这样就不挨父母的骂了。有的家庭因女人在家里做好菜了，男人却没有找到人，两口子在正月里就吵了起来。这时候女人往往骂男人："你真无能，连个人也叫不来，你平时怎么为人的？"男人想发火，却没有底气，只好在心里憋屈，有时也唉声叹气道："人在时里，鳖在泥里。谁叫咱刨（方言，过）得不如人来。"

这几年，随着生活水平的不断提高，人们观念也发生了很大变化，请客也没有那么多了。只有亲戚或者特别要好的朋友才聚在一起吃个饭、喝点儿酒。人们都感觉非常轻松，没有以前过年那样累了，特别是家庭妇女们普遍有一种解放了的感觉。

正是：年年岁岁花相似，岁岁年年人不同。

五月槐花香
——诸城作协临朐蒿山采风侧记

暮春五月，阳光明媚，百花争艳。在暖意浓浓的“五一”小长假的最后一天，也是轰轰烈烈的“五四运动”爆发的这一天——五月四日，我们一行三十二人在诸城市作家协会主席黄鑫的带领下到临朐蒿山采风。

大巴车一路奔驰，两个多小时后，我们到达了临朐市“北方石林”景区。临朐作协主席张克奇及常务副主席祝红蕾热情迎接了我们。

在两位主席的带领下，我们饶有兴趣地参观了“北方石林”景区。整个景区奇石林立，它们有的像骏马，有的像利剑，有的像海龟，有的像一叶帆船，还有的像一个人在舞蹈、奔跑……千姿百态、浑然天成。临朐奇石是全国出名的，是园林建设、景区开发的最佳用材。它是千百万年前地壳变迁过程中形成的，全无人工雕琢痕迹。我游览过云南的石林景区，临朐的石林虽没有云南石林的雄伟气派，但却也玲珑俊秀，让人不禁感叹大自然的鬼斧神工。

从“北方石林”景区出来，我们乘车直奔这次采风的目的地——蒿山。到了蒿山脚下，首先映入眼帘的是一座小型水库，这里微风轻拂，水光潋滟。听张克奇主席介绍，这就是蒿山水库，也是临朐第二大水库。有山，有水，蒿山的确是一个好去处。

我们开始登山。为了防止发生森林火灾，山脚下有护林员值班，收缴进山人员随身携带的火种。好吸烟的人员将自己所带的打火机及烟自觉交给了护林员。大家高高兴兴地向蒿山进发。

蒿山是一座还未完全开发的景区，从山脚下修了一条简易的土路，大约有四米宽，沿着这条土路我们向山上走去。刚进山不多久就闻到一股浓浓的槐花香味，这个时节正是槐花盛开的时候。只见路两旁的山上不时出现一棵或几棵槐树，有的还是一小片槐树林，树上一穗穗的槐花散发着浓郁的香气，沁人心脾，让人顿觉疲劳全无。我忽然想到前些日子，家乡来了不少放蜂的人，他们每年这个时节都来放蜂，采集槐花花粉，酿造槐花蜜。这槐花蜜是众多蜂蜜的上乘之品。而我们这些到蒿山来采风的人，不就是一只只蜜蜂吗？只有像蜜蜂一样采集众多花粉，才能酿造出甘甜的“蜜”。

在土路上逶迤前行，年龄偏大的孙爱勋老师背着背包健步走在前面，黄鑫、兆梅、胡强三位主席与瘦石老师、我等人紧随其后。路的两边是茂密的树木，有平柳、柞树、板栗、黑松、油松、榆树、桑树、梧桐、桃树、山楂树，还有很多叫不出名字的树。整个山上郁郁葱葱，一阵春风吹来，发出呜呜的涛声。最扎眼的是那洁白的山楂花，一簇簇在沟畔上、田垄上恣意地开着，它与槐花，还有各种不知名的野花相映成趣，织成蒿山一幅美丽的画卷。

快到土路尽头时，我们坐下小憩一会儿。兆梅主席从包里掏出早已准备好的糖果分发给我们，增加登山的能量。甜甜的味道一入口，便感觉轻松了不少，我们非常感谢兆梅主席想得周到。

继续沿着土路前行，到了一道土坎前，便是土路的尽头。展现在眼前的是由碎石块铺成的一条蜿蜒的登山小道，约有一米多宽，这时才有了真正爬山的感觉。我们排成一小队，向山上进发。小路两旁不知名的野花摇曳着婀娜的身姿迎接我们，时而一阵微风吹来，为我们拂去额头的细汗。大家都有点儿气喘吁吁。

快到山顶时，道路更陡峭了。我由于腰椎间盘膨出还处于康复期，不能过于劳累，便坐在一层石阶上休息，不再往山顶上爬了。我独自静静地感受山野怡人的气息，心情舒畅，怡然自得。这时我想到了来时，在车上黄鑫主席为了活跃氛围，让大家在进行自我介绍时做的一个游戏：每人说出羊的一个部分。有的说羊腿，有的说羊肚，有的说羊宝，还有说羊神经，我说的是羊头。好几个人说不出羊的部位，只好被罚唱歌。我和瘦石老师谈起，其实羊的部位还有很多，如：羊蹄筋、羊脑子、羊肠子、羊杂碎等等。可能他们平时不吃羊肉、不喝羊肉汤，或者初次经历这种场合，思维不流畅一时忘记了。不过这样也好，有说、有唱、有笑，大家一路上兴高采烈，无一点儿睡意。看来黄鑫主席非常善于调动大家的情绪。

爬到山顶的人体验到了“会当凌绝顶，一览众山小”的感觉，有人激动地发出了呐喊声。不一会儿，都下山了，我和瘦石老师一起早已到山下等候他们。

中午饭安排在一家非常有特色的农家乐饭店。临朐作协张克奇主席介绍，招待我们的是喜宴标准：八碗、十六碟，共二十四个菜。让我们耳目一新的是盛菜用的巴掌大的小碟，在诸城只能用来盛小菜，这里却都用来盛主菜。味道各异的十六个小碟上齐后，又上了八个白碗的主菜。这些菜做得非常精致，味道独特，大家美餐了一顿，都赞不绝口。在诸城，老人们常说：“要吃好饭，诸安二县。”也就是说，只有诸城和安丘两个地方的饭好吃。今日一餐，没想到临朐的饭也非常可口，让人回味无穷、难以忘记。

下午，在张克奇主席的带领下，我们驱车沿着新修的柏油路，蜿蜒盘旋，向“江北最大水杉林”挺进。一路上山岭相接，沟壑纵横。盘山路一侧是山体，另一侧便是深沟。沟内有零散的住户，也有不大的村落。住户或村落周围栽植着山楂、桃树、葡萄等果树，还有的种植着樱花、倒垂柳、黄金槐等各种苗木。红瓦和绿树相映，别有一番乡野情趣。现在除了一些不知名的野花还盛开着，大多数的果树都已过了花期，开始冒出嫩嫩的果实。只有山楂花还在怒放，给整个山野增添了一抹亮色。

到了目的地后，我们沿着新修的宽阔的柏油路向山上走去。不一会儿，一片参天的水杉林便出现在我们眼前，只见一棵棵粗壮的水杉笔直地伸向蓝天。水杉被誉为植物的活化石，一般都生长在南方，在北方有这么大面积的水杉林，确实不枉“江北最大水杉林”的称号。听张克奇主席介绍，这个山顶上有山泉，这片水杉长得茂盛，也得益于山泉的滋养。到了水杉林里面，一股凉气扑面而来，空气清新湿润。虽然现在是干旱的春季，但这片林子却湿漉漉的，使人仿佛置身于南方的森林中。

林中有一木桌，周围四条木凳。黄鑫主席便选择在这里进行这次采风的主题——研讨由宋兆梅副主席主编的散文合集《谷雨出行》。大家远离了喧嚣闹市，深入这片静谧之境，感受大自然的惠赠。围绕着木桌，有人席地而坐，有人坐一木桩，还有人寻得一石块坐下。黄鑫主席首先对每位会员的文章及创作风格进行了认真分析，做出了中肯的点评，有褒扬也有指正，深受作者的欢迎。会员们及作者本人也都谈了自己的看法。大家都对兆梅主席的散文给予了较高评价，结构严谨，技法纯熟，确为诸城作家中的佼佼者。特别是集子后面她写的代后记，寥寥数语概括了每位作者的特点，极其精炼，大家尤为赞赏。

在大家热烈的讨论中，时间静静地流逝，不知不觉，暮色将至。黄鑫主席便带领大家怀着依依不舍的心情离开了这片令人难忘的水杉林。大家兴奋地坐上大巴车，开始了回家之旅。

一天美好的采风活动结束了，相信会员们回到家，一定会酿造出味道甘美的“蜜”，为自己，也为他人。

书香伴我到永远

——我的读书感悟

“书籍是人类进步的阶梯”“读书破万卷，下笔如有神”“腹有诗书气自华”……从古到今描写读书益处的句子数不胜数，这些句子从不同方面反映读书的好处。

三十多年来，读书是我每天的必修课。每当我结束了一天的工作，到了晚上，独坐灯下，捧起一本钟爱的书，翻开书页，一股淡淡的书香顿时扑鼻而来，于是，书将我带进了另一个世界。这时自己心静如水，怡然自得。一切的荣辱得失，一切的人间烦恼，都离我而去。

多少年了，读书成了我的嗜好，是书伴我成长、伴我进步，我的生活中已不能没有书。

记得喜欢上读书是从小学五年级开始。那时除了看连环画外，给我印象最深的是姚雪垠的《李自成》。这部书简直使我入了迷，常常是一边吃饭一边看，直发展到在课堂上看，老师在讲台上讲课，我便把书放在桌下偷偷地读。

到了初中，学校在离家十多千米的镇驻地。由于是重点班，学习生活比较紧张，但我仍然没有忘记看课外书。每天晚上熄灯后，我便点上煤油灯，再看一个小时的书，第二天早晨起来一看，两只鼻孔全是黑的。那时父母给的每月几元钱的生活费全买了书，每到吃饭时，只好吃咸菜，有时只能用盐粒泡煎饼。

书全靠买着看是不可能的，大多还须借着看。自己读书，也知道爱书、惜书，借了别人的书，一旦看完便立即奉还。而偏偏有那些不在乎的人，常常把书给弄丢了，因此我便厌恶那借书不还的人。

这几年，我的经济状况略有好转，偏偏书价又直线上升，使我不得不省吃俭用，攒出钱来买书看。现在读书已成了我日常生活中不可缺少的内容，如果哪一天不读书，我便感到失落了什么。是书给了我勇气、骨气和尊严；是书教我在时代的风雨中跋涉，在生活的海洋里搏击；是书教会了我以生命的坚毅去丈量每一个日子，去战胜一个个困难。每当捧起一本书，便可引出一股心泉，使灵魂得以沐浴。有时读得倦了、累了，掩卷仰面，那淡淡的书香又扑鼻而来，直沁人心脾。

但读书在这个互联网时代，已经成为一种奢侈。随着电脑、手机等各种电子产品的应用，人们已渐渐失去了读书兴趣。无论是在办公室里，还是在车上、公共场所里，我们看到的都是低头一族，特别是年轻人，都在玩手机。就连刚刚牙牙学语的孩子也在玩手机，手机已经绑架了现代人的生活。我虽然也有手机，但我还是更喜欢读书。我喜欢读书带来的内心的那份宁静，喜欢书中那栩栩如生的人物，喜欢书中那扣人心弦的故事情节，也喜欢静静地回想书中那耐人寻味的细节。

在读书的过程中，我特别喜欢读文学作品。后来单位和社区内都建立了电子阅览室和图书室，特别是图书室，各种各样的图书都有，我便有意识地去读一些有关农业知识的书籍及一些故事书、哲理类的书，有时还读一些理论书籍。读书让我积累了知识；读书让我开阔了眼界；读书使我学会了更好地与人相处，也使我能更好地处理人与人之间的关系。我越来越感到读书是一件很快乐的事！

书读多了，你就会发现读书不仅是一件乐事、趣事，还能让人变得豁然开朗。

读书是一种陶冶，是一种享受，是一种心灵的归属。

读书是人生中最好的娱乐、消遣的方式，它不但能给予人无穷无尽的知识力量，而且可以给予人无限的乐趣，并培养为人处事的能力。

在读书中学会思考、提升境界，在读书中拓展视野、增长才智，在读书中学习技能、练好本领，在读书中感悟人生、提升境界。生活因为阅读会更加充实！生命因为阅读会更加多彩！

人在书中，才知道生命的博大，才感到生活的乐趣。每当我打开书，那缕缕书香便弥漫开来，伴着我直到永远……

给一缕阳光就灿烂

一

卖西瓜的老人，每到上午时，便会坐在一条村路与202省道交叉的路口处。他的背后，是一棵绿丝飘舞的粗壮垂柳。树下，是密植的木槿花。那朵朵紫红色的小花，像一簇簇谷穗，紧贴在枝干上，散发着淡淡的香气。

老人坐个马扎，摇着蒲扇，享受着树的荫凉。面前摆着两筐又圆又大的西瓜，一架托盘秤。其中一个筐内，摆放着一个切开的瓜，红瓤黑籽，一丝丝甜香的味道扑入鼻孔。

我去单位，经常路过此地。偶尔停下，买个西瓜。时间久了，也就熟了。

老人眼尖，每次我开车经过，他老远就微笑、点头，有时招招手。我隔着窗玻璃，见了他，也是点点头，微微一笑，算是打招呼。

我们的交往，仅限于此。淡淡的，像路边随便相遇一样平常。

有一天，天快黑了，我和妻一起回家。看老人独坐那里，便停车，买了一个不大的西瓜。

我随便问了一句，还不收摊？

他说，等儿子来接，直到现在也没来，真急人！

妻说，我们把您捎回去吧，顺路。妻知道他是哪里人。

老人一听，很激动，但嘴上却说，哪好意思麻烦您！

我说，不用客气，走吧，反正也顺路。

我和妻帮老人把两个西瓜筐放入后备厢。筐内还有三五个西瓜，来回晃动，像顽皮的孩子。

妻坐在副驾驶，老人坐在后排。路上攀谈起来，才知道老人姓刘，在老庄村西头住。儿子在另一个路口卖西瓜，今天下午批发瓜去了，直到现在还没有回来。平时，早回来了！老人的语气很是焦急，担心儿子路上有什么闪失。

我劝慰道：也许是有什么别的事耽误了，您就放心吧！

老人轻轻叹息了一声。

车子很快到了老人家门口。把瓜卸下后，老人抱着两个西瓜，硬要放到车上，以示感谢。

我怎么会要？赶紧上车，跑了。

一日，我开车回老家，看到展村路口，有一大车西瓜，周边围着四五个人，正在讨价还价。一个三十多岁的年轻人，满头是汗，正忙着卖瓜。停下车走过去，等买瓜的人都走了，我才靠前。

年轻人热情地说，老师，您买瓜？

这瓜怎样？我问道。当老师有些年月了，很多人都认得我，我并不认识人家，这很正常，我也没有多问。

这是东北瓜，口感很好，您可以先尝尝。他用手指了指旁边已经切开的瓜。年轻人说完，便跳到车上选了一个瓜，用手轻轻地拍了拍，说，这瓜就不错。接着把瓜放在托盘秤上称了称，总共三十二元，您给我三十元就行。

我听了一愣。这年轻人做生意，一个瓜就少要两元钱，还挣什么？

我赶紧说，那还行，你做小买卖也不容易。我掏出五十元钱给他。他找给我二十元，说什么也不要那两元钱。

他激动地说，老师，您忘了？那天傍晚，是您把我爸拉回家的。要不是您，我爸晚上九点也回不了家。那天，我的车在路上坏了，到晚上八点半才修好，回到家九点多了。

哦，你是小刘，老刘的儿子？我想起了老刘的话。其实这事，他不提，我早忘了。

以后，每次我去买瓜，老刘或小刘都会少要一元或二元的钱。不管怎么推辞，爷俩都不应允。

每次，我都在想：人，还是多给别人点儿帮助好。虽然有时只是微不足道的一件小事，或者是举手之劳，有的人也不会忘记，并感激不尽。

这世上，总有一些人会记得你的好；总有一些人，就像一朵花，给缕阳光就会灿烂。凡来尘往，莫不如是。

二

一个炎热的夏日，太阳像一个大火球，炙烤着大地。没有一丝风，天气闷热得让人喘不上气。树叶无精打采地耷拉着，趴在树荫里的狗，伸着长长的舌头，像一块红高粱饼子。

我和妹妹在打麦场里晒麦子。妹妹脱了鞋，赤脚在摊开的麦子里，来回翻晒。我则用大扫帚，轻轻将麦糠从麦子里扫出来。

忽然，一阵北风吹过，闷热的感觉一扫而去，全身顿觉凉爽了许多。风越刮越大，不一会儿，在西北方向出现大片黑云，像铅一样慢慢压了过来。

我想起了母亲常说的一句话：六月里北风当时雨。我赶紧和妹妹说，快堆麦子，要下雨了。我们俩手忙脚乱起来，一会儿工夫，小山似的麦子堆了起来。妹妹撑着袋子，我赶紧用木锨往袋子里装。大雨来临之前，终于全部抢收完毕。

风这时停了，黑云却越来越近，越来越厚，像一口大黑锅慢慢向下移动，有一种“黑云压城城欲摧”的气势。不一会儿，豆大的雨点啪啪啪地打在麦垛上，打在地上。麦场内、道路上，溅起了一阵阵尘土，溅出一个个土的花朵，一股土腥味在潮湿的空气中弥漫。

忽听不远处，一个女人的叫骂声骤起，你这老死尸，我说雨上来了，赶紧回家收麦子，你不听，还说不要紧，你看，这麦子眼看就要被雨冲走了。

我向左边一望，不远处，姓胡的一家人正忙着抢收麦子。那已经快要干了的麦子，薄薄地摊了一场，大雨点子啪啪地落下来，打到麦子里，发出一阵阵沙沙声，如蚕吃老食一般。

旁边有几户收完麦子的人家，躲在遮雨棚里，探头看热闹。

这胡姓人家，平时不爱和人打交道，总是独来独往。用邻居的话说，里不搭外不交。到了关键时刻，人家也没有靠前的。

我和妹妹也在遮雨棚下，眼看着大雨要下来，再收不起来，麦子就要冲走了。我俩冲了过去，帮他们抢收麦子。一看关键时刻来了帮手，姓胡的全家人非常感动，连声说，谢谢！谢谢！

我俩顾不上和他们说话，起劲地帮他们抢收。麦子刚收完，底子还没有清，大雨便瓢泼而下。没来得及清的一些麦子被大雨冲走了。人也被大雨浇得像一个个落汤鸡，雨水在身上流成了小溪。

望着成了水人的我们，姓胡的女人抹一把和着泪水的雨水，感激地说，多亏你俩，要不这麦子得冲走一半。

我和妹妹客气了一下，赶紧跑到遮雨棚下。雨停了，才回家换衣服。

从此，这个从不和其他人交往的人家，每当见了我和妹妹，老远就打招呼，一副感激不尽的样子。

每次，我心里都热乎乎的。帮助别人的感觉真好！这也是一种心理上的享受吧。

其实生活中，很多人并不是不想和别人打交道，只不过他们没有找到合适的方式和机会，时间长了，才把自己封闭起来了。

人只有不断地和别人交往，自己才能阳光起来。

三

大白菜，圆圆的大白菜。一声嘶哑的叫卖声，从墙外传入屋内。我站起来，望着窗外，强劲的西北风吹着，洋洋洒洒的雪粒发出沙沙声。心想，这么冷的天，还有人出来卖大白菜。

伙房里没有白菜了，你不去买两棵？一个老师说。

这一月轮到我管生活，这个老师的话提醒了我。

我踩着咯吱咯吱的积雪，循声而去。

在学校门前的村中大街上，一个五十多岁的中年人，赶着一辆驴车，拉着满满的一车大白菜。只见他穿着一件黄色的旧大衣，戴一顶黄色的破棉帽子，一只帽耳朵耷拉着，一只向上翘着，没被遮住的耳朵冻得通红。

走近一看，原来他是一村人，我虽然叫不上名字，但人认识，知道他姓李。一村人几乎家家户户种菜，他们经常到集上卖菜，平时，家中来了客人，我们也会到菜园里去买菜。

相互打了招呼后，我问了价格，根据学校用量，决定买十棵白菜。称好后，老李用两条编织袋装好，扛到学校的食堂内。

北风越刮越大，刺骨的寒风裹挟着雪粒打在人脸上，针刺一般，街上一个人影也没有。一车白菜，只有我买了这十棵。老李一条腿还瘸着，走起路来左摇右摆，一只脚在雪地上点一下，另一只脚便紧跟着在雪地划一个半圈。

看着他瑟缩的背影，我心里有一种凄凉的感觉。庄户人真不容易，这么冷的天，还出来做买卖，也不知能挣几个钱，我不禁在心里感叹。

老李迈着摇晃的步子，走出一小段路，突然回过头来，用近乎祈求的口气说，兄弟，还有十几棵，这样的天也不好卖，你全部要了中不？生怕我不同意，还没等我答话，他又赶紧说，我可以再便宜点儿！

望着他那可怜的样子，不知为什么，我心里涌上一种发酸的感觉。我没有犹豫，痛快地说，行，都扛过来吧，你种点儿菜也不容易，价格和前面的一样。

老李听了我的话，感激地连声说，谢谢！谢谢！太感谢老弟了。说完，忙不迭地将剩下的大白菜全部扛到食堂里。

望着老李远去的背影，我全身涌上一股暖流，终于又尽自己的能力帮助了一个人。生冷的雪粒打在我的脸上、脖子里、手上，立即融化了。

此后很长一段时间，没有见到老李。一天，家里来了客人，又不逢集，家中没菜，母亲让我到菜园去买菜。刚进菜园，正好碰到了老李。一听说我要买菜，老李二话不说，将我拉到他菜园里。兄弟，要什么菜，你尽管说，今天大哥我包了，他豪爽地说。

他按我说的，共置办了芹菜、韭菜、西红柿、香菜、菜椒、黄瓜六样蔬菜，也没有过秤，对我说，拿着吃吧！我赶紧说，那还行！你种点儿菜也不容易，接着递给他五十元钱，他说什么也不收。兄弟你不用再客气了，去年要不是你，我那车大白菜就冻坏了，早成了泥了，人哪有不想好的？他有点儿激动地说。这几样菜能花几个钱，再叨叨，就是你不对了。

既然老李话说到这份上，我也就不好再说什么，只好拿着他给打好包的菜，骑上自行车走了。

一路上，我在想：多淳朴的庄户人啊，有一点儿好，他就会记一辈子。这不就是庄户人知恩图报的美德吗？所谓“滴水之恩当涌泉相报”，所谓“人敬我一尺我敬人一丈”，代代相传，永不泯灭。

其实，在这世上，每个人都奉献一点儿爱，就会成为爱的世界；每个人都懂得感恩，就会成为和谐的社会。

第三辑　岁月流金

隆隆作响的联合收割机，奔驰在田野里，碌碡再也没有用武之地，它横卧在庭院里、尘土里，成了农家人遥远的记忆。

粮缸岁月

粮缸是农家人烟火日子的依靠，蹲守岁月的深处，一生张着大口，吸纳吐出，滋养着屋檐下的苍生。

农家的粮缸，都是口小肚腹大的陶缸、粗瓷缸，有黑色、土黄色、浅红色、酱色多种颜色，各种颜色编织着农家彩色的梦。粗壮敦实的粮缸，以土的另一种形式稳坐在房屋的一角，不动声色养育着生命，点燃着希望，给生命以营养和力量。

“家有口粮，心里不慌。”粮缸是给养，一日三餐离不开它；粮缸是农家人的底气，是赖以生存的粮仓。

生活困难的年代，地瓜和地瓜干当家。这种粮食太多、太贱，没有资格进入粮缸，只能进地窖、入栈子，在外面存放。只有小麦、玉米、高粱、小米、大豆、豌豆等细粮和杂粮才有资格享受粮缸。有时地瓜干子面还可以用一只小粮缸存放。这时的粮缸往往像庄户人一样吃不饱。全家七八口人吃的小麦卧在缸底，不来客人，不逢年过节，家里人不会舍得动它。平日里，这些小麦像金子一样珍贵。只有家里老人生病了，才能擀点儿面条、包几个水饺孝敬一下老人。除了那点儿可怜的小麦，不多的高粱、玉米，还有很少的大豆、豌豆等杂粮，分别用布袋盛着放在缸里，缸口用高粱秸秆钉的盖盖好、压实，以防仅有的粮食被老鼠盗走、糟蹋。

粮缸是全家最亲近的物件，母亲是与粮缸最亲密的人。麦收过后，望着父亲将一袋散发着香气的金色麦子，像流水一样倒入缸内，母亲脸上便绽开了美丽的花朵。每次动用这点儿珍贵的粮食时，母亲便用一个不大的葫芦瓢轻轻地往外舀，每舀一瓢，都像剜去母亲一块心头肉。不到万不得已，母亲不会揭开这个粮缸。粮食终归是要吃的，到了年头岁尾，仅有的一点儿粮食，就要见缸底了。母亲用瓢使劲刮着，好像多刮一次，就能多刮出一些粮食。粮瓢碰撞、刮擦着缸壁，发出嘶哑的声音，像母亲沉重的喘息，传递着农家日子不尽的无奈。最后，母亲只好召唤扫炕笤帚，把每一粒粮食都清扫出来，才长长舒一口气。细粮没有了，小布袋里还有点儿杂粮，天井的栈子里还有地瓜干，虽然吃不饱，苦日子还能勉强支撑。不管生活多么粗糙，这日子还得过下去，这贱命还得活下去。

粮缸记不清肚腹里盛过多少粮食。小麦、高粱、玉米、小米，每一种粮食都与粮缸亲密接触过，都被粮缸细心地呵护过。在它坚固铠甲保护下，这些粮食都逃脱了被虫咬、被鸟啄、被鼠盗的命运，不会成为它们的饕餮之物，不会被它们随意糟蹋。粮缸清楚，这是农家人赖以生存的根本，它必须当好粮食的守护神。

母亲记不清粮缸储存过多少粮食，就像记不清自己做了多少饭一样。每次收下了小麦，生产队刚刚分下来，还没有入缸，天刚放亮，母亲就从热被窝里爬起来用石磨磨出面粉（后来有了磨面机就省力了），蒸出新麦子饽饽，在天井里祭奠，敬天敬地，感谢上天的恩赐。这是一种多么朴素的敬畏自然的情感，心怀感恩，心存感激，永不忘本。

粮缸前忙碌的母亲，总是放下粮瓢，拿起磨棍。没有机械，全靠一副硬朗的身板，常常转完磨房就进碾房，磨面、磨糊糊、碾地瓜面。高粱、玉米收获后，母亲隔些日子天不明就起来推磨，将高粱或玉米磨成糊糊，抹煎饼，调剂生活。记忆最深的，是寒冷的冬季，母亲悄悄从热被窝里爬起来，架上磨棍开始推磨。推完磨后，母亲便坐在油亮的鏊子前，开启了与鏊子的对话，舀一勺糊子，转一圈木耙，添一把烧草。那跳动的火焰，映着母亲疲惫的脸庞。母亲一张一张地从鏊子上揭着圆圆的煎饼，就像在翻阅一本大书，这一本写满了劳累的大书，到中午才能翻完。隔三岔五，母亲还会从粮缸里舀出一瓢半瓢的小米或豌豆，掺上地瓜干或地瓜熬粥喝。每次掀起锅盖，那五谷的味道便飘溢房内，让人陶醉，也让苦涩单调的生活增添了一抹亮色，让紧锁的眉头绽放出了微笑的花朵。每到过年的时候，母亲会揭开屋角的一只小缸盖，里面卧着黄灿灿的大豆。那是母亲用盖顶千选万选的精品，粒粒个大饱满，专门用于过年做大豆腐，既改善家人的生活，也为了招待来家里的客人。经过推磨、烧汁、斩卤水、压汁等多道工序，香喷喷、白晃晃的大豆腐便端上了吃饭桌，捣上一碗蒜泥，一家人在热气腾腾的房间内，欢欢喜喜地品尝大年的滋味，咀嚼幸福的日子。

一只粮缸就是一户人家的粮仓。谁家离得开粮仓？家有多大的粮缸，有几只粮缸，这家人就有多大的担当，这家人就有多大的度量，这家人就有多大的气场。生活艰难了，大娘、大婶子就端着个葫芦瓢低眉顺眼地跑到左邻右舍屋檐下，借一瓢麦子，借一瓢面，借一瓢豆子。这家女主人也不吝啬，大方地把端来的瓢舀满。邻居端着这一瓢盛情，感激不尽，以后这家有什么事也会倾囊相助，倾情相帮。一瓢粮食的传递，体现了救急救难、邻里相帮的传统美德。

粮缸承载着多少岁月的沧桑，见证着多少农家的悲凉。一个见底的粮缸，映照着艰难的生活、愁苦的日子和渺茫的希望。一个丰满的粮缸，点燃了奋斗的力量，充满了对未来的渴望。粮缸空了满，满了空，有时半空半满，饥饥饱饱活得很累。粮缸的岁月有时是厚实的，大多是苍凉的。阴晴圆缺的粮缸，就是农家生活的晴雨表；辛苦勤劳的母亲，就是粮缸的知己。盈亏都在母亲的掌握中，生活的酸甜苦辣都是母亲烹调岁月的佐料。

在那个困苦的年代，生命的一段旅程都由粮缸陪伴，每一个农家人都离不开粮缸支撑的岁月！生活贫瘠时，它会流泪，会恐惧，会难过，它哀怨自己空有一个硕大的肚腹，却空空如也。懂缸的人，抚摸着光滑的缸沿，他已无能为力。他起早贪黑，风里来，雨里去，面朝黄土，背朝天，一个汗珠子摔八瓣，辛勤耕耘，辛苦劳作，却总是收获甚微，既填不满缸的肚腹，更撑不起自己的肚皮。

粮缸磕磕绊绊的一生中，有时也躲不过破碎的命运。繁重的劳动，艰难的生活，无形的压力常常让内心焦灼的年轻夫妻矛盾升级，大打出手。弱势的女性被暴躁的男人一顿拳打脚踢，坡里干活儿、屋内做饭的苦命女人顿觉失去了人生的意义。她一把鼻涕一把泪，哭诉着，陷入了绝望的境地。一种过不下去的念头充斥着她的大脑，失去理智的女人，于是向着家中家什痛下杀手。她不敢砸锅，便拿缸出气，一镢头，缸碎了，粮食撒了一地。男人望着披头散发、失去理性的女人，面对碎了一地的缸片和粮食，也不敢发火。这些都是用钱换来的，男人心里那个痛啊！后悔下手过重，激怒了女人。碎片大些的话，还可请小炉匠重新箍起骨肉分离的躯体，挽救粮缸破损的生命。碎片太小，无法锔补，便成了小孩子的写字板，稚嫩的小手在上面描绘自己的人生。

粮食入缸后，并非一劳永逸了，隔一些日子还要再拿出来晒晒。特别是夏季，雨水较多，粮食吸潮后，容易生虫。蛐子、小白虫、小米虫等乘虚而入，将最精华的部分据为己有，只留给农家人一粒粮食的空皮囊。有经验的老农，会选在中午日头最毒的时段将粮食暴晒，小麦要在还烫手的时候收起入缸，这个火候掌握好了，不易生虫。玉米、高粱、小米等其他粮食不能早收，要晌午过后，粮食完全凉了，才能入缸。每一种粮食都有自己的习性，不能违背，否则，它会给你颜色看。

随着生活的不断改善，粮缸家族成员不断扩充。大的粮缸盛小麦、玉米，小的粮缸盛豌豆、大豆等杂粮。大粮缸也从屋内走向天井，走向一片开阔的新天地。盖顶不再用易破易损的高粱秸上的莛秆，而是换成了结实的木盖或铁盖，既防日晒雨淋，又防老鼠偷盗。盛放杂粮的小粮缸仍旧蹲在屋角，随时等候调遣。粮食越来越多，每家每户还添了面缸。那雪白的面粉，发着莹莹的光亮。农家主妇做饭更省事了，有了更多的选择，也有了生活的底气。

国家实行农村土地承包责任制后，农民的劳动热情空前高涨。各种良种、化肥播撒在肥沃的大地上，粮食连年丰产丰收。粮缸已经盛不下了，农家人只好用编织袋盛着，一袋袋摞在一起，这种储存方式最大的挑战是无法防止虫子和老鼠的破坏。过不了多久，盛小麦的编织袋内便会听到沙沙作响，如蚕吃老食一般，编织袋被虫子钻成了小眼网兜。最可恨的是老鼠，它们昼出夜伏，昼藏夜袭，像一群强盗，每晚出来强取豪夺，把袋子咬破、粮食嚼碎，糟蹋了一地，让人心痛不已。这是一滴血一滴汗挣来的，怎能这样白白浪费了？这不暴殄天物吗？为了阻止老鼠糟蹋，农家人想了很多办法：老鼠药、铁夹子、绳扣子，消灭了不少老鼠。但老鼠们前赴后继，毫不退缩。牺牲了几个同伴后，狡猾的老鼠不再上当，总是能避开这些致命的陷阱，并屡屡得手。魔高一尺，道高一丈，人的智商总是高于动物的。为有效预防老鼠偷盗，有的农家便用砖和水泥建了一个粮囤，还有的浇铸了一个容量更大的水泥缸，老鼠从此奈何不得。无论是粮囤还是水泥缸，缺点都是容量太大，解决不了生虫问题，特别是小麦，已成为主粮，更要好好保护。这时，村里建起了面粉加工厂，一个更好的办法就是将小麦寄存在面粉厂，定期到面粉厂取面吃，省却了好多麻烦。但寄存面粉厂也有风险，有的面粉厂倒闭了，寄存的麦子也要不回来，辛辛苦苦的劳动成果打了水漂。

粮食还是自家存着保险。为了保存好小麦，饱经风霜的母亲摸索出了一个储存小麦的好办法。小麦入缸前，将缸底铺上五厘米麦糠，麦糠上铺上一层塑料薄膜，然后将晒干还烫手的小麦倒入缸中，找一个小瓶装入白酒，用纱布将瓶口封住，放在麦子中间。麦子不能装满缸，留出三五厘米的距离，铺一层报纸，上面再铺麦糠，然后用塑料薄膜封好缸口，加上缸盖。这样小麦可以储存两年以上，品质还像刚收获的一样好。

用粮缸存放小麦毕竟是有限的。粮食的不断丰产，让粮缸日渐捉襟见肘，不堪重负。于是，越来越多的农家人开始建起了自己的粮仓。他们在翻建新房的时候，专门设计了一间厢房作为粮仓。这个粮仓全部用砖和钢筋混凝土建成，一般十几平方米大小，铝合金门窗，混凝土地面，能存放万斤左右的粮食。这样的粮仓气死了老鼠，笑开了农家人。在粮仓内放一种挥发性较好的药片，能有效防止粮食生虫，还对人体无害。

如今，随着中国经济神话般快速发展，城镇化步伐不断加快，很多农家人已不再种地，成为城镇居民，住上了高楼大厦，生活幸福美满。仍旧居住在农村的人，也过上了殷实的日子。近年来，美丽乡村建设日新月异，不仅实现了村村通，还实现了户户通。各类超市在农村遍地开花，交通便捷，购物方便。网购、快递不断延伸，足不出户，就可以买到所有生活用品，很少有人家再存粮食。农家人将粮食收获、晒干后，仅短暂在家中储存一段时间，便全部换成了现金，随吃随买，方便实用。粮缸渐渐被边缘化，最终成了弃儿。

粮缸坦然面对人生的起落。一个新缸被日子养成老缸，缸面流畅的沟纹被流淌的岁月磨平了，磨秃了，它像年轻的母亲一样成为年迈的老人。粮缸逐渐退出了历史的舞台，昔日的光辉不再。大多数农家人已觉得粮缸毫无用处了，在家还占地方，便敲碎当垃圾填埋了，让其重新归于泥土。极少数有恋旧情结的，将它们安放在天井的一角，偶尔瞥一眼，回想起自己和缸朝夕相处的岁月，总是五味杂陈、百感交集。为了不让缸接雨水，防止冬天冻裂，缸口总是朝下，孤独地趴在地上，默默地蹲守着孤寂的岁月，回忆往昔的峥嵘。也有幸运儿被请进了民俗博物馆，静卧一隅，倾听风声雨声，感知春夏秋冬，吐纳日月星辰。这时的粮缸如一位饱经风霜的老人，默默地守望着世代休养生息的家园，见证着时代的变革，目睹着乡村的变迁。

进入暮年的粮缸一点儿也不孤独，它和同伴们每日接受人们的观摩，经常与不认识的小朋友合影，与孩子一起常听爷爷奶奶讲述那过去的故事。望着川流不息的人群，目视奔驰的各类轿车，它不断适应着高曝光度，开启了自己新的一生。

石具春秋

石磨

推起石磨，就推起艰难的岁月。

在以种地为生的时代，一盘石磨在民间的地位有多重？它跟农人的生活休戚相关，是生存的必备工具之一，是生活的无言伴侣。

哪个农家院子里没有石磨？哪户人家又离得开石磨？那个年代，农家院里的西边常常安放着两盘磨，一盘小磨，用于推小豆腐；一盘大磨，用于磨细面、推煎饼。小麦、玉米、高粱都要经过大磨的研磨，才能出来精细的面粉。

一盘石磨，蹲守在农家的院子里，历经沧桑，见证了苦难，见证了贫穷的岁月，迎来了幸福的日子；一盘石磨，记录了农家人的劳苦与辛酸，书写了历史和生活；一盘石磨，雕刻了农家人对美好生活的向往与希望。它是农家烟火日子的晴雨表，吞进多少粮食，吐出多少面粉，它最有发言权。这家日子是否富裕、是否缺粮断炊，它最清楚。它是农家烟火日子的“史记”。

家乡的石磨是使用常山石材制作而成的。那秀丽的常山，海拔不过三百米，却盛产石磨、石碾、石碌碡、石夯等各种石具。

石磨由磨台、底磨盘、上磨盘三部分组成，磨台一般比磨盘的直径大三四十厘米。底磨盘固定在磨台中心，底盘上部的中心凿一小眼，安一磨脐；上磨盘中心也凿一小眼，与底磨盘的眼一样大小，确保上下磨盘咬合时，能绕着磨脐顺畅转动。上磨盘接近中心位置凿一磨眼，作为进料口。上磨盘外围又安一对对称的磨把，作为动力连接点，用铁丝或绳子做长约三十厘米的磨扣子，挂上磨棍就可以推着磨盘行走。

石磨磨出的面粉是粗是细，关键在磨齿。制作石磨时，石匠用錾头把石块掀起，凿出平面，然后开凿磨齿。无论石磨大小，都是四十根齿，分为五组，每组八根齿，逆时针旋转。石磨磨出的面粉粗细与石齿留出的口大小有关系。留的口大，下得就粗；留的口小，下得就细。

推磨时，将磨棍放在肚腹上，推着逆时针行走。推磨前将泡好的粮食放在磨顶上，用一小勺将粮食从磨眼里添入，转动上磨盘，上下磨齿就像人口中的上下牙齿一样，经过咀嚼，糊子或面粉就从磨齿间缓缓流出。

小豆腐磨重量轻，一个人就可以推动。大磨主要是用来推煎饼糊子或磨面粉，须两个人推，有时也用驴推磨。

大集体时，牲口是集体的，农户家推磨全是人工。白天，人们都要到生产队里去挣工分，推磨的活儿大都在晚上或凌晨。晚上，推面粉。将玉米、小麦磨碎后，再用箩筛，将不过关的粮屑碎渣，重新倒进上磨盘磨眼，进行新一轮的磨合粉碎，重复多遍，反复多次，最后筛下的面粉细腻柔软，散发着阵阵清香。农家人将它们储存在合罐（盛面的器具，用泥烧成，类似水缸，比水缸小）或面缸里，以后的日子，就可以蒸馒头、烀锅贴、烀饼子吃了。

凌晨，推煎饼糊子。晚上睡觉前，将玉米、高粱事先用温水泡在大盆里。天不明，农家妇女便将孩子从热被窝里拖出来，和她一起推大磨，沿着圆圆的磨道，无尽头地走下去。夏天，汗流浃背；冬天，全身披霜。那种辛苦和艰难自不必说。石磨不仅考验一个人的力气，还考验人的耐力和韧力。一个农家主妇，如果不能把石磨驾轻就熟，就不是一个合格的内当家。男人是不屑于干家中营生的，无论多沉多重，男人的重任在坡里。天刚明，他们就带着犁、耧、耙或锄头、镰刀去田地里劳作了。

和孩子推完磨后，女人放倒鏊子，开始抹煎饼。头几个先让孩子就着咸菜吃了去上学。之后，女人便坐在鏊子前，聚精会神，开启了艺术创作。那又圆又大、薄而发香的黄灿灿或红彤彤的煎饼，半天工夫，便摞成半米多高，呈现在眼前。女人直起酸痛的腰杆，甩甩酥麻的手臂，脸上露出了胜利的微笑：全家人三四天的干粮不用愁了。

20 世纪 80 年代初，实行大包干后，牲口分到了各家各户，人们可以用驴拉磨了。驴拉磨时，须用一块布（俗称驴遮眼子）将驴的眼睛蒙住，既防止驴偷吃粮食，又不让驴偷懒。驴在看不见的磨道里执着地行走着。石磨发出呼噜呼噜的滚动声，混合着驴蹄踏地声，宛如一首古老而浊重的歌，在院子里回响。女人满脸笑容，望着快速流下的面粉或糊子，心里非常惬意。终于从繁重的劳动中解放出来，再也不用出大力推磨。而且粮食越来越多，生活越来越好，如芝麻开花节节高。

石磨使用时间长了，磨齿便被磨平了，不肯下面，面不细，糊子粗。这时，便要请石匠来錾磨。每次请石匠前，几个农家妇女常常联合一下。一家，石匠不愿伺候；三五家一起，干个三五天，石匠有吃有喝，还有收入，往往一请便到。

石匠就常山前那几个村有，经常外出錾磨的就那么几个人，谁的手艺好，谁的本领差，农家人都有数。錾磨是技术活儿，磨齿錾得锋利，出面快，推起磨来就省力；磨齿錾不好，石磨空转不出面粉，即使出面粉，颗粒较大，无法食用。每次请石匠錾磨，女人们都好酒好饭招待着，冲上一壶酽茶，摆上上好烟卷，堆上一脸灿烂的笑容，生怕石匠心术不正，在磨上多錾几锤或少錾几锤，弄得磨不好使。也有心眼灵活的，和石匠讲好，錾完磨后，要试一试，好使就给钱，不好使就不给钱。石匠们为了自己的名声和收益，也不敢造次。

千百年来，石磨如影随形，伴随着农家人祖祖辈辈的艰难岁月，记载着漫长、单调、枯燥的农家日子，研磨着祖辈贫穷落后的生活。农家人的烟火日子离不开石磨，农家人的生命旅程中依靠着石磨。石磨是根，石磨是魂，是农家人的图腾。

如今，随着社会的发展、科技的进步，农村的食品加工已实现了机械化，石磨逐渐退出了历史舞台，走进了老一辈人的记忆。很少有人再推石磨了。只有少数恋旧情结重的人，还仍然坚持用单手摇动的小石磨来推小豆腐吃。大的石磨已各奔东西，走进了饭店，走进了展室，铺了台阶，垒了景点，形成了一道道风景，展示着古老的风姿，承载着厚重的历史，蕴藏着醇浓的记忆。

石磨，磨起了昨天的故事，沧桑的岁月；石磨，磨走了贫困的生活，磨来了幸福的日子；石磨，磨出了甘美，磨出了香甜，磨出一道道记忆的年轮。

石碾

如果说农家人烟火的日子离不开石磨，那么他们与石碾也有很深的渊源。石碾是石磨的兄长，他以宽厚的躯体、沉重的臂膀，容纳着田地里的产出，喂养着辛劳的农家人。

那个年代，每个村都会在合适位置安置一盘石碾。有的村还会盖一间碾房，无论刮风下雨，春夏秋冬都可以使用。粮食少时，可以用石磨。粮食多或要吃细粮时，就要用到石碾。这推碾的活儿大多也是女人干，男人偶尔为之。

磨面时，将半袋玉米或一袋地瓜干背到碾盘上，均匀地摊成薄薄的一圈，就可以推着碾磙子碾压。一边碾压，一边用笤帚将溢出磙子碾压范围的粮食赶进圈内。碾压数遍后，用箩筛下细面，再将粮渣重新倒在碾盘上，开始新一轮碾压，直至将粮食全部碾成粉末。面碾好后，女人一双巧手便翩翩起舞，玉米饼子、窝窝头、红薯面条、红薯面卷等各种各样的主食就会变出来，成为全家人的美食，滋养着味蕾，提振着精神，强壮着身体，增强了劳动的干劲。

石碾吱呀，碾进了女人的汗水；石碾吱呀，碾成了农家人的美食；石碾吱呀，碾出了农家人彩色的希望。

石碾是公用工具，有时可能半天或一天都闲着，无人使用。有时可能一下子来了四五家，要排队等待；有的只能在月光下推碾。清冷的月光里，她们疲惫的身躯艰难跋涉在磨道里，随着石磙子的转动，宽大的碾架发出“咯吱”“咯吱”的响声。跟随着转动的碾磙，期望将贫穷和荒凉的岁月碾碎，碾来一段殷实的日子。纵然生活再苦，纵然人生充满艰辛，她们依然用自己勤劳的双手，推动沉重的碾磙，不停地转动。她们内心总是燃着一团希望的火焰，承载着一种甜美的梦想。在月光下，在繁重里，沿着碾道旋转、升腾……

有的人家可能十天半个月来不了一次，有的人家可能三五天就需要和石碾来一次亲密接触。有的人口少，有的人口多，有的人家生活富裕一些，有的人家日子贫穷一些。谁家的日子好过，谁家的日子艰难，石碾心里一清二楚。铺在碾盘上的粮食，可以告诉它；女人坚实的脚步，可以告诉它；女人推碾时沉重的喘息声，也可以告诉它。

生活艰难的日子，石碾也清闲。这时，碾盘成了乡下孩子们的主要活动场地。孩子们爬上爬下，打闹嬉戏，或在碾盘底下捉迷藏，或在碾盘上面玩石子、搁五棍（一种游戏）、打扑克。年龄小的孩子，常常双手勾在碾杠上，像一只吊袋，悠闲地转圈圈。年龄大些的孩子，两三个人推着空碾转圈，碾磙子在碾盘上滚动碰撞，发出隆隆的声响，滚雷一般。大人看见，往往会及时制止，既怕磕着孩子，又怕损坏了石碾。

一盘石碾，演绎着农家人艰难的日子，那些在碾道里忙碌的身影，如生长在磨道里的庄稼，质朴芬芳；一盘石碾，映照着农家人的岁月年华，在磨道不停迈动的脚步，如夯一样，沉稳坚实；一盘石碾，讲述着农家人精彩的故事，那些辛酸与欢乐，如生活的年轮，成为永恒的记忆。

石碾无言，却是农家人的舞伴，无论春夏秋冬，无论酷暑严寒，常常与农家人共舞翩翩。石碾蹁跹，舞出了农家人汩汩如水的生活；石碾蹁跹，舞动了农家人清苦寡淡的日子；石碾蹁跹，舞出农家人美好的希望，舞出农家人生生不息的梦想。

随着时代的变迁，石碾圆满完成了历史使命，没入滚滚红尘，退居一隅，成了老一代人的记忆、新一代人的文物。

石碌碡

“南山顶上滚碌碡——石打石（实打实）”。这句歇后语，是对石碌碡诚实品质的一种称赞。石碌碡和石磨、石碾不一样，它不是农家人朝夕的陪伴，每年也就在麦收、秋收两季施展一下拳脚，其余时间只能待在犄角旮旯，寂寞地打发无聊的时光。

碌碡虽然使用时间不长，农家生活生产却离不开它。

每当农家人用到时，它总是无怨无悔，实心实意奉献自己的躯体和力量。

麦收前，农家人要把场轧好才能收割小麦。勤劳的农民，晨曦微露，便早起床，将沉寂了一年的场院，用大镢或锄头刨起来，撒上麦糠、草木灰，用耙子耙好，剩下的任务就全交给碌碡了。农民大伯将一根绳子拴在碌碡拐子上，在场里来回转圈，一遍一遍滚动轧实。轧好的场瓷实干爽，平整光滑，如一面镜子。小麦收获后，在场院里打场、晾晒。

没有脱粒机的年代，碌碡就是最好的器具。麦收时节，农家人将麦子在场里摊开，套上驴，拉着碌碡，飞速地在麦穗上跳跃、滚打。每打一段时间，用木杈将麦穗翻弄一遍，再滚打，直至将麦粒全部打下来，剩下的也就是些瘪粒，或漏网之鱼。

驴打场时，人们用一块布或破衣服将驴眼蒙住，既防止它偷吃粮食，又能让它安心干活儿。为了加快脱粒进度，一头驴可以同时拉两三个碌碡，它们紧跟驴的步伐，步履铿锵，在麦穗上轧过。赶驴人还要准备一只大瓢，随时接驴粪、驴尿。不能让驴在麦场里随地大小便，污染了辛辛苦苦打下的粮食，它们比金子还珍贵。

麦收之后，碌碡暂时下岗，只能默默地蹲在角落里，等候秋收重新上岗。

秋收开始，碌碡进入了一生中最忙碌的阶段。谷子、黍子、大豆这些粮食都需要碌碡来给它们脱粒。人拉、驴拉、牛拉，各种力量齐上阵。每到中午时分，场院里响起了“吱扭吱扭”的声音，有的舒缓，有的急切，有的尖利，有的优雅，这是一场碌碡的大合唱。偶尔一声高亢的驴叫，将合唱推上了高峰。打场的人，是这场大合唱的总指挥。他立在场院中间，一手牵着缰绳，一手扬着鞭杆，像音乐指挥家手中的指挥棒，嘴里不停地吆喝着牲口，沿着一个固定的圆圈，不停地转动滚打。旁边的女人，跟在碌碡后面，随时将轧实的穗子挑起、翻弄，便于滚打。

有了碌碡，就粉碎了植物的秸秆；有了碌碡，就有了粮食的颗粒归仓；有了碌碡，就有了农家人的丰衣足食。碌碡虽然忙碌，但它是高兴的。每当农忙季节，它浑身光滑，精神亢奋，斗志昂扬，不知疲倦。它喜欢这样的生活，累并快乐着。只有这时，它才能体现价值，才能成为农家人的心爱之物。有时人们为早将自己的粮食打完，纷纷争夺碌碡。一时间，它成为人们争夺的“香饽饽”。有时还会因为它，人们争得脸红脖子粗，不欢而散。碌碡这时会特别高兴，它多希望这样的日子长期下去呀。可惜，这样的日子常常很短暂，少的十几天，多则一个月，碌碡就光荣地完成了自己的使命，成为静卧一隅的闲物，被岁月的尘埃湮没。

碌碡是农耕时代的产物。碌碡的沟沟坎坎里，铭刻着农家人劳作的辛勤；碌碡的斑斑驳驳里，承载着农家人生活的艰辛；碌碡的沧沧桑桑里，记载着时代的变迁与革新。

随着时代的不断发展，现代化机械取代沿袭了几千年的石具。隆隆作响的联合收割机，奔驰在田野里，碌碡再也没有用武之地，它横卧在庭院里、尘土里，成了农家人遥远的记忆。

消失的乡村手艺人

小炉匠

一副担子走天下，一把钢钻写人生。小炉匠是过去物质匮乏年代不可或缺的手艺人。

每到年头岁尾，只要是农闲的时候，便会看到小炉匠忙碌的身影在村庄中穿梭。他们挑着晃悠悠的货担子，走村串巷，深受庄户人的欢迎，特别是农村妇女对他们喜爱有加。

小炉匠又名“锢露子”。他们每天挑着担子，到各村找个空阔的地方安顿下，给人家锔锅锔碗锔缸，修补破漏的家什。

生活困难的年代，庄户人的锅碗盘盆缸等物品坏了，无钱买新的，旧的舍不得扔，只好请小炉匠锔补修理。虽然带着个铁疤痕，不美观，但庄户人哪有那么些穷讲究，他们顾不上浅薄的尊严，只要能省钱就行。家家户户都使用锔过的锅碗盆缸，也就没有人笑话。就像人们都穿补丁衣服一样，哪怕补丁摞补丁，也不是什么丢人的事。一旦遇到没有穿补丁衣服的人，人们只有羡慕的份。

小炉匠干着修补裂纹、重圆破镜的好事。他是庄户人的贴心人。他用自己辛勤的劳动、精湛的手艺，修补着庄户人漏雨、漏风、飘雪的苦日子。他的担子放在谁家门口，谁家高兴。这家的女主人就会热心地泡上一杯热茶，递给劳作的小炉匠。中午小炉匠会掏出随身带的干粮，就着热茶，填饱自己的肚腹。稍事休息，又马不停蹄地干下去。

俗话说：“没有金刚钻，别揽瓷器活。”因瓷器硬度高，小炉匠锔补碗盘碟等瓷器时，必须用“金刚钻”。锔补前，要先看一看物品的破碎程度，如果只是有裂纹或破成两三个大块，还可以锔补；如果太碎了，攒不成整体，就无法锔补了。锔补时，小炉匠用细绳将破裂的器具缠绕成整体，夹在两膝之间，用钻轻轻在裂缝一边钻一小孔（不能钻透，否则时间长了，盘碗碟会漏水），将铜锔钉一只脚先安在小孔中，用锔钉另一只脚在裂缝的另一边点一下，在这个点钻另一孔，保证了两只脚正确嵌入孔中。锔钉安装好后，再用特制的小锤，轻轻敲打，使锔钉牢牢钉住，且能把碎片抓住拉紧。小锤如指头肚大小，锤柄用枣木或其他硬木做成，约二十厘米长，不轻不重，不偏不歪，节奏匀称，如敲鼓点。锤锤落在钉脚上，恰到好处。每敲一下，便发出叮当声，悦耳动听。这时，小炉匠犹如一位乐手，在聚精会神地击打着乐器。

锔钉打好后，小炉匠伸出自己有力的手指，从一小罐中抠出一撮石灰膏，把钉眼和裂缝用力抹平，防止渗漏。器物修补后，小炉匠要按钉数和物品的档次收费。不计较的人，付了钱，拿着修补好的物品高高兴兴地回家去了。好计较的，免不了和小炉匠讨价还价，一番唇枪舌剑，最终还是小炉匠胜。他很清楚，常年走村串户，不能坏了规矩。否则，这买卖就不好做了。遇到特别难缠的女人，他有时也灵活一些，少要一分二分，让那人心理上满足一下就行了。

锔补瓷器、铁器物品，用黄铜钉。锔补粗瓷、陶器，大多用铁钉。

庄户人家的柴草锅灶大多是六“印”或八“印”，均是生铁锅，性脆，极易震裂，修补难度较大。聪明的小炉匠会根据锅的破裂程度，采取不同的修补方式。如果铁锅尚未破裂成两块，只是裂缝，小炉匠用细绳将锅缠紧，裂缝紧密，然后沿裂缝两边，每隔十厘米左右钻孔。在炭炉上用坩埚将黄铜熔化，倒入软石棉托杯中，托在钻孔下部。熔化的铜一部分由孔中被挤入孔上部，此时在上部用石棉团将挤上来的铜液压住，过一会儿，铜凝固。孔上下连成一断面，如“工”字形的双铆钉状。在热胀冷缩的作用下，铜钉将锅的两半牢牢夹住，再用石灰膏将缝抹一遍，以防渗漏。如果铁锅破裂成两三块，锔钉就要密集一些。

锔补的锅满脸铜疤，难看了些，但照样烧水、做饭，维系着庄户人寒酸的生活和艰难的烟火日子。看着锔补好的锅，庄户女人那紧锁的眉头舒展开了，枯黄的脸上绽放出笑靥。

锔缸和锔锅的方法差不多，只是锔缸时，一般用铁钉。由于缸都是粗陶，质地松软，不须用金刚钻，一般钢钻即可。缸锔补好后，一般不能再盛水，如果长时间盛水，铁钉易生锈腐烂，造成漏水。因此，锔补过的缸只能放到见不到雨水的地方，用来盛粮食或其他物品。

每当小炉匠来到村里干活儿，都是村中的一大乐事、一道风景。大人小孩围了一圈，女人忙着拿着破锅碗盆子来修补，小孩子忙着看热闹。平日里，没有什么娱乐活动，小炉匠一进村，便激发了村庄的活力。即便不找小炉匠修补家什，但看着小炉匠干活儿，对寂寞的乡下人来说，似乎也是一种享受、一种乐趣。

货郎

“出门跑外一担货，回家挑来一担粮。”货郎用一根扁担挑着担子走四方。挑起了一个人的梦想，挑起了全家人的希望，挑起了一家人的日子。

每当村中响起有节奏的“拨浪噔，拨浪噔”的声响，女人和孩子便从吱呀响的柴门中跑出来，围着货担子叽叽喳喳闹个不停。货郎一进村内，便会摇动一个白面红把的“拨浪鼓”招徕顾客。那鼓棱上有一根不长不短的红绳，绳上系一个圆圆的绿珠子，轻轻一摇便会发出“拨浪噔，拨浪噔”的响声，犹如前进的号角，首先会把好奇的孩子从茅屋中牵出。女人跟着出来，或者相中自己喜爱的物件，或者因囊中羞涩，只好跟着凑一凑热闹。

货郎大多是老男人，极少有年轻小伙子干这一行当，女的更是绝无仅有。一个老货郎，戴着一顶破帽子，肩上挑着翘头扁担，两端挂着货物箱子，一边迈着不紧不慢的步伐，一边摇着拨浪鼓，行走在大街小巷。

那两只货物箱子，一头是玻璃的，分上下几层，里面挂着项链、长命锁、福寿牌、掏耳勺、绒线、扎腿带子、老花镜等；下边摆着各式各样的小商品，如纽扣、簪网、缝衣针、顶针、木梳、刮头篦子、官粉、香皂、头油、手镯、剃头刀、剪子、烟袋杆等。另一头是木箱，也是分层摞在一起，盛放着儿童玩具、糖豆、胭脂、各种颜料、各色线等；还有妇女头上戴的各种绢花，结婚用的大红花，庆寿用的福寿花，各种花布等。

货郎做买卖非常灵活。不仅卖东西，还收购破烂，以物易物。妇女、小孩可以拿着鸡蛋、头发、牙膏皮、废铜烂铁之类的东西换取自己所需、所喜欢的物品。女人最喜欢挑选一些生活用品，如一把木梳，一些针线、纽扣。货郎一来，就解决了很多妇女日常生活中存在的不少问题，虽然都是鸡毛蒜皮的小事，但长期得不到解决，也挺闹心的。如牙膏没了，无法刷牙，要好的年轻女人总是不踏实；扣子掉了，无论男人、女人扣不紧褂子，也挺难堪。货郎一来，也给小孩子们带来了欢乐。他们可以用自己平时捡拾的破烂换糖豆、泥哨、泥老虎、橡皮筋等。爱学习的孩子，还可以换来铅笔、本子等学习用品。

货郎就是乡村的快乐使者。

货郎担的木箱边沿都刻着尺寸，女人买的红头绳、松紧带，小伙子买的钓鱼线，都是用它丈量的。每当货郎将担子放在地上，总会围上一群大姑娘、小媳妇和顽皮的孩子。众人嘻嘻哈哈地讨价还价，货郎脸上总是挂满了笑容，无论买者怎样杀价、褒贬，他也不生气。他总是不住地嚷着："小本买卖，挣不了几个钱。"或者说："这东西就五分钱，我全挣了，又能挣多少？"其实，乡下人就这样，他们也知道这货郎挣不了多少钱，但不讲价，又好像显得自己傻似的。多数人也并不真计较，和货郎争执几句，便拿着自己喜欢的物品高高兴兴地走了。

货郎的一副挑担相当于流动的小卖部。他游走在大街小巷，方便了乡下人购物，人们足不出村就可以买到自己喜欢的生活用品。尤其那个无便捷交通工具的年代，省却了乡下人的脚力，省却了赶集进城之累。

货郎在乡间从容地行走着，走着走着就走成了一帧风景、一段思念。货郎如果多日不出现，村里就会有人念叨：“这货郎干什么去了？怎么还不来呢？”时间长了，一些生活必需品急着用，又没有时间到集市上去买，有些女人便会找人捎信让货郎来送货。性格开朗的女人，往往会调笑一下货郎：“怎么这么多日子不来了，又找相好的去了？”大胆的还会说：“这些日子想你想得睡不着觉了，你就是不来了。”货郎咧嘴笑笑，也不和这些人纠缠、拌嘴，他知道自己几斤几两，只是热情地送上她们喜欢的物品。

货郎这行当，毕竟是小本买卖，挣不了大钱。因此他们的家境并不富裕，常常过着“半年庄稼半年粮，半年不跑吃不饱”的生活。生活困苦的年代，谁家又舍得经常花钱买东西？常常是以物易物，货郎利润就更低。因此，货郎队伍并不庞大，十里八乡三两个足矣。

说书人

“咚，咚，咚，咚，咚，咚，咚咚咚咚咚咚……”这有节奏的鼓声，似战鼓，在催促士兵奋勇杀敌；似召唤，在吸引众人向鼓声聚集；似宣告，一位长着三寸不烂之舌的说书人已到集市上。

说书人，文化生活匮乏年代的一道亮丽风景、文化大师、艺术匠人。他用简单的道具，丰富的肢体语言，滔滔不绝的话语，跌宕起伏的故事，奉献给人们一道道文化大餐、精神盛宴。没有电视、没有手机，更谈不上互联网，所有的文化生活就是看电影、走戏院、听大鼓书。

乡下人看电影，一个月看不到一次。公社放映队要按计划轮流到各村放映，每一轮的时间都很长。对于电影，那时人们可以说是望眼欲穿，有时为了看一场电影，晚上要跑几十里地。听茂腔要到县城去，到戏院内，要排队买票，常常一票难求。即使能买到票，又囊中羞涩，不能经常听戏，每年能去戏院一次就是有福的人。而听说书人说书，既方便，成本又低，很受人欢迎。

家乡五天一集，逢五排十（指每月的初五、初十、十五、二十、二十五、三十）。每当赶集之日，说书人便来到了固定的地方。他的行头简单，一个架子鼓，一副快板，一把纸扇。安顿好后，鼓声一响，便陆续有人围拢来。特别是那些老粉丝，早早在附近等候。说书人看看来的人差不多了，一敲小鼓，开口说起《岳飞传》："上回书说到，岳飞哥五个，要夺状元，赶奔京城而来……"人越来越多，一回书也快说完了。到了关键时刻，说书人便来了句："要知后事如何，且听下回分解。"然后，便端着个盘子或一顶帽子，开始转圈收钱。一分五分，一毛两毛或一元五角都行。钱不论多少，给点儿就行，即使有人一分钱也不给，说书人也不恼。他知道庄户人日子艰难，挣钱不容易，许多家庭平日都靠从鸡屁股里抠那几分钱，有的人确实连一分钱也不舍得。因此，每次说书收钱，一边说着谢谢，一边高喊："有钱的帮个钱场，没钱的帮个人场。"他这样一说，没有拿钱的，反而不好意思，有的人只好悄悄走了。有的再次来到说书现场，或多或少都会拿点儿钱来。

说书人吃的是嘴上功夫饭，个个伶牙俐齿，声情并茂，抑扬顿挫，口若悬河。说起书来，时而摇头晃脑，手舞足蹈；时而男女声交替，幽默滑稽；时而花前月下，俏语娇音；时而战马嘶鸣，刀光剑影；时而风声鹤唳，龙吟虎啸……说到悲苦时，如泣如诉，声泪俱下。听众也往往情不自禁，泪流满面，抽泣声声。说到高兴时，春风满面，笑逐颜开，抑或哈哈大笑，仰天长笑。场内不时爆发出阵阵笑声和掌声，整个说书现场沉浸在一片欢乐之中。

说书人的书目，都是老百姓爱听的忠勇爱国、武侠、传奇、公案之类。如《岳飞传》《杨家将》《封神演义》《水浒传》《三国演义》《包公案》《薛仁贵》等等。有的书目已重复多次，但听书人百听不厌。

听书人围坐在说书人四周，讲究的，自带小板凳、小马扎；不讲究的，席地而坐，或拿一块石头、一块砖头权且充当凳子；也有乐意站着的，肩上扛一镢、锨、锄，累了，放在屁股底下，便是一个很好的坐杌。人员成分也很复杂，老人、小孩、青壮年、妇女，各个年龄阶段的都有，都是书迷。听书也有瘾，一旦进了这个圈子，就难以轻松退出。随着说书人抑扬顿挫的声调，扣人心弦的故事步步展开，越听越爱听，越听越不想离开。干活儿的忘了上坡干活儿，做饭的忘了回家做饭。散了集，回到家，免不了和家中人起一番争执，甚至吵一顿架。心里懊悔不已，耽误了工夫，扔上了钱，哪头子是账（方言，不划算）？

但每当逢集时候，心里就痒痒。越是忍着不去，越是有心事。忍不住了，又偷偷跑去了。

除了集上的说书人，村庄里也有爱好的，经常利用晚上的时间，特别是夏天的夜晚，坐在街头，免费为大家说书。这样的人，大多是现学热卖，白天从集上听完，晚上到村里讲述。个别有文化的，是从书本上学来的。他们说书时，没有道具，端一个大陶瓷缸，盛着满满的白开水，口干舌燥时，喝上几大口润润嗓子。说到众人都困了，便散场回家睡觉。还有盲人宣传队，他们两三个人一起，晚上到各村巡回说唱，水平虽不如集市上的说书人，但也常常引吭高歌，抑扬顿挫。他们到各村演讲时，都带着公社的介绍信，是公益性的，生活和费用都由村集体出，听书人不用拿一分钱。每次盲人说书队到来，现场也是人声鼎沸，热闹非凡。

说书人声声道尽江湖事，把把尽是辛酸泪。说不完红尘岁月苦，道不尽人间沧桑难。他们一生在讲述别人的传奇，不知自己是否也融入了传奇中。在别人的故事里，演绎着生活的艰辛，延伸着生命的长度。

在文化娱乐活动不发达的年代，说书人无疑是乡村中的快乐使者。他用自己的聪明才智和艰苦劳动，传承了优秀的传统文化，弘扬了正气，丰富了乡下人的精神文化生活。好多文学经典都是经过他们，才实现了口口传诵、历久不衰。

故乡的原风景

赊小鸡

“小鸡来——好小鸡！”随着一声婉转、嘹亮、悠长的叫声在村里响起，农家妇女期盼的赊小鸡的人终于来了。

每年的四五月份，赊小鸡的用扁担挑着两个箩筐，里面是刚出壳的小鸡，有黄色的，有黑色的，还有麻褐色的。它们像一只只绒球，挤挤挨挨，叽叽地叫，甚是可爱。赊小鸡的人走村串巷，一进村，立即会围上一堆农家妇女。她们用手拨弄着小鸡，察看大小、强弱，选中自己心仪的小鸡。然后用篼子或纸箱等家什盛着叽叽叫的小鸡，抱回家去，也不用交钱。卖鸡人记好这家男主人的名字，到了秋收后，卖了粮食，有了收入，再来收小鸡钱。

庄户人虽然穷，很少有人会赖账。

那个年代，孵鸡的设施比较简单。农家人在居住的堂屋或南屋，支一盘“满炕”，只在门口里面留不到一平方米的空闲地方，左右各设一个火道，用来加热提温。

一切准备就绪后，要走村串户去收种蛋。种蛋要找有熟人的村，知道村中哪户人家的鸡有公鸡，也就是要收有性的鸡蛋，否则孵不出小鸡。

种蛋收齐后，就要上铺。上铺后，将鸡蛋均匀地铺在火炕上，盖上被，然后在火道里烧火，加温。这个时期，要根据炕的温度高低，定时进行翻蛋。如果温度低，隔得时间长一些；如果温度高，隔得时间短一些。没有温度计时，孵鸡人将蛋放在眼皮上试一试，就有数了。后来有了温度计，就好把握了，一般温度控制在 38 至 38.5 摄氏度之间。在孵鸡过程中，温度是最重要的。炕太凉了不行，铺底多（指孵不出小鸡）。

炕太热了，鸡蛋如果翻得不及时，受热不均匀，有可能发生蛋被蒸熟的现象，铺底也多。

七天后进行第一次挑选，一般称为“头照”。照蛋采用土法，暖房内闭光，并将窗户遮严，在窗户上留个小于鸡蛋的圆孔，将种蛋放在圆孔上，通过光照判断出种蛋的好坏。到了晚上，可将蛋凑近蜡烛照蛋。有了电灯后，人们又用电灯照。合格的种蛋在光照下会呈现出清晰的云状图样和血丝状，无上述图样的即是没有受精的蛋，行话叫“石蛋”。石蛋是不能孵出小鸡的，这一筛选环节淘汰下的蛋叫“头照蛋”。

头照之后，再过七天，种蛋还要经过第二次更为严格的挑选，这一环节称为“二照蛋”。这时，蛋壳内的小鸡已基本成型，通过光照可以看见小鸡的蠕动，没有成型或不蠕动的即为“寡蛋”，这样的蛋也会被淘汰。

俗语道：“鸡鸡，二十一；鸭鸭，二十八。”鸡种蛋经过二十一天自然孵化，小鸡就会出壳。鸭种蛋经过二十八天自然孵化，小鸭就会出壳。出鸡时，不能急躁，不要发现有小鸡出，就掀被子往外拿，这样影响出鸡率。一旦发现出小鸡了，就要将厚被换成薄被，既保持温度，又减小压力。等小鸡基本出齐后，再掀开被全部取下。除了健康的小鸡，剩下不能健康成活的为圈鸡和残鸡，习惯称为“铺底”，价格便宜，营养价值高，很多喜欢的人常买回家做着吃。现在的烧烤摊上，有专门的圈鸡串。

刚出壳的小鸡，开始一两天不用喂什么，饮凉水即可。第三天，要在簸箕或箩筐内撒上一些经温水泡过的小米，小鸡在里面啄小米粒吃。小鸡孵出来后，孵鸡人和卖鸡人晚上都不能睡得太死，要定时起来驱赶扎堆压摞的小鸡，否则体弱的可能被压死。

农村大妈千挑万选把几十只小鸡赊回家后，都会精心伺候。白天端到天井里，让小鸡们感受新鲜空气和光照，晚上又要端到屋子里，和卖鸡人一样，每隔一段时间要起来把扎堆压摞的小鸡拨拉开，还要防止老鼠祸害小鸡。别小看这几十只小不点，在生活困难的年代，农村家庭没有其他收入，养上一群鸡鸭，不但能用鸡鸭蛋改善生活、照顾病人，还能卖些零花钱贴补家用。它就是农家人一年的银行，打油称盐，小孩子学习用品，都离不开它。一只鸡蛋常常能换两三个本子、四五支铅笔。

现在卖小鸡的人，已鸟枪换炮。有的骑着自行车，有的骑电动三轮，有的开着农用车拉着盛鸡的箩筐到各村叫卖。而且大多已不再赊卖，都是现金交易，许多人还用上了微信和支付宝。许多家庭买小鸡已不再是为生活，有的纯粹是买了当哄孩子的耍物，增添孩子的乐趣。

磨剪子抢菜刀

“磨剪子来——抢菜刀。”一句悠扬的喊声在村庄响起，犹如一颗石子投入平静的湖中，激起一圈圈涟漪。不久，便会听到村中柴门、木门纷纷“吱呀、吱呀”叫起来。农家妇女左手拿一把剪子，右手拿一把菜刀，高兴地朝磨剪子抢菜刀的担子走来。

盼望多日了，终于来了。

“宽凳一条肩上挑，细石偏能磨快刀。正因衣食缺不得，肥婆瘦女也相招。”磨刀人如一枝散发着芳香的花朵，将蜜蜂、蝴蝶纷纷招来。钝锈的剪刀、菜刀，经过磨刀人妙手加工，剁肉切菜，得心应手。砺石沙沙作响，虽不能吹毛可断，却也是磨旧如新，锋利无比。农家妇女望着明晃晃的“新”刀，脸上露出了满意的笑容。

磨刀人的行头很简单。一条长凳，一头固定两块磨刀石，一块粗磨石，一块细磨石，凳子腿上绑着一个盛水的铁罐。凳子的另一头则绑着坐垫，上面挂着一只箱子，里面装着锤子、抢刀、水刷、水布、浆石等工具。有了活时，磨刀人两腿骑马状跨在凳子上，像一位威武的大将军欲在战场上纵马驰骋。但坐骑只是一条不会跑的小板凳，那威武也就刹那间，然后便躬腰屈膝，将那钝锈的剪子、菜刀在磨刀石推磨。无论是磨剪子，还是磨菜刀，都要经三道工序。先是在粗磨石上磨，再在细磨石上磨，最后用浆石磨。边磨边往刀上蘸水降温，防止刀的钢口退火。遇到使用时间长的菜刀，刃部钝厚，光靠磨解决不了问题，就需要抢刀上阵。抢刀是一根尺把长的铁杆，两头有横扶手，铁杆中间镶着一把优质的钢抢刀，用它将厚刃刮薄，再磨锋利。实际上抢刀就是个铁刨子。

磨刀人磨一阵，便用大拇指在刀刃上轻轻刮一下，试一下锋利程度，再眯着眼看看刀锋，如果差点儿火候，就再磨几下。一把钝口的菜刀，在磨刀人手里，用不了一袋烟的工夫，就变得锋利无比。磨得好的刀，刀口是一条直线，刀口上面还有一条黑线。农家妇女虽然不会磨刀，但会看，每当看到一把连菜都剁不好的钝刀，经磨刀人妙手打磨后锋利无比，便喜笑颜开。

磨剪子要比磨菜刀难些。剪子种类较多，有长剪、短剪、大剪、小剪，还有剪铁皮的、剪树枝的。剪刀都是两片，磨时剪刃与磨石的角度、剪刀中轴的松紧，都有很大关系。磨好的剪刀，两片刀刃合在一起，刀尖对齐，松紧适度，紧而不涩，松而不旷。用破布条试验刀口，腕臂不用劲，轻轻一剪，布条迎刃而断，方为合格。如果将刃口放在指甲上，轻轻推一下，便会削下一小片指甲来。

磨刀也是一门手艺，但和农村的货郎一样，都是薄利的行业，也就挣几个小钱，勉强能够养家糊口，发不了家。因此，磨刀人大都是生活在社会底层的劳苦之人。如果活多了，磨刀人一天下来，常常腰酸背疼，年轻人常常对这一行当敬而远之。

随着社会的发展、生活水平的提高，剪子、菜刀因价格不贵，如果使坏了，大多数选择弃旧换新，不会再找磨刀人。如果不锋利了，即便不换新的，许多过日子的农户，往往买了磨刀石自己在家磨。渐渐地，磨刀人淡出了人们的视线，那悠长的吆喝声，时而会在年长的人的记忆中响起。对年轻人，那已是过往，陌生无感，只有在电视、电影中才能见到。

爆米花

“砰”的一声巨响，将寂静的山村从沉睡中惊醒。在这声巨响的召唤下，孩子们兴奋地夺门而出，大多数手里用各种器具端着玉米粒，急急忙忙地来到爆米花挑子前排队等候。那散发着阵阵香甜味道的爆米花，让他们馋涎欲滴，个个迫不及待。

爆米花与别的行当不同，爆米花师傅虽然走街串巷，但从来不用扯开嗓门吆喝，而是用实际行动来召唤。每到一个村庄，他将挑子放下，把加工爆米花的工具——一只木质风箱，一只煤炉子，一个腰鼓型的加热釜，一截厚厚的布口袋——全安顿好。生好炉子，将自己带来的玉米粒爆头遍，随着“砰”的一声巨响，全村震动，整个村庄就知道爆米花的又来了。

每到秋冬季节，农忙结束后，爆米花的挑子如散发着芳香的花朵，不时在村中绽放。在万千挑子中，它“一花独放”，不但芳香四溢，而且鸣声震天，人声鼎沸，异常热闹。那一只只瓷盆、瓦罐、水瓢、舀子，形态各异，整齐地列队在爆米花挑子前。爆米花师傅一会儿装填玉米，一会儿把加热釜架在炉子上的“V”形槽内，一会儿右手转着爆米机，左手拉着风箱，火苗呼呼地舔着转动的钢釜。不一会儿，爆米花师傅看着手柄圈上的气压表指针到了合适的位置，他便将爆米机从炉口上移下来，装进布袋，用圆筒扳手一掰，脚往机脖子上一踩，“砰”的一声巨响，爆米花的香气便飘散开来。每爆一次，师傅便用蘸着油的棉纱木棒在爆米机里搅几下，增加润滑度。大多数小孩喜欢甜的，那位师傅便拆开装有糖精的小纸包，将其与玉米粒一起倒进去，爆出的玉米花又香又甜。不光孩子们喜爱，大人也非常喜欢，常常会抓一把品尝。

在物资匮乏的年代，爆米花成了孩子们的最佳美食，但并不是每个家庭的孩子都可以吃到爆米花。有的贫困家庭，不仅没有几分钱的加工费，连多余的玉米都没有。家里人饭都吃不饱，哪来多余的玉米去做爆米花吃？家庭富裕些的孩子，常常把爆米花装在口袋里，上学路上、和伙伴玩耍时，随时抓出一把来吃，那种满足和幸福，让没有爆米花吃的孩子非常羡慕。有的家长，禁不住馋孩子的纠缠，只好到富裕邻居家借一瓢玉米，让孩子过一下爆米花瘾，打下他们的馋虫。

在科技不断发展、日益城镇化的今天，超市和商场里各种各样包装精美、质量可靠的爆米花琳琅满目，孩子们随吃随买。那原始的爆米花挑子已渐渐远去，原汁原味的乡土气息也渐渐消失。走在光洁的村庄大道上，走在风景如画的小区里，绿树成荫，鸟儿鸣叫，花儿飘香，却再也听不到那如惊雷的声响，再也闻不到那散发着泥土味的爆米花香，再也看不到那热闹熙攘的人群，再也听不到孩子们欢快的叫声。

乡村爆米花只在记忆的年轮中不断回响。

小推车

揭开岁月的帷幔，拂去时光的尘埃，打开乡村的记忆，一辆结实矫健的小推车从农耕岁月的烟火日子里走来。

它是农耕时代的记忆之碑，珍藏着那些艰苦岁月的酸甜苦辣；它是农家人的兄弟，帮他们扛过了无数的急难险重；它更是农家人的左右手，把困苦日子推向幸福时光。

小推车是一个时代的记忆。

我家也曾拥有一辆小推车。它曾经有过辉煌的时刻，有过跌宕的岁月；它经历了风霜雨雪，见证了农家人艰难的烟火日子。

小推车也叫独轮车，我们还叫它小拥车。在20世纪80年代以前，农家人拥有一辆小推车，不亚于现在有一辆豪华轿车。

我小的时候，村里家家户户有一条扁担、一根钩担。扁担长一些，一般用质地硬实的楸木制作，主要挑一些体积大、重量沉的东西。用绳子将需要挑的东西捆好，将带有小孔的扁担两端分别插入绳子扣内，在小孔内插入一截小木棒，以防绳子滑脱。人在中间挑起，百斤重担便一肩挑。钩担短一些，通常用家槐或刺槐木制作，两端挂有铁钩，主要用来挑水桶或带把的提篮、筐之类的东西。对于一个人挑不动的，便两个及以上的人抬。那个年代，所有物品的运输，农家人只能靠肩挑人抬。村里有一台十二马力的拖拉机，是唯一的农业机械。

父亲是木匠，常年在外面干临时工，每年往生产队里交钱，顶个整劳力的工分。母亲在家，照顾着一家老小。她既要到生产队里干活儿，又要回家做饭、照看孩子。我家姊妹六人，大姐、二姐虽是女性，却承担起了家庭重担，她俩就是我们家的劳动力。每到夏秋两季生产队里分粮食的时候，都是母亲带领两个姐姐用扁担和钩担往家挑，无论路程多远，无论刮风下雨。

后来，父亲看到两个姐姐太受苦，便买了一根家槐木料，制作了一个槐木车架子。他又从门市部买了一个胶皮车轮安装上，一辆结实、流畅的小推车就做成了。两个姐姐用手抚摸着光滑、硬实的小推车，高兴地合不拢嘴。大姐说："救苦救难的活菩萨来了！"

小推车做好后，母亲又找篾匠，用棉槐条子编了一对篓子，一辆完整的小推车就成了。不安篓子时，可以推成型的物品；安上篓子，可以推散装的物品，特别是玉米、高粱、花生、土杂粪等，相当方便，比用扁担、钩担挑着轻松了许多。有了小推车，就把家人从挑、背、扛、抬等非常繁重的劳作方式中解放了出来，不仅提高了劳动效率，节省了力气，在村里人面前也有面子，很是风光了一段时间。

有了小推车，省力又省事。生产队里分东西，大姐和二姐就轻松了。她俩推上小推车，昂首挺胸，一趟一趟往家运。我家的运完了，别人家连一半都没运完，邻居们都非常羡慕。关系不错的，还跑来借小推车用。母亲和姐姐虽然视小推车如宝贝，但又磨不开面子，只能有求必应，只要小推车闲着，就往外发送。小推车成了我家的外交大使。因它，很多平日不交往的邻居，也和我家成了好朋友。

家里有了小推车后，村里那几家比较富裕的农户，也跟着花钱买了成品的小推车。

有一年，生产队里丢失了一辆小推车。大队书记便下令将农户家的私人小推车全部集中到村办公室，进行查验。我家的小推车也被推去，与其他小推车相比，既结实又刮净，生产队的小推车跟它简直无可比性。小推车放了十几天，也没有查出个结果。放回家后，车轮的铁圈上被涂上了一圈红漆，以与生产队的小推车进行区别。

有了小推车，劳动效率大大提高。家里养了一头猪，要定期把猪粪从猪圈里清理出来，还要垫上新土。姐姐将土推至圈墙下，用锨将土隔墙扔进去就行，再也不用挑进猪圈。猪粪清理出来，过些日子干爽了，姐姐又用小推车将粪送到生产队里去，还能挣工分。每到农忙结束后，大队便将树林里的草划分给农户，让各家各户自己搂回家做饭。那时缺吃的，也缺烧的。每到这样的日子，几乎都是全家总动员，凡是能活动的人，都跑到树林里，用镰割、用筢搂，将各种各样的草、树叶、死树枝收集在一起，堆成一座座小草山。姐姐找了几个大编织袋，装得满满的，用小推车一车一车往家送。母亲和我们小孩子便搂草、装袋、帮着装车。没有小推车的那些年，我们常常披星戴月，满身霜气回到家。有了小推车后，天刚黑，便收完了。母亲烧火做饭，我和姐姐们则躺在炕上歇息，感觉非常舒坦，尤其是大姐，还会高兴地哼起那时的流行歌曲。

村里搞建设，小推车是主力运输工具。有一年冬季，修村前河坝，要从二里外的黄土崖上运土。每家每户按人口分了土方量。为了完成任务，母亲带着大姐、二姐不分白天晚上地干。她们用大镬、镐头从大崖上劈下土，再用锨装进小推车的粪篓里，挂上车襻，两手握着车把，像一个老司机，一趟一趟运输。这个工程干了整整一个冬季。每天推着三百多斤的土，不停地行走。白天晚上连轴转、繁重的体力劳动、每顿只有地瓜和地瓜干的艰苦生活，让大姐和二姐常常累得哭。但看看左邻右舍，他们要靠肩挑人抬去完成土方量，两个姐姐便会有一种满足感，甚至是优越感。为了改善生活，母亲便利用不多的杂粮，变着花样，调剂着家中的生活，尽量让姐姐们吃得好，干活有力气。

小推车也有驾驭不了的时候。记得有一天傍晚，生产队里分地瓜。我家人口多，分的数量也多。大姐要从三里多远的田地里往家运。初冬时节，天气寒冷，晚上八点多，天已经很黑了。没有月亮，只有星星在不断地眨着无忧无虑的眼睛。大姐还没有运完，母亲不放心，便打发我提着灯笼去迎接大姐。到了村北的一处陡坡上，我隐约看到大姐推着一车地瓜歪歪扭扭地走来了，大姐也看到了我。这时她已经累得把持不住，只听她大声喊道：“快闪开，快闪开。”我往旁边一躲，咣当一声，小推车从大姐手中挣脱，翻了个个儿。大姐累得一屁股坐在地上，掉起了眼泪。大姐比我大十多岁，不到十岁的我，提着灯笼陪在大姐身边。她哭了一会儿，又爬起来，把车子扶正，我和她一起把地瓜重新装好，大姐又推着车子往家走。翻车这样的事，对于大姐和二姐来说，经常发生，特别是下坡的时候。好歹她俩都能机智地把车襻从脖子迅速摘下，否则就有可能车翻人倒。

那个年代，打造一辆小推车也是不容易的。父亲是木匠，自己会做，花钱少。如果自己花钱买，很多农户确实拿不出这个钱。因此，一个村私家小推车没有几辆。物以稀为贵，姐姐对这辆小推车非常珍爱，若非要好的邻居是不会轻易借出的。但父亲心地善良，看不得别人家受苦受累，能帮，他会尽力帮。

有一次生产队里分地瓜，父亲正好歇班在家，便和大姐、二姐一起去坡里运输。人多力量大，又有小推车这个载重工具，我家三千多斤地瓜，不到天黑就运完了。父亲往家走时，看到我家屋后的一位邻居和女儿，一人一根钩担往家挑地瓜。男的已经五十多岁，佝偻着腰。女儿才是二十多岁的小姑娘。父女两人从坡里到家中，这段路要歇息两三次。父亲于心不忍，便跑到他家说："我家的地瓜推完了，车子闲着没有人使，你去推来使使吧。"那户邻居露出惊讶的表情，有种不敢相信的感觉。当他反应过来后，立即高兴地到我家推着小推车走了。

大姐看到后，和父亲吵了一架。大姐生气地说："别人家借都借不出来，你可倒好，不用借，主动给人家。这样的人往后不能伺候他。"父亲也不生气，只是说："闲着也是闲着，又使不坏。"

这户人家，在农村属于"里不搭外不交"的那一类。他家的东西别人从来没有借出来过，他自己也不会主动问别人家借。如果这次不是父亲主动借给他，即使他看到我家的小推车闲着，也不会跑到门上开口借。

除了运物，小推车还经常载人。逢年过节走亲访友，家里有走不动的老人或者小孩，就可以用小推车推着去。母亲娘家在城区，距离我家15 千里。没有小推车时，母亲回娘家，常常要背着妹妹、领着我，臂弯里还要挎着篼子或包袱之类的物件，一路上要休息多次。有了小推车，就方便了许多。母亲推着车，左边是我，右边是坐在篓子里的妹妹，还有母亲回娘家带的礼物。不用步行了，我快乐地一路上望蓝天白云，看行人飞鸟。母亲也高高兴兴，浑身是劲儿，一路上没有休息，一气到家。

小推车不仅能载人载物，还能救命。有一次，村里一户人家的母亲生病，赤脚医生治不了。她的儿子便跑到我家，借小推车推着她到公社医院去看病。老人在一边，另一边放上一块石头，车身向石头的那一边倾斜着。孝顺儿子推着老娘，走了十多千米路，到了公社医院办理了住院。过了几天，老人病好了，又用小推车推回了家。

小推车成了一名志愿者，哪里需要，它就会义不容辞前去帮助。小姑家盖房子，需要土方垫屋框子，小姑父利用晚上的时间，推了近百方土。小推车勤勤恳恳地干了半个多月。东面邻居家有一堆粪，需要送到自留地去。母亲没有半点儿含糊，小推车又出征了。一天时间就让邻居欢天喜地，感激不已。西面邻居要到集上去卖一窝小猪，需用小推车运到集市，母亲没有犹豫。赶完集，有了一笔不菲的收入，邻居高兴地给我家送去一斤猪肉。母亲说什么也没收，又送回去了。

陈毅元帅曾说：“淮海战役的胜利，是人民群众用小车推出来的。”我家的幸福和快乐，也有小推车的一份功劳。

20 世纪 80 年代，很多家庭都有了小推车，我家的小推车外出的次数少了。随着经济的发展、社会的进步，特别是大包干以后，家家户户又置办了地排车，小推车的作用越来越小。手扶拖拉机、农用车、三轮车等进入寻常百姓家后，小推车完全被取代。小推车静静地立在天井或车棚的一角，经日晒雨淋，披上了灰黑色的外衣，它的筋骨也不再强壮，只能守着寂寞的岁月，咀嚼着往日的辉煌。

一辆小推车，陪伴着家人走了多少路，爬了多少坡，运载了多少生产生活所需的物品，载过多少人，没有人能算得清楚。也许只有小推车自己知道，也许它自己也记不得了。它光滑圆润的车把里，浸透了多少汗水和泪水，浸淫过多少岁月的风雨，小推车更不会记得了。它只记得，在粗糙有力的双手把持下，携带着世间的疾苦和尘埃，承载着希望和梦想，劳劳碌碌了一辈子。

小推车推走了一段艰难的岁月，推出了一个崭新的时代。

小耙轻摇的时光

小时候我最喜欢的就是放假。虽有劳累，却也有欢乐，更重要的是有各种各样的田间美味。

在那个大集体的年代，农村的学生除放寒假外，还要放麦假和秋假，麦假十四天，秋假二十一天。这两个假期都是为了帮助生产队收获的。

麦假时，老师带领我们到地里去捡拾麦穗。一班二三十个学生，像一群小鸡叽叽喳喳，跟在老师的后面。生产队队长将我们带到一片片收割过的麦田里，和老师交代完任务后就走了。老师带领我们沿着每一个畦垄细心地捡拾一个个麦穗，弯腰抬头，像极了小鸡啄食。为了防止学生们偷懒，老师除了给学生划分好畦垄外，交麦穗时还要过秤，对捡拾麦穗多的同学进行表扬。

麦收时节，天气炎热。太阳像一个大火盆在头顶上炙烤着，地上白色的麦茬反射着明晃晃的光，使我们感觉更热了。小孩子的脸都热得红彤彤的，像熟透了的苹果。小腿被麦茬划上一道道红印，手臂和脸则被麦芒刺出一些大红点，汗水流下来麻麻地疼。拾麦穗虽然又苦又累，但也有欢乐的时刻。拾累了的时候，我们或倚在麦垛上，或席地而坐，用稚嫩的小手搓麦粒吃。将麦穗放在手心里，用两手使劲搓去麦皮，黄灿灿的柔软的麦粒便呈现在手心里，然后一仰脖将麦粒倒进嘴里，慢慢嚼一嚼，醉人的麦香立即沁入心脾。

麦假有苦也有乐，但因天气太热，小孩子们都不太喜欢麦假，却对秋假情有独钟。

秋天是收获的季节，秋天也是播种的日子。

当满坡的庄稼收获后，大地露出坦荡的襟怀。这时拖拉机、链轨车、还有在农村已使用了几千年的独犁，在广阔的田地里展翅飞翔。它们用明亮的犁铧将黄褐色的土地一块块耕耘着，泥土的浪花在犁铧的身后欢快地跳跃，一股股沁人心脾的泥土的芳香在空气中弥漫，庄稼人欢快的笑声和说话声时时在田野里荡漾。

收获是喜悦的，播种则充满着希望。常言道：一年之计在于春。但这秋天的播种似乎并不比春天的差，因为秋天播种的是冬小麦，这可是来年一年的大馒头啊！播种不好，明年就不会有丰硕的收获。

每到放秋假的时候，秋高气爽，气候宜人。最重要的是各种果实都进入了收获的时期，除了劳动外，也能享享口福。地瓜、花生、玉米都是美味。尽管队长和老师三令五申，不许我们偷吃，但怎能难住这些鬼精灵的馋嘴小子。

麦假的活儿单一，秋假的活儿种类多。老师有时带领我们砸土坷垃，有时用小镢头刨花生，有时捡拾豆粒。生产队队长还会从学生中挑选一些与各人体力差不多的活儿干，譬如踩耙、牵牛等。

我最喜欢踩耙了。因我个子小，体重轻，常常被队长选中。

庄稼收获后，除留一部分春地来年种植花生、地瓜、春玉米等作物外，大部分都要种冬小麦。土地耕翻了，必须耙平整，才能种麦子，要不播种机没法种，要不种下后透气，小麦也不容易发芽生长。因此每年播种季节，生产队里都会找十几对人来耙地，年龄大些的牵牛，年龄小的孩子踩耙。

小耙是长方形木框，大多一百五十厘米长，六十厘米宽。它有三十多根带尖头的铁耙齿，中间有两根斜木，踩耙人两脚就站在这两根斜木上。耙前后两根方框上各一个铁环，用来拴耙绳，踩耙人手抓这根耙绳掌握平衡。

每次我站在小耙上，就像站在一只小船上，在土地的海上遨游，轻松自在，好不惬意。踩耙也是个技术活儿，不熟练的，有可能掉进耙里而受伤。

每年我都会和我的邻居金大叔结对，他牵牛，我踩耙。我们配合默契，耙出的土地地块平整、土块细碎，常常受到队长的夸赞。

耙地时，金大叔牵牛在前面匀速地走着，我站在耙上，手握耙绳，一会儿向左用力，一会儿向右用力，小小的身体在小耙上扭来晃去，小耙便像扭麻花似的在田地里走着S形。耙底下的土坷垃瞬间粉身碎骨，成为粉末，个别顽固的坷垃随着耙滚几个来回，也不得不缴械投降，最终逃脱不了成为粉末的命运。有时我看到牛有点儿累走慢了，便一只手抓住耙绳，一只手得意地扬起手中的鞭子，朝牛的后腚抽去，牛便忽地朝前跑去。这时我必须紧紧抓住耙绳，否则有可能掉到耙下，那样就危险了。

多数的时间我都在耙上悠然自得。活儿好又没有脾气的老黄牛不紧不慢地拉着我和耙，如行云流水。牵牛的金大叔话不多，一天说不上几句。我便自己哼着小曲，眼睛不停在田野里搜寻乐趣。蚂蚱、蝈蝈、蛐蛐在田地里飞来蹦去，小鸟在没有耕翻的土地上跳跃着啄食掉到地里的粮食，上下翻飞的小燕子时而俯冲而下，叼着一只小蚂蚱而去，一只野兔慌慌张张从田地里冲向附近的沟里。高远的天空蔚蓝得没有一点儿杂质，远处的几朵白云静静的，看不见移动。太阳暖暖的，秋风凉凉的，好一个醉人的秋天。

时间长了，耙底下会积满了青草、秸秆等杂物。我站在耙上也不用下来，只须向耙的前面挪一挪脚步，然后将后面的耙绳轻轻地一提，杂物就掉了下来。如果杂物太多，不容易掉下，我们到地头停下，用手将杂物清理干净，然后晾晒在那里，回家时放到早已准备好的提篮里，背回家作烧草。那时缺吃的，也缺烧草，这也是我们耙地人的福利，别人是没有这样待遇的。

秋耕耙地的时候，中午是不能回家吃饭的，都是生产队里安排人送饭。每天还不到正午，我的肚子就咕咕地叫了。远远看到送饭的挑着担子来了，人和牛都急急忙忙赶到地头收工吃饭。一份干粮，一样菜，还有一壶温水，这是我们的标配。每次吃饭前，我都会让金大叔用水壶里的水冲着洗洗手，而他自己从来不洗。我问他：“大叔你不洗手，不脏吗？”他却说：“我又没拿东西，牛缰绳还脏！”我无语了。

我和金大叔是黄金搭档，合作了好几年。记得有一次父亲晚上从生产队开完社员大会回来，高兴地告诉我：“孩子，你今天晚上受到队长表扬了，他夸你和金大叔耙地最多，质量最好。还说要给你一个整劳力的工分！”听了父亲的话，我幸福地笑了。

至今，我还对那段时光保持着美好的记忆。

桑树情深

故乡总有一些难以忘怀的情愫萦绕在心间。成熟麦田的芳香，迎风摇曳的高粱，颗粒饱满的花生，还有虫鸣蝉唱，蛙声起伏，伙伴嬉戏，炊烟袅袅，无不在我心底激起甜蜜的涟漪。

最让我不能忘却的是那一片片绿油油的桑树。

20 世纪 80 年代后期，家乡兴起了栽桑养蚕热，几乎家家户户栽植桑树。一片片翠绿的桑田散布在村子的周围，像绿色的海洋，在春风的吹拂下，碧波荡漾。那时为了给蚕提供优质的食物，桑树到了冬天都要将老枝剪去，只留桑茬子，到来年春天重新发枝，叶大质量好。唯有地阡上的几棵桑树不进行修剪，见证着岁月的沧桑。每到夏初，笔直的桑枝缀满翠绿油亮的大叶子，阳光照射在叶面上，反射出万千金点。树下浓荫蔽日，顽强的阳光透过叶间的缝隙，投下零碎的光斑。早已垂涎欲滴的小孩子们，一头钻进去，在桑树上寻找美味桑葚。只见一粒粒、一簇簇桑葚，有白的、绿的、红的、紫的，如珍珠玛瑙点缀在茂密的桑枝上。我们小孩子一边摘，一边吃，特别是那熟透了的紫色桑葚，紫得发亮，入口即化，甘甜醇厚，如巧克力一般。不一会儿，每个人的手、嘴和牙都成了紫的。因紫色的桑葚少，孩子们常常是先吃了紫的，再吃红的。红色的桑葚没有紫色的那样甜，但它有一种甜酸的味道，也很受一些小孩子喜爱。

桑葚不止孩子们喜爱，大人们也非常喜欢。他们常常加入到采摘桑葚的队伍，但大人们不像小孩子以吃为主，他们更多地带回去给家里的孩子和老人吃。也有人专门采摘了到城区市场上卖，价格不菲，一天也能收入一百多元。

桑葚是一宝，农民离不了。桑葚的成熟期，正是小满前后。据老人们说，生活困难时期，这个季节小麦未熟，冬天储存的粮食也不多了，正是青黄不接的时候，桑葚就成了人们救命的食物。

诗人胡秉言曾吟诗一首，赞美桑葚：“娇嫩紫红碧叶藏，养肝益智俊蚕娘。鹂鸠偷噬甘甜露，伊采人精馈爱郎。”

当然，桑树最重要的功能就是养蚕。

温暖的春天到了，草长莺飞，百花盛开，桑树也抽出了细嫩的叶子，正是养蚕的好时机。

村里的技术员将从镇蚕茧站领回的蚕种（蚕卵）分发到每户，经过两三天的时间，小蚕会像蚂蚁一样从卵壳内钻出来。这时它身体的颜色是褐色或赤褐色的，极细小，且多毛。蚕从卵壳中爬出来后，经过二至三个小时就可以进食桑叶。我和家人用很轻的手势，把它们收引到嫩桑叶上，把这些桑叶放在一个大些的笸箩里。蚕宝宝这时比较小，饭量不大，隔很长一段时间喂一次就行。我们每天用编织袋采回新鲜的桑叶，洗净后晾干，然后用剪刀剪成细丝，均匀地撒到笸箩里，蚕宝宝就慢慢吃了起来，吃饱了它就睡大觉。蚕越长越大，经过一次脱皮后，就是二龄幼虫，这时单靠笸箩已盛不下了。爸妈就在养蚕室里搭起了架子，在架子上铺上了苇箔，然后将蚕分散在几张苇箔上。蚕不断长大，长得又白又亮，让人非常喜爱，而进食量也大增，我和家人便加大了采摘量。

蚕的幼虫共要脱皮四次，脱一次皮就算增加一岁。第四次脱皮后，正是蚕吃“老食”的时期，这时蚕的进食量惊人的大，我和爸妈要用小推车或地排车去采桑叶。采回桑叶后，也不用剪，直接将大片的桑叶撒进苇箔，只听一阵沙沙沙的响声，像千军万马冲向疆场。不一会儿，撒进去的桑叶便没有了。为了让蚕吃饱、做出优质的茧来，吃“老食”那几天，爸妈晚上每隔两小时要起来喂一次食。蚕四次蜕皮后，再过七至八天，不再吃桑叶，身体开始发亮，便进入“吐丝”期，寻找适当的位置结茧。农谚道：“麦老一晌，蚕老一时。”这时我和爸妈便将带有多个小方空格子的蚕簇挂在木架上，蚕便自己爬到这些小方空中做茧。也有一些不守规矩的，到处乱爬，将茧结在墙壁、屋顶、木棒上。这样我们摘蚕茧的时候就会多费一些工夫。蚕做茧后，在茧子中进行最后一次（第五次）脱皮，成为蛹。蛹化成为蚕蛾，破茧而出。当然，人们是不会让蛹变成蚕蛾的。蚕做完茧后，我们把茧摘下来，整理好卖到镇蚕茧站，换来崭新的人民币，再购买其他农资和生活用品。那个时期，养蚕的收入是每个家庭的重要经济来源，几乎支撑着这些家庭的全部开支。

养蚕对环境条件要求很严格，蚕房内要消毒，要控制温度、湿度，不受风寒，不耐高温，还要防鼠害。蚕对香味特别敏感，不能用香皂、香水、蚊香、空气净化剂、香味化妆品等。绝对禁止用任何类型的杀虫剂，否则蚕宝会得病全军覆没。

桑蚕孕育着我们全家的希望，也孕育着很多农家的希望。

每次摘完蚕茧后，妈妈都会剪开一些蚕茧，将新出的蚕蛹用花生油煎一盘，既脆又鲜，非常好吃。听说蚕蛹是营养价值非常高的一种食物。

其实蚕全身都是宝。蚕茧做丝绸，做衣服，做床上用品，这些大家都知道。蚕的粪便，黑色的颗粒，又名蚕沙，中医可以入药，有治湿、疗瘙痒、去火、祛风湿、聪耳明目之功效。很多老人将其晒干，做成枕头给刚出生的孩子枕着睡觉。它还是植物很好的养料。

给蚕提供食物的桑树也有很高的价值。桑枝、桑茬（砍掉桑树后留在地面上的部分）可入药，治疗关节病；桑皮去咳、利尿；桑叶可用来消毒、降脂，可熬粥、制茶。桑茶已渐成时尚饮品。

在我的家乡，一年可养三季蚕，春蚕、夏蚕和秋蚕，但为保护桑树不过度损伤，也为了给蚕提供更好的食料，一般也就养春蚕和秋蚕两季。

近三十年过去了，不知何时何因，家乡的桑蚕业不再兴旺，大片的桑田已消失殆尽。每当我走到原来的桑田边，望着已成为游乐场或高楼的地方，不知为什么，心里总有一种失落感。

大姜情怀

难忘种姜的那段时光。

难忘既辛苦又充满希望的日子。

那是20世纪90年代中期，随着国家对外贸易的不断发展，大姜出口量大增。家乡的大姜价格也不断攀升，特别是1995年，每市斤大姜卖到了十多元。那时我还是每月工资一百多元的民办教师，每年工资不到一千五百元。而种植大姜最多的前我乐村，一亩大姜收入就四五万元。想想一亩大姜的收入是民办教师三四十年的收入，让我等自愧不如的小小民办教师夜不能寐，既心动又眼馋。

整个社会种植大姜的热情被迅速点燃，像一股旋风迅疾在周围村庄刮起。我和大多数民办教师也怀揣着希望投入其中。

种姜收入高，但投入也大。光姜种一亩地就要五百多斤，加上施肥、插柞树枝子（给大姜遮阴），每亩地需要四五千元。穷得勉强解决温饱问题的民办教师，哪有这么多钱？于是，八仙过海，各显神通。有的去贷款，有的求亲告友借钱，还有的到卖姜种的户赊姜种，到门市部赊化肥，承诺着收获大姜后还钱。我就属于后一种。

常言道：谷雨前后种瓜种豆。暮春时节，春风和煦，阳光明媚，天气暖和，正是播种的好时机，也是种姜的好日子。

我提前将买来的姜种，轻轻地一块块摆放在干净的地面上，在太阳底下晒两三天，让其从休眠的状态下清醒过来。每天太阳出来将姜摆好，天黑之前小心翼翼地收到屋里，以防止冻伤。晒完后，将姜种堆放到铺了麦秸草的炕的一头，大约半米多高，在上面盖上棉被，保持温度，以利于催姜种发芽。为了加快发芽的速度，我像养育孩子一样细心照料着，每天做饭时都要多烧一些柴草，便于提温。大约五天以后，嫩白色的姜芽便冒了出来，十几天后，姜芽就能长到一厘米左右。姜需要种植了。

我和家人将大块的姜种掰成一个个种块，每个种块上至少保留一个肥胖的姜芽，然后轻轻地放进早已准备好的条筐里或纸箱里，不能太用力，以防损坏姜芽。再用小车推着，或地排车拉着，到地里去种植。

我先用犁开一条约十五厘米深的沟，灌上水，将姜种芽朝上放进沟里，每隔二十至三十厘米一块。种完姜种后，在两块姜之间的空地上撒上复合肥，然后用大镢将沟两边的土兜起来，形成一条垄，最后用耙子把垄上耙均匀就行了。

十天半月后，姜芽渐渐地从土里冒了出来。小草也不甘寂寞，紧随着大姜的脚步，密密麻麻地布满了姜垄。这些小草成心与姜芽比赛似的，生长得比姜芽快多了。为了不让小草与姜芽争水肥，影响姜芽的生长，我每天都要到姜地锄草，将它们彻底消灭干净。

沐浴着阳光雨露，姜芽快速生长着。不几天，那绿油油的姜苗子，便在夏的风中摇曳。天气如果干旱了，便要浇水，确保大姜生长需要的水分。

夏至节气到了，一年中最炎热的时间也如期而至，人或动物都到了怕热的日子。植物也怕热。特别是大姜，是一种喜阴的作物，如果被阳光长时间的直射，是不肯生长的。我和其他种姜户便从山里的农户家买来了山上的柞树枝子，将这些带着浓密叶子的枝条插在姜垄的南面，组成一行枝叶的墙为大姜遮阴。戴着手套，弓着腰，一亩地要插两三天。每到这个时候往往累得直不起腰来。可想到秋天收获后丰厚的收入，再累也心甘情愿了。

姜苗子越长越高，从一根到二根三根直至二三十根，每一根姜苗子基本就代表着地下有一个姜块，就预示着大姜的丰产。随着大姜生长得旺盛，姜虫子也开始产生，绿色的虫子在粗壮的姜苗中享受着美餐。

为了保住自己的劳动果实，实现丰厚收入的愿望，我不得不背着喷雾器，在炎热的中午到姜地里打药，消灭姜虫。我头戴遮阳帽，面戴口罩，身背喷雾器，对准每一棵大姜细心地喷洒着农药，决不放过任何一个死角，不给害虫任何机会。但打农药并非是一劳永逸的，消灭了一代姜虫，过不了几天，下一代又开始孕育，一不小心，便会形成虫害，姜虫的繁殖能力极强。因此每隔一段时间，我都要到姜地里去看看，发现害虫还要及时喷药，整个大姜生长期间要打五六次农药。直到处暑之后，天气渐渐凉了，才不用喷洒农药了。

入夏之后，姜苗生长快了，地下的姜块也快速生长。为了让姜块长得又大又好、增加产量，每隔一段时间，我要到地里去培姜，也就是将姜垄两边沟底的土用大镬或锄头兜到姜垄上来，将姜垄加厚增宽，保证地下姜块生长所需要的土壤和水分。整个大姜生长期一般要培二至三次土，才能达到大姜生长的需求。

处暑之后，天气凉了，姜也长高长壮长老了，这时不再遮阴，于是我又和家人拖着地排车到姜地里，将夏至前后插入的柞树枝子从地里拔出来拉回家，以备冬天烧炕用。

这个时期也是种大姜最轻松的日子，田间劳动基本结束了，只等霜降前将大姜收获就行了。但这不意味着就不用再关心它的生长了，每隔几天我都要到姜地去看看。一眼望去，粗壮油绿的姜苗紧紧挨在一起，阳光已无法穿透到地里，整个姜地像一块绿色地毯，生机盎然，让人十分喜爱。

天气越来越凉，不久霜降节气到了。我们这儿有霜了姜苗子就霜了姜的说法，因此，所有种姜户都要在霜降前将大姜全部收获完毕。

每到大姜收获的日子，姜农们各显神通，有的找亲戚，有的找朋友，呼朋引伴来帮着收获。有的农户开拖拉机，有的开着农用车，有的开着手扶车，最差的也是驾着地排车。只见田地里人头攒动，道路上车水马龙，好不热闹，这场面不亚于麦收和秋收。收获大姜时，一人在前面沿着姜垄用大镬将一墩墩姜刨出来，后面跟着一个人用刀子将姜苗子割去，然后小心地将整墩姜放进身边的筐里，还将老姜（姜母子）与新姜分别放着，等姜满了筐后，就装到车里，车满了才往家里拉。

白天在地里收获大姜，晚上就要将收获的大姜放进姜井子（地窖）里，以防冻伤。

姜井子一般都挖在自家门前胡同里。种姜多的农户有挖两个姜井子的，大多数户都是一个姜井子，我也是只挖了一个姜井子。为了保护好大姜，姜井子常常是深五六米，直径为半米的直筒，到筒底再向两边各挖一个储存洞，每个洞能存放五千多斤姜。挖这样的姜井子要用短柄小镢和铁锨，在那狭小的空间内，各种动作施展不开，只能一点点地开挖，人挥汗如雨，速度却慢如蜗牛。只有把两边的洞挖大，人能站立了，速度才能快些，两个人也要三四天才能完工。挖完后，还要将事先准备的沙子放进去，用水将沙子拌湿，以覆盖进入姜井子的大姜。

姜运回家后，吃了晚饭，便开始往姜井子里放姜。首先分别在地上和姜井子里拉上电灯，便于作业。然后两三个人在上面将车里的姜装到提篮里，用一根绳子将提篮放进姜井子里。一个人事先进入姜井子内，将放进姜井子的大姜一行行摆好，再将湿沙子均匀地撒在摆好的大姜上面，放一层姜块，撒一层沙子，这样存放后，到来年秋天大姜还很鲜嫩。这种保存方式，大姜可以存放三年。唯一的不好处，就是大姜会发芽，有的能长五六厘米长，但对大姜的品质影响不大。

大姜收获完后，姜井子不能封口，大姜还要呼吸。只有到了严寒天气才会将井口封住，防止冻伤大姜。

春节过后，天气转暖，也到了卖大姜的日子。本村的、外地的姜贩子，开着车走村串户，收购大姜。人们满怀喜悦，将自己的“钱库”打开。为了不出意外事故，要先用电风扇套上长筒塑料袋往里送风，等井里面的氧气充足了，人才可以下去。卖姜光靠自家人不行，一天卖不了多少斤，至少要找四五个人，有在井子下面拿的，有在上面往上提的，还要有扒泥土的，有装盒的，一天能卖近万斤。遇着行情好，一天能卖几万块钱。因此那几年种姜户常将姜井子戏称为“钱库”。

种姜不仅能带来丰厚的经济收入，它还有很多好处。

大姜具有特殊的辣味和香味，可调味添香，是厨房中不可缺少的调料。既可做鱼肉的调配菜，除其腥味，又可生食、熟食，可腌渍、盐渍、醋渍，还可加工成姜汁、姜粉、姜酒、姜干等，具有较高的营养价值。感冒了，还可以用生姜加上红糖煮姜水喝，这是一剂很好的中药。因此，民间也流传着“冬吃萝卜夏吃姜，不劳大夫开药方”的说法。

种姜带给我很多劳累，但同时也给了我喜悦。

难忘那种姜的岁月！

淇河流向远方

一

淇河是我的家乡——朱泮村前的一条美丽的小河，她发源于峦山，流经二十多个村庄，汇入诸城市最大的水库——三里庄水库后，形成一股新的力量，浩浩荡荡向远方奔去。

她从南面和东面环村而行。我小的时候，河两岸是茂密的森林。淇河就像一条银色的丝带，从色彩斑斓的树林中飘然而去。林中有杨树、楸树、平柳、榆树、椿树等各种各样的树，很多树都有几百年了。树下是多姿多彩的花，形态各异的草。那时淇河和这茂密的森林就是孩子们的乐园。

春天百花盛开，我们脱去了厚重的棉衣，快乐得像空中的小鸟，在田野里、在树林里、在小河边飞来奔去。我们最喜欢的是到淇河边的柳树上折柳枝，制作柳哨。通过选择不同粗细的柳枝，制作不同长短的柳哨，可以发出不同的声音，有的高亢，有的低沉，有的清脆，有的婉转，每个人都能制作出一支不同的柳哨。手巧的还能制作多支，还有的小伙伴能用嘴同时吹两只柳哨，一个嘴角一只，每只发出不同的悦耳的声音。

夏天我们光着屁股，经常在河里捞鱼摸虾掏蟹。河水清澈见底，河边的青苔鲜绿，快活的小蝌蚪成群结队，顽皮的小鱼苗总是一拨一拨的。它们并不怕人，在河中摆着小小的尾巴，快活地游来游去。当我们将小抄网插进水里时，它们就倏地跑远了，一网往往抄不了几条。有时我和小伙伴们也可以用小小的双手，将正在水里游动的小鱼迅速捧出一条来。河里的小虾也在畅快地游动，它们就没有小鱼那样灵活了，用小抄网一网就能抄十几只。最费劲的是掏螃蟹，它们白天都在河岸边的小洞里藏着，很少出来。我们必须将手伸进洞里，才能将它掏出来。但这往往面临着风险，一旦被螃蟹那双“大铁钳”夹着，就痛得我们龇牙咧嘴，还可能被夹出血来。有的时候，洞里并没有螃蟹，而是一只蛤蟆或者青蛙，还有的时候会掏出一条小水蛇来。我因为胆子小，遇到这种情况往往吓得大叫，便不敢再继续掏下去。

在河中玩够了，我们便跑到沙滩上，仰面躺在柔软的沙子上，望着湛蓝的天空，看云卷云舒，听小鸟啁啾。或者在海滩上挖壕沟，建城堡，堆长城，过家家。渴了，便在沙滩上用小手挖一个坑，待水泉出来，便趴下咕咚咕咚喝一顿，用手将嘴一抹，打几个嗝，然后继续玩。

夏天的夜晚，淇河是人们的天然澡池。那个年代农户家里都没有澡堂，没有太阳能，没有热水器。干了一天累活儿的大人便带着小孩子到河里舒舒服服洗个澡，相互搓搓背，既洗去了一身臭汗，又洗去了一身疲惫，还节约了家里的水。小孩子们光着屁股，在水中打闹嬉戏。各种小虫子不知疲倦地在河两岸做着伴奏，远处的青蛙“呱呱”地叫，树上的蝉则“吱啦吱啦”地响，田野中的蝈蝈就像一位流行歌手，唱着动听的歌。在大自然的交响乐中，人们全身赤条条躺在淙淙流淌的清流中，任凭那清澈的河水吻遍全身。那种惬意，那种舒服，那种美好，自不必说。不光男人夜晚到河里洗澡，很多妇女也到河里去洗。她们往往三五个人结伴一起到河的上游，离男人洗澡的地方远一些，以防男人看到。不过她们咯咯咯咯的动人笑声，在夜晚常常传到男人洗澡的地方，引起许多男人遐想。只有懒惰的人，才在家里用个洗澡盆洗洗。

清澈的河水也是人们的饮用水源。我们村子大，有三个行政村、五百多户人家，每个村子都有水井，大多数人家不用到河里挑水，只有村前靠河近的人家才到河里取水喝。而河东岸和离河近的三个小村，都只有百十户人家，他们村里没有挖井，都到河里挑水喝。他们在河边的沙滩上挖一个小井，有一个平方大小，一个水桶深，每天大人们就到这个小井里取水。学校里的老师，也都让高年级的学生轮班，两人一组到这些小水井里抬水喝，每次一桶，一天两桶水就够了。小学生们往往都争着去抬水，可以顺便到河里玩一会儿。

秋天，我们到树林中玩，品尝那些甘美的果实，野枣、木梨、野葡萄都是我们的美味。记忆特别深的，是一种叫猴梨子的树。它树干不高，主干也就一米多，分出三至五条大树杈。因年岁多，分枝都很粗，我和小伙伴们经常爬到树枝上摘猴梨子吃。这种梨比酸枣大一些，棕色，皮上带一些褐色小斑点，吃起来有点儿酸甜的味道，还有些发涩。那时水果对我们来说是奢侈品，这样的猴梨子就是我们的美味。20 世纪 70 年代末将这片森林砍伐后，这种猴梨子我再也没有见到。

冬天到了，我们玩的项目少了，但也没有难住这些不怕冷、不怕冻、不怕苦的“小革命战士”。只要不下大雪，我们都会跑到河中的冰上打陀螺。那时天气冷，冰结得厚而坚硬，泛着青色，不用担心掉进冰窟窿里去。因生活不富裕，我们都穿着空心的棉衣，并不暖和，特别是刮北风的日子，风会从脚跟一直蹿到脖子。每个小伙伴都冻得流着清鼻涕，鼻涕长了，大多用棉衣袖子一擦，日子多了，常擦鼻涕的那只袖子的上半部分又硬又亮；还有的小伙伴顾不上擦，吸溜一下，又吸了回去；更有甚者，打陀螺忘了，鼻涕都流过了嘴，别的小伙伴看见，吆喝一声：“过河了！”那位小伙伴赶紧用袖子一抹，擦干净了，继续打。

淇河就是这样给我们带来无穷的快乐和实惠。她波澜不惊，总是温柔地迈着轻盈的脚步，不慌不忙地在茂密的森林中穿行。她没有大海的浩瀚壮阔，没有长江的惊涛骇浪。她就像一位慈祥的母亲，千百年来默默无闻、无私地养育着两岸一代又一代儿女！

二

淇河两边的森林被全部采伐后，茂密的森林变成了干旱的农田，种植了庄稼。后来土壤沙化严重，无法种庄稼的地方才又栽植了刺槐、柳树及生长较快的杨树等树木。

没有了树林的涵养，淇河在一览无余的河套里，变成了涓涓细流。到了春天少雨的季节，开始断流，一节一节的，极像还没有晾干的香肠。随着季节的不断变换，淇河只有在盛夏才心满意足，畅快淋漓地快活些日子；有时连日大雨，淇河暴躁起来，好像只有此刻，才能发泄一下自己的情绪。到了秋季基本处于半死不活的状态。冬天，潺潺的细流卧在河底，呈现着一丝微弱的生命。严寒来临，便冰封了起来，狭小浅薄的冰层，已无法成为孩子们的乐园。

随着经济的不断发展，河两岸的村庄纷纷建起了工厂（场），有玻璃加工厂、面粉加工厂、饲料加工厂，还有特种动物养殖场、养猪场等。这些工厂（场）所产生的污水全部排入了淇河。清冽甘甜的河水一去不复返，代之而来的是浑浊刺鼻的黑臭水。

这时农业科技也不断发展。为了消灭害虫，各种各样的农药横空出世。人们背着喷雾器，到河里加水喷农药，沾满农药的器具在河水中不断冲刷，更有甚者，将使用完的农药瓶子随手扔在了河里，大量的农药就残留在了河道里。

人类在消灭害虫的同时，也在消灭着自己。

科技的发展不断解放着劳动力，也在不断破坏着我们赖以生存的环境。百草枯、一扫光、草甘膦这些灭草剂的应用，确实让农民从农田里解放了出来。“锄禾日当午，汗滴禾下土”的场景不再，只须背着个喷雾器，到地里喷一喷就行了。

农民们使用灭草剂和使用农药一样，随手将用完的药瓶扔在了河里、塘坝里。所有的地表水源都无一幸免地被污染了。河里的鱼、虾、蟹等各种水中动物几乎全部消失了，就连小蝌蚪也没有了踪影。

甘甜清冽的河水从此与人们无缘，各家各户只好在自家天井里打压水井，取地下水吃。

水不能喝了，但可以浇地，灌溉庄稼。机械不发达的年代，人们肩挑人抬，小推车推，地排车拉。20世纪90年代初，喷灌机普及到了大部分农户，于是农民们将塑料喷管往地上一铺，就能把河水扬到三里地以外，干渴的庄稼痛痛快快地喝饱了水。经常断流的淇河，再也承受不住这样的透支，一年中大多数时间处于干涸状态。到了最干旱的日子，河里没有一点儿水，犹如母亲干瘪了的乳房。但人们不会罢休，他们找来挖掘机，将河道掘出一个个深坑，直到将河底下的水也抽干。每到春天，河道满目疮痍，那一个个抽水的坑，就像人脸上的疤，非常难看。

经济不断发展，人们的生活条件也在不断地改善。平房、楼房、别墅，各种各样的住房如雨后春笋般拔地而起。这些用钢筋混凝土堆积起来的建筑物，每一幢都离不开沙子，而这些沙子每一车都离不开河道。淇河也是周围村庄的沙源之一。

你看吧，到了春季建房的季节，淇河内汽车、拖拉机、手扶车、地排车，大小车辆，车水马龙，好不热闹。一条弯弯的秀丽河道，被挖得体无完肤，千疮百孔，就连河堤也被人们挖走了。淇河无言地忍受着这一切。

沙子挖完了，河水变臭了。人们又在河道里栽上了树，二三十米宽的河道，被侵占得只剩下了三四米宽，远看如一根粗绳子。两边全是树，密密麻麻的杨树、柳树、法桐、桃树、海棠树挤满了河道。树每隔七八年一轮采伐，之后又栽植上了。“十年九旱”的自然现象，给了人们获取利益的甜头，但一旦大自然发起威来，损失是不可估量的。

1999年8月12日，是一个令人难忘的日子。这一天，淇河流域不到二十四小时，降雨量达到了四百七十毫米，洪水像猛兽到处肆虐。淇河河水瞬间暴涨，漫过河岸向两边涌去。随着从河两边冲进河道的杂草不断增多，窄窄的河道不多久就被杂草树枝堵塞了，两边全是树林，杂草已不能顺流而下，河水只能不断地抬高，抬高，不断地向周边的田地里倒灌。淇河中游的一座大桥在不断汹涌的洪水中轰然倒塌，随桥而走的还有一条鲜活的生命。淇河下游的两座桥虽然没有被冲垮，但桥两边的道路全部被冲断，只剩下了孤零零的桥在中间，像一个无人认领的孤儿。河水从桥的两边畅快、自由地向下游流去，人车都已不能通行。

洪水过后，大片的土地被淹没了，无数的庄稼被毁坏。到底造成了多少损失？没有人会给出一个确切的答案。但我相信，虽然这是十几年不遇的洪水，如果算经济账，绝不是河道中那些树的价值能达到的。

即使发生这样大的灾害，河道仍然没有清障，树木依然旺盛地生长着。陈旧、固执的思想还没有得到解放，短期利益最终还是战胜了长远利益。

淇河能有什么办法呢？她只能无言地哭泣。

三

自 20 世纪 80 年代以来，我们的经济发展基本上是以牺牲环境为代价的。这种发展显然是不可持续的，也是非常有害的。在相当长的一个时期，人们只注重了经济的发展，却忽视了保护我们赖以生存的环境。

前年冬，淇河的综合治理工程终于启动。首先对河套内的树木进行了清障，随后，对河道进行了清理，加固了河堤，并修建了宽 6 米的柏油沿河路，淇河初步显露了清秀的面容。河中有了淙淙不断的流水，虽然还不是那么清澈，但毕竟不再断流和干涸，就像一位断了奶的母亲，重新又有了奶水。

在治理河道的同时，对河两岸的各类养殖厂（场）进行了清理，对环保不达标的企业进行了关停，各种污水及污染物不再向淇河排放。同时加大了种植业结构调整力度，将淇河流域内百分之六十以上的土地进行了流转，主要发展矮化苹果、矮化葡萄、苗木等高产高效经济作物。农民从土地中解放了出来，改变了千百年来“面朝黄土背朝天”的劳动姿态，骑着电动单车，或开着电动汽车、小轿车，到城里打工，世世代代的农民变成了工人。这样既增加了农民的收入，又减少了污染，还净化了环境，实现了多赢。

淇河旧貌变新颜。河的北岸是一片片高大挺拔的白杨树，它们生长快，收益也多。河的南岸是村民种植的苗木基地，海棠、樱花、倒垂槐等各种树木千姿百态。沿河的几行垂柳向河心微微倾斜，婀娜的柳枝随风起舞，在河面上投下浓重叠加的参差树影，随着河水的流动而不断晃动。各种鸟清脆、婉转地鸣叫着，仿佛在演奏一场音乐会。

我每次回到家乡，总要到淇河边上转转。徜徉在河边，看着河里那丰美的水草，望着那水中多年不见的小蝌蚪，还有银针似的小鱼；望着那淙淙的流水，掬一捧在手，一种沁凉的感觉流遍全身。有时我还会脱去鞋袜，赤脚在水里行，细碎的小石子按摩着我的脚底，非常惬意。这时心里觉得特别恬淡安宁，暂时远离了忙碌的生活，没有了生存的压力，忘却了无数的烦忧，还原了纯真的自我。

淇河，在时光荏苒的漫长岁月里，无论遇到多少艰难险阻，总是不知疲倦地流向远方。她静静地流淌在家乡这片沃土上，深情流淌在河两岸人们的心中，为勤劳朴实的家乡人民带来了年复一年源源不断的丰收喜悦与幸福快乐。

淇河，尽管人们曾给予她无穷的伤害，曾让她伤痕累累，曾让她欲哭无泪，但她从不记恨。就像一位慈祥的母亲，无论儿女对她多么无情，她都会一往情深。

淇河潺潺，经年流淌，滋养万物，养育子民。温柔甘甜的淇河是母亲河。她养育了我，也给予了我无法忘却的乡愁。关心她，爱护她，是我的一份不自觉的情感。淇河是我的根、我的魂，是我永远的牵挂。

我愿淇河永远美丽，永远欢快地流向远方！

亮丽的风景

太阳还没有落山，公社电影队的人早早竖起了两根木杆，用四根绳子将白色的幕布挂了起来，两只黑乎乎的音箱也分别挂在两侧木杆上。放电影的桌子放在距离银幕约十几米的中间位置，几只大箱子静静地卧在桌子旁边，放映机吃了晚饭才能安装。在家没有事的孩子，顾不上吃饭，像叽叽喳喳的小鸟，吵闹着、叫喊着，带着小板凳，飞去抢占好的位置。

放电影的消息午饭后便在村子里传开了。大人小孩都兴奋异常，小孩子尤其高兴，欢跳着、叫嚷着，空气中洋溢着一股喜气，有如过年一般。一年到头，除了跳绳、跳方、打陀螺、打尖、搁五棍、看看小人书，孩子们没有别的什么娱乐活动。唯有看电影，是农村人最盼望的文化盛事了。

吃过晚饭，村里相邻的人家相互吆喝着，打着饱嗝，乘着习习的晚风，披着上衣，高高兴兴地向放映的场子走去。场子里很快热闹起来，有大人叫唤小孩的，也有小孩焦急地喊大人的；说话声、笑声、骂声不绝于耳，就像喜鹊窝里捣了一棍。各家大人找到自家早来占地方的孩子，从口袋里掏出准备好的干粮，递给还没吃饭的孩子。年龄大些的抽着旱烟，红色的火星像星星一闪一闪的，一股呛人的烟雾在周围弥漫开来。一些青年人仰着头，嘴里叼着卷烟，白色的烟圈螺旋式上升，一种盛气写在脸上。不会抽烟的人也有事干，每场都有一两个卖瓜子的，围着场子转。有时用一个纸筒卷着，一毛钱一卷；有时用茶碗量，五分钱一碗。这些不抽烟的人，便买来瓜子嗑。男人一边抽烟，一边谈论着田地的活络和庄稼的长势；女人们则东家长、西家短地胡扯着，三句话离不开婆婆、男人和孩子。小伙子穿着干净的衣服，大姑娘则梳着油亮的辫子，有的成双成对在喁喁情话，有的则趁机寻找自己的目标。如果运气好，也有一见钟情的。据说有一个姑娘在看电影时，不小心把手电筒掉到地上了，旁边的小伙子看到，就捡起来交给了这位姑娘。小伙子不经意的主动，感动了姑娘的芳心，后来两人果真成了夫妻。

来晚了、又无人占地方的，挤不到里面去，只好在外围站着看，或者捎带一个高些的凳子坐着。人太多的时候，站远了看不清，有些人只好去看反面。有些捣乱的年轻人，有时为了找个好位置，五六个人一起像浪般朝中间涌去，这种冲击秩序的行为，往往引起整个场子的骚乱。有的人被挤倒了，有的挤掉了鞋，还有的挤掉了帽子。这时，维持秩序的民兵冲了上来，有时用树条子抽，有时要将捣乱的人抓出去，才能恢复安静。

晚霞渐渐退去，黑夜慢慢降临。放映员在村干部的陪同下，吃饱了、喝足了，神气十足地来到放映机桌前，安装放映机。黑压压的人群，翘首等待着。

村干部和家属照例坐到了放映桌周边最好的观影位置。长得俊俏、讨人喜欢的大姑娘也被放映员照顾到放映机跟前。其他人在吵闹声中挤挤攘攘，翘首焦急地盼望电影快快播放。正当人们焦急难耐的时候，村支部书记拿起话筒开始发表重要讲话。他从不放过这个表现自己的机会，每次放映前，都要炫耀一番。虽然磕磕巴巴，废话连篇，别人听了如同嚼蜡，非常厌烦，他却自我感觉良好。大人们都习以为常了，小孩子们却急得坐立不安，心里不停地骂这个支部书记像个老鸹，聒噪不止。

放映机终于嗞嗞地响了起来，人们都自觉地不再出声。抻长了脖子，像企鹅般望向了银幕，场子里逐渐安静下来了。银幕上生动的画面，有如磁铁将人们的注意力吸引了过去。

每次放电影，电影队都会依次到各村轮流放映。来回就是那几个片子，人们耳熟能详，百看不厌，有映必到。有战斗片、反特片，还有农村题材的。看得次数多了，有些电影的台词，人们都能背下来。有几部电影印象深刻，至今不能忘怀。

头戴红星帽、机智勇敢的潘冬子，是电影《闪闪红星》中的小英雄，让小孩子们非常崇拜。电影插曲《映山红》传唱至今，成为经典。

朝鲜电影《卖花姑娘》，剧情凄切、哀婉。那个手捧鲜花、美丽善良的卖花姑娘的悲惨遭遇，让现场观众边看边哭，整个场子一片抽泣声，有的女孩子都把衣襟哭湿了。

“向我开炮！向我开炮！”这是影片《英雄儿女》中的战斗英雄王成牺牲前发出的呼叫。他和黄继光、董存瑞等不怕牺牲的英雄形象，激励了一代又一代人。

乡村电影给乡亲们带来了精彩的世界，带来了丰富的情感体验。每次听到哪个村有电影，即使十多里地，年轻人都会精神抖擞地跑去看。那个年代文化生活贫乏，看电影是唯一的娱乐方式。

有的时候，有些心术不正的人，还会故意放出假消息，说某村某晚放电影，等人们成群结队跑去后，却空欢喜一场。无端被人捉弄一番，回来的路上，大家免不了你一言我一语地痛骂一顿造谣的人，以解心头之恨。但又不知是谁造谣生事，只是过过嘴瘾罢了。人们回到村里，叹息着各自回家睡觉去了。

乡村电影没有城市大影院整齐舒适的座位，没有良好的音响效果。但它在天地间这个大剧场里，毫无约束地成长。繁星闪烁，空气清新，有时还皓月当空，没有城市影院的污浊之气。在那个年代，它陪伴着农村人的寂寞，给人们枯燥的生活带来了勃勃生机，给闭塞的小乡村带来了外面精彩的世界，给人们带来丰富的精神食粮。一部部优秀的影片，在人们心中播下了美好的种子，激发人们奋发向上，使人们暂时忘却了生活的艰辛，缓释了沉重农活的劳累，充满了对美好生活的向往。

乡村电影，是农村文化娱乐的一道亮丽风景。

故乡的灯

故乡之情总是难以忘怀。那些泥土的芳香，那些袅袅炊烟，那些蛙鸣蝉唱、小鸟叽喳，还有儿时光屁股伙伴的嬉戏打闹——所有这些，总是不经意间从脑海流过。然而对我而言，记忆中最深刻的，还是故乡的灯。

记得小时候，家里点的是一盏豆油灯。灯碗是生铁铸的，比现在的茶碗略大，敞口，碗身很浅，盛满也就一两多油。母亲用棉线捻一根灯芯，放到灯油碗里，稍微高于碗沿一点，用火镰打着火点着。油灯的火花比豆粒略大，正如古人所说的“一灯如豆”，光亮也小，在屋里刚刚能看清人的脸。这种豆油灯，点时间长了，一是要添豆油，否则就烧干了；二是要挑灯花。灯芯点到快靠近豆油时，便结成炭黑色的灯花，灯的光线便弱了，母亲用剪刀轻轻把灯花剪了去，屋里霎时亮了许多。

母亲白天到生产队里干活儿，晚上常常要在这盏油灯下缝衣服、做鞋子。为了让屋里更加明亮一些，她常常把灯吊起来。母亲每次穿针引线的时候，总要把脸靠近油灯才能看清楚，好多次她额前的头发被烧着了，吱吱地响着，发出一股焦煳的香味。母亲赶紧用手拍灭，又继续做针线活儿。那时我们一家十几口人，所有穿戴都是母亲在这盏油灯下一针一线完成的。

到了 20 世纪 70 年代，村里的门市部开始销售火油（那时大人们都叫它洋油），母亲和大姐便自己制作了一盏火油灯。制作方法很简单，就是用一个带铁盖的玻璃瓶装上火油，将铁盖凿上一个小眼，母亲捻一根棉线，从小眼伸到玻璃瓶内的火油里，然后将露在铁盖上的棉线点燃，一盏照明灯就做成了。由于火油比豆油易燃，火油灯的亮光也比豆油灯大多了。我晚上趴在油灯下写作业，感觉舒服多了，眼睛不会像以前那样模糊了。但火油灯和豆油灯一样也有灯花，因此，燃烧一段时间，也需把灯花剪去，再把灯芯向外挑一挑，好让灯光更明亮一些。

1977 年，我还上小学，在外干活儿的父亲买了一盏罩子灯回来。这盏灯是白色的玻璃瓶做的，细高脚，有一个盛油的大肚子，灯口像蛤蟆嘴，上面加一个玻璃罩子。点灯时，把罩子拿下来，点亮后，再把罩子扣上，灯便立时明亮了好几倍。让人惊奇的是灯口下还有一个调节灯芯的按钮，灯光的大小可以调，也不用再剪灯花了。我和哥哥、姐姐们可以在一张桌子上一起写作业了，我们都非常高兴。那时，在我们村还很少有几户人家能用上罩子灯，因此，我感到很自豪，常常在小伙伴们面前炫耀。

20 世纪 70 年代末，我们村因与城关公社相邻，在皇华公社率先通上了电，我们终于用上了电灯。刚通电时，把开关拉绳一拽，电灯就亮了，屋里的亮堂比白天差不了多少。我们全村人都高兴得合不拢嘴，就像过年一样，人人心里都充满了好奇，也对未来充满了美好的向往。不过，那时人们的生活还不富裕，有的家庭几乎连温饱问题都解决不了，所以都不舍得用电。为了省钱，我们家里装的都是十五瓦的灯泡，但这样我们也非常知足了。

安装了电灯后，家里亮堂了，我和哥哥、姐姐们看书、写作业也更方便了。但因供电不正常，家里的罩子灯还不敢停用，一旦停电，母亲便又点上了罩子灯。

20 世纪 80 年代初，我上初中二年级，皇华公社教育组在镇驻地办重点班，我有幸考取了。因学校住宿紧张，我便和另一位同学借住在他亲戚家，晚上下了晚自习，我都要再看一会儿书。为了节约房东的电费，也为了自己省钱，我自制了一盏柴油灯（柴油比火油便宜，柴油灯的制作和火油灯一样，只不过燃烧的是柴油），每次到镇供销社门市部买上五毛钱的柴油可以用一周的时间。因柴油的烟大，到了第二天早上醒来，一抠两个鼻孔全是黑的。为了能有个好成绩，为了能跳出农门，我也就顾不上这么多了。

到了20世纪90年代，我已成为一名光荣的人民教师，那时早晚学生要上自习，教师也要办公，为了节约用电，学校里全部安装了日光灯。到了晚上，白色灯光充满了房间，像白天似的。我和老师们在灯下备课、批改作业，可以说勤勤恳恳、兢兢业业，为教育奉献了自己的青春。在学校有这样的好灯光，我便把家里也全部换成了日光灯，家里也更明亮了。

2009年，我家盖了大房子，家里装修，我全部换上了节能灯，还花五百多元买了一盏漂亮的装饰灯。这个装饰灯有五种不同的发光体，能根据需要变换强光、中光、弱光三种发光方式。灯安装好后，孩子们高兴地在屋里跳了起来，伴随着欢快的乐曲，一家人沉浸在幸福中。已是八十多岁高龄的母亲，看到这些漂亮的灯，高兴地说："还是这个社会好，我们小时候想都不敢想。"

去年，有两只节能灯不亮了，我到灯饰店去买节能灯。店老板告诉我说，现在已经不卖节能灯了，全部是LED的，这种灯不但节能，还比节能灯亮好几倍，发出的光也不刺眼。我听了，便把家里的灯全部换成了LED灯。每当到了晚上，回家打开灯，屋里便一片明亮，让人赏心悦目，感到心情无比舒畅。

村里道路两旁的路灯全部换成了太阳能电池板路灯，每天定时开关，到了晚上像城市里一样亮堂。村里的大妈们吃了晚饭，便在灯下跳起了广场舞，其乐融融。

故乡的灯越来越亮，人们的物质生活越来越丰富，精神生活也越来越充实。祖国的面貌日新月异，我们的幸福与日俱增。

交通工具的变迁

改革开放初期，也就是20世纪70年代末、刚恢复高考不久，我和同村的三个同学一起考上了公社教育组举办的重点班，到离家二十里路的诸城市皇华公社驻地上初中三年级。那时全凭两条腿走，一个来回大约需要三个小时，每星期只准回家一次。每个星期一的早上五点多钟，天还没亮就必须上路，否则就要迟到甚至误课。每次走到半路上，我们总是能听到沿路村庄的大喇叭播出的中央人民广播电台的《新闻和报纸摘要》节目。

那个时候，自行车已经渗透到农村，不过拥有自行车的不是普通老百姓家，大多是农村干部家庭。学校里有三个两个骑自行车的，也都是干部子女。我们虽很羡慕那些有自行车的同学，但也自嘲地把步行的两条腿称作“11号”。每次开动“11号”虽有点儿累，却很开心。

20世纪80年代中后期，随着农村家庭联产承包责任制的实施，农民的日子日渐好起来，也有了一定的收入，自行车随之渐渐进入了寻常百姓家。刚开始只有几个有钱的人家买，那时人们最喜欢的是青岛产的大金鹿，后来便是上海产的凤凰和永久牌自行车。能买上辆自行车，就像现在买辆轿车差不多。有些人买了自行车后，还不舍得骑，别人家想借着骑一下，也不肯借。在我们这儿曾经有这么一句玩笑话，形容个别买车人对车子的珍爱：“借老婆，不借车子。”随着经济的发展，其他户看到自行车的好处那么多（不仅速度快，是步行的好几倍，而且后座上还能驮点儿东西），便也渐渐地买上了。实在没有钱的，借钱也买了。就连姑娘找对象都要讲好须有自行车、手表、缝纫机这三大件。

没过几年，自行车就普及了。到了春初和麦收后锄地的时候，小伙子戴着太阳帽，姑娘穿着花花绿绿的衣服，骑着自行车到地里锄草，形成一道亮丽的风景。以前乡下人馋着城里人骑着自行车上下班，现在自己也终于能骑着自行车干农活儿了。

1985 年，我有幸成为一名人民教师。为了上下班方便，便也买了一辆自行车，骑着自行车到离家二十多里地的学校上课，方便多了。

党的改革开放政策不断深入，到了 90 年代，农村发生了翻天覆地的变化。以前只能在电视上、电影里看到的摩托车也进入了普通百姓家。摩托车的效率又比自行车提高了两三倍，几乎家家户户都有一辆摩托车。上下班、出门办事、上坡干活儿，一脚蹬开，一溜烟便飞驰而去。我自己也买了一辆摩托车，但这远远没跟上其他户的发展。到了 21 世纪，村里很多户已经买上农用运输车，除了拉庄稼、搞运输外，每到逢年过节拉着一家人出门，不多时就到了亲戚家，而且风刮不着，雨淋不着，太阳晒不着。现在，随着经济的不断发展，轿车也进入了普通百姓家。

2010 年，我拿出自己的一点儿积蓄，又向亲朋借了一些，买了一辆小轿车，开着上下班，又比摩托车舒服多了。以前走半个小时的路程，现在十几分钟就到了，特别是冬天，再也不会感到寒风刺骨了。节假日拉着全家人走亲戚，既方便又风光。

现在出远门，交通也更便捷了。今年女儿考上了大学，我送她到武汉去，去火车站是女儿用手机打的网约车，而火车票也是女儿从网上买的，出远门再也不用到车站排队买票了，在家动动手指就可以实现。“互联网 + 交通”正在日益满足人们个性化、多元化、便捷化的出行要求。

党的改革开放政策让每一个老百姓都得到了实惠。

夏日捕蝉

夏日的傍晚，我在村前的淇河坝上散步。十几米宽的小河，流水潺潺，偶尔有一两只小燕子，从河面上掠过。河两边的树林里蝉的鸣唱一会儿高亢，一会儿低沉，这个时候树林是蝉的天下。

从村子里不时走出三三两两的人。他们有的一手拿着手电筒，一手提一个塑料桶；有的头戴一个矿灯，手握一个袋子；还有的左手擎一根长木秆，右手拿一个小编织袋。不一会儿，便消失在河两边的树林里。

他们是去捕蝉或捉蝉龟。

记得我小时候也非常喜欢捕蝉和捉蝉龟。那时淇河两边还是片森林，树林子特别大，树木也特别粗，有好几百年的老树，淇河像一条白色丝带从林中飘过。林大，木粗，蝉就多。当蝉声齐唱时，隔着十几米说话都听不清。蝉多，蝉龟也多，我半晚上能捉一百多个。捉回家，让母亲用花生油或豆油煎着吃，香喷喷的，好吃极了。那个年代农村很穷，乡下的孩子很少吃到肉，能吃上油煎的蝉龟，就算是改善生活了。

晌午，村里的大人们都喜欢在树荫下乘凉。有的手摇蒲扇，悠闲地喝着茶水；有的在东家长西家短地聊天；还有的在玩搁五棍、打牌等游戏。蝉不知疲倦在树上唱着，有时会悄然洒下一串蝉尿，像牛毛细雨落在人们身上。如果落在脸上、脖子里，便有些凉爽的感觉。我们这些小孩子，三五个要好的凑在一起，便往树林里跑，在树上寻找易捉的蝉进行捕捉。遇到离地面较高的蝉，就把木竿黏上面团，或用从马尾、牛尾上采下的长毛系成扣子套。我们这儿把蝉的幼虫叫作“截柳龟”，把成虫叫作“截柳”。为了套住蝉，我们几个小孩子还编了一句咒语，每次将扣子伸向蝉时，口中就轻轻地念念有词：“截柳截柳叫叫，马尾扣子吊吊。”在蝉起劲地叫时，趁其不注意，将扣子从蝉的头上往下一套，蝉一挣扎，扣子便牢牢地套住了。然后，把捉住的蝉放入小筒或小纸盒内玩耍，听其鸣叫，看其爬行，其乐融融。

清代大诗人袁枚在《所见》一诗中写道："意欲捕鸣蝉，忽然闭口立。"实际，这样的蝉是一种位置很低的蝉，这种位置的蝉往往很灵敏，有一点儿声音就能吓跑，不易捉。我们捉的蝉，都在树上很高的位置，用木竿捉，比较容易。

那时蝉龟还没有成为人们餐桌上的佳肴，只有小孩子们吃，大人一般不会吃。大约是 20 世纪 80 年代初开始，蝉龟才成为人们的美味。小商贩也开始收购蝉龟，最早的收购价是每只五分钱，后来涨到每只一角，近两年每只达到了一元。

每到夏季，无论是村庄、田野，还是小河旁、溪流边，哪里有树，哪里就会传来高高低低的蝉唱声。这时便忙了小孩子，一到傍晚，他们便三五成群地拿着手电筒、小口袋，到村外的树林里捕捉蝉龟。有的一晚上能捉到一百多只，有的能捉七八十只，还有的只能捉二三十只。家里人对他们的劳动果实，一般不会计较，任凭他们自己处置。有的会拿回家，让母亲撒上一些盐腌着，过些时间用油煎着吃；有的则会卖给收购的小贩，用换来的钱或买纸笔，或换成别的食品美味一番。

随着蝉龟的价格不断上涨，捉蝉龟的队伍也不断扩大。每到夏天的傍晚，大人小孩都加入了捉蝉龟的队伍，这时夜晚的树林好一派热闹景象。

多年没有捉蝉龟的我，在女儿的央求下，于去年夏天，陪她一起到老家的树林里去捉蝉龟。到了林子里，只见一束束手电光射来射去，不时会听到兴奋的喊声："这里有一只。""我又摸到一只。"这时的树林子里非常热闹，简直成了孩子们的乐园。我用手电光仔细地搜寻着每一棵树，从下照到上，从这面照到那面，不留任何死角。每当照着一只，女儿便快乐地嚷嚷着："一只，又一只，我捉，我捉。"然后小跑过去，用手小心翼翼地拿下来，放到事先准备好的塑料袋中。由于树林不大，树木又小，捉蝉龟的人又太多，我和女儿一晚上只能捉一二十只。就这样，女儿也高兴得蹦蹦跳跳。

捉蝉龟的人太多，蝉龟越来越少。人们便开始捕捉刚脱壳的白蝉和已经在树上鸣唱的黑蝉，这两种蝉也渐渐成了人们的美餐。白蝉由于刚刚脱掉那层硬壳，还没有见到阳光，全身都是白色的，特别是那两扇蝉翼完全是透明的。捉白蝉要到下半夜，蝉爬到一定高度后，脱下硬壳，还不会飞。捕黑蝉则通常要在白天，用长木竿在竿头涂上黏合剂将蝉黏住，再用手取下。或者将一个塑料袋用铁丝圈成一个肚子大，口子小的扣袋，绑在木竿的头上，悄悄地将正在起劲鸣唱的蝉一下子扣在袋中，然后迅速从袋中取出。

蝉龟、白蝉及黑蝉已经成了我们这儿餐桌上必备的菜肴之一。每到捕蝉的季节,每家每户都会或捕捉或购买,储备部分,到春节招待客人用。人们一般都用纯净水瓶子装好，放到冰箱里，一个瓶子装四五十只，到吃时放到凉水里化开,用刀将瓶子割开,上锅或煎或炸,一盘佳肴就有了。

持续不断地捕捉，蝉越来越少。每到夏天的夜晚，捉蝉龟的人简直比蝉龟都多。

蝉的生长期非常长。蝉成年后，雄蝉会发出声音吸引雌蝉来跟他交配，之后雌蝉用它那根尖尖的产卵管，插进树枝中产卵。被产卵的树枝到了秋天便死了，掉到地里，直到第二年幼虫才会孵出，再在土中生活至少三年甚至十几年后才能破土而出。

这些年蝉越来越少，蝉声也不再那么聒噪。有头脑灵活的人便从外地往这里贩蝉龟，还有的利用温室大棚进行养殖。无论外地购进的蝉龟还是养殖的，口味都不如本地的。本地蝉腹部饱满，胸部的肉质硬，味道鲜美。外地及养殖的蝉个头小，腹部空，胸部的肉软，不筋道。

蝉最喜欢在柳树、苹果树上产卵，因为这两种树相对其他树都有甜味。近些年，有的村民将自家的承包地栽植了柳树，然后到树林里寻找一些产了蝉卵的树枝埋进地里，过三年便可在地里捕捉蝉龟，一亩地也能收入一两万元。有承包果园的农户，到了夏天便用胶带将树干缠起来，蝉龟爬不上去，直接在树上捡拾就行。

蝉的用处非常大，不仅可以做佳肴，蝉龟蜕的皮还可以入药。从中医角度讲，蝉龟皮具有疏散风热、利咽的功效，临床上多用于风热感冒、温病初起、咽痛音哑。蝉龟皮还用于疏散肝经风热，有明目退翳的功效，可以治疗风热上攻，或肝火上炎引起的目赤翳障。有一年我母亲得了轻微的白内障，在点眼药的同时，还用蝉龟皮进行辅助治疗。今年母亲已经九十多岁了，白内障也没有再发展。

此外，蝉龟皮还有解痉的作用，可用于惊风抽搐、破伤风症等。现代医学研究表明，蝉蜕含甲壳质、壳聚糖、蛋白质、组胺、氨基酸及微量元素等。蝉蜕具有抗惊厥、镇静、镇痛以及解热作用。药材店里每年都收购，价格不菲。

蝉全身都是宝。但无节制地吃，过度捕捉，已经影响到了蝉的生态链。我担心，有一天蝉真的会从这个地球上消失。

酸甜往事

“烤地瓜，香甜的烤地瓜。”每当我听到这甜绵的叫卖声，嗅到那甜丝丝的香味，就挑起了我记忆的门帘，让我回到了儿时那段酸甜的岁月。

暮秋时节，秸秆作物都已归仓。草亦枯黄，孤独的草秆在萧瑟的秋风中摇曳；忽而一阵旋风袭来，将残秆败叶卷了起来飞向远处。秋阳散射着无力的光，田野里一片宁静。只有一片片绿油油的地瓜，还像一个个闺中待嫁的大姑娘，等待有情人将其娶进家门。

入冬前，地瓜就要收完，如果受了霜冻，不宜贮藏。到了收地瓜的日子，你看吧，男的、女的、老的、少的全部涌到地里，好一派热闹景象。只见，男劳力在前面用大镢刨，年长的、妇女和小孩子跟在后面，或摘地瓜秧，或把地瓜拾成堆。那一堆堆地瓜如一团团火焰，燃起了人们收获的热情。

为了赶进度，所有干活儿的人中午都送饭吃。生产队里找一妇女挑着担子，中午时分到村中心大街上吆喝：“送饭啦！”听到吆喝声，在家做饭的老年妇女，便迈着碎步，将早已做好的饭交给送饭的人。这人便挑着一担子饭，晃晃悠悠地向坡里走去。

队长看到送饭的人来了，便喊一声：“住工，吃饭啦！”人们纷纷放下手中的劳动工具，兴高采烈地朝饭担子跑去，争先恐后地翻找着自己的饭菜，有的人嘴里不停地嚷着：“吃饭喽，吃饭喽！”他们相互用送来喝的水象征性洗一下手。有不讲卫生的，连手也不洗，拿起自己的干粮和菜就狼吞虎咽地吃起来。

地瓜每收完一部分，生产队里就按照人口分给各家各户。每天收工后，父亲便和大姐、二姐一起趁着清冷的月色，或摸黑用小推车、担子运回家，放进地窖里贮存着。有时天太晚太黑了，母亲不放心，便打发我提着用四块玻璃做成的灯笼，迎接大姐和二姐。

那时每家农户门前或附近都挖有一口地瓜窖子，深有三米多，直径五六十厘米，刚好能容纳一个人下去。地窖的底部再向两边挖两个面积差不多大小的贮藏室。所分的地瓜，除了留下近一段时间吃的，都要放在地窖里储存，不会冻坏，不会腐烂，不会变质。这个"宝藏"储存着全家人一年的口粮，供养着烟火的日子。

新鲜的地瓜有面，味道香，家家户户一日三餐离不开它。每天或煮着吃，或熬着吃。有时八十多岁的小脚奶奶还会在火灶里用草木灰埋几个烧地瓜，留给我和妹妹吃。那用灰烬焙熟的地瓜，味道香甜，比现在的烤地瓜更胜一筹。家乡人有一句俗语："煮地瓜，熬地瓜，不如烧地瓜。"可见烧地瓜是多么美味可口。

地瓜除了下窖、留下大部分吃外，还有一部分要切成地瓜干。地瓜干易贮藏，可吃到来年夏至。

切地瓜干要用专用的铡刀。父亲是一位木匠，不用求人。他找了一块宽约三十厘米、长约一米的木板，做上四条腿，在木板的中间凿开一条斜缝。请铁匠打一面薄薄的刀片，带着两只脚。在缝的两端分别钻一个小眼，将刀片的两只脚伸进事先钻好的眼里，把两只脚弯倒；在刀片前面用螺丝拧上一个能活动的木把，一个像长板凳一样的地瓜干铡刀就做好了。

切地瓜干时，将地瓜放在刀片前，手握木把用力向铡刀方向挤压地瓜，锋利的刀片就将一个个硕大的地瓜咬成一片片均匀的鲜地瓜干。每次看着母亲动作熟练地切地瓜干，就如同一位钢琴大师在弹奏一架钢琴。那些一片片圆形或椭圆形的地瓜干，从铡刀缝中飞速而下，恰如一个个跳动的音符。切地瓜干时，在铡刀下面要用一个筐或者簸箕盛着切下来的鲜地瓜干。切满一筐或一簸箕，母亲就找附近的空闲地把地瓜干如天女散花一样撒开。然后我便再用手或高粱秸把压在一起的地瓜干拨开，以便于晾晒。

暮秋，正是切地瓜干的时候。西北风飕飕地刮着，蔚蓝的天空没有一丝云，天气已经变凉。阳光没有了夏日的热烈，也没有了仲秋的温暖。晾到地里的地瓜干往往不容易干，大约需要五六天的时间。为了让地瓜干干得快一些，隔一天都要派人到晒地瓜干的地里用高粱秸或削尖了的木棒将地瓜干翻过来。那时我是一个十几岁的孩子，经常干翻地瓜干的活儿。手持一棵带茬的高粱秸，脚蹬一双露着大脚趾的布鞋，一边将每片地瓜干翻个儿，一边用袖子擦去寒风吹下的清鼻涕。

地瓜干晒在地里，并非高枕无忧了。

有时晚上下起了小雨（那个年代天气预报往往不准确），为了抢收还在地里已经快干了的地瓜干，全家人从热炕上爬起来，推着小车，挑着编筐，一起往坡里跑。到了地里，往往伸手不见五指，根本看不见每片地瓜干在哪里，只好用手摸。将颜色发白、大些的地瓜干摸完后，那些小的、颜色发暗的地瓜干就只好放在地里，任由雨水抽打。如果运气好，下完雨就晴天，那么这些地瓜干晾干后，还可以吃。如果长时间不晴天，就只好任其烂掉，交回土地。

晚上已是寒气袭人。我和哥哥、姐姐们都还穿着“灯笼裤子”（单裤），每次雨夜拾地瓜干，衣服便会被雨水打湿，贴在身上，寒风一吹，浑身打战。

最困难的日子是阴雨连绵的天气。那小雨像丝线，像麦芒，像织毛衣的细针，好多天拉扯不绝，有时还十天半月。太阳躲了起来，好像不知去向。空气抓一把，能攥出水来。小鸟烦躁地在墙头、屋檐，叫个不停。

这样的天气正是烂地瓜干的日子。有的地瓜干发黏了，有的发红了，还有的周围有了一溜红圈。生产队便将快要烂了的地瓜干分到各家各户，让各户自己想办法晾干。

愁眉苦脸的父亲便到村内的门市部买来钢丝，扯在屋檐下，或其他不能见雨的地方，全家老少一起将地瓜干一片一片地挂在钢丝上晾，极像一根大铁丝串起的一串串树叶。这就是一年的口粮呢，谁家也不敢懈怠。即使日子这样苦，家乡的人还苦中作乐，编了一个顺口溜："山东饼干，一溜红圈。吃了滋啦，嗝气焦酸。"

如果连阴时间长了，就要把炕席掀起来，将地瓜干摊在炕上，将炕用柴草烧热，用热炕烘干。这时炕就像一台烘干机，烘出一家人的希望。人口少的户，有时也会把锅变成小型烘干机，连同潮湿的心情一起烘干。那个日子和心绪啊，如天气一样湿漉漉的，闷得人喘不过气来。

地瓜干晒干之后，家家都会用秫秸（高粱秸）编织一个高两米，直径一米半左右的栈子，将地瓜干储存里面，这便是粮仓了。竖起一个栈子，就竖起一年的保障，冬去春来，不仅锅碗飘香，填饱了肚子，还燃烧着明年的希望。每到需要吃的时候，就用二齿钩子或其他家什从栈子里掏出来，一泡一洗，蒸煮出来，入口即食。

最令人难忘的，是大人不在家的时候，小孩子偷偷从大油罐子里抹出大油，用地瓜干夹着吃。那种油香从嘴里一直透到肺腑，简直就像吃山珍海味一样。但如果母亲看到，定会臭骂一顿。因为大油是猪身上的脂肪或肥肉膘子熬成的，那是全家人炒菜用的，怎能舍得让小孩子一个人糟蹋呢？

常年吃地瓜和地瓜干，大人们胃都不好，口吐酸水，往往有厌食的感觉。

为了让家人吃得可口一点儿，母亲绞尽脑汁，经常变着花样做饭。有时她将地瓜干用碾碾成地瓜面粉，用水和成面团，在鏊子上一圈圈地骨碌，摊成一张饼再吃。这种饼叫地瓜面煎饼，也叫"骨碌煎饼"，吃起来筋道，不像直接吃地瓜干那样噎人。有时还用地瓜面蒸窝窝头或地瓜面饼子，在面里加点儿白菜、菠菜、南瓜、胡萝卜等蔬菜，拓展成一道道味道鲜美、甘甜的美食。

母亲最擅长的是将地瓜干和小米、绿豆、红豆或其他杂粮一起放在锅里煮熟吃。这种吃法，要把地瓜干煮烂，然后用勺子将地瓜干捣成糊状。这样的“多宝粥”，色艳、味鲜，还发香，是全家人的最爱。

地瓜干不仅是乡下人的主食，有时也充当“货币”。到门市部去打酒，没有钱，就可以用地瓜干换。

记得上初中三年级的时候，我考入了公社的重点班，要到离家二十多里地的公社驻地去上学。那时没有交通工具，全靠两条腿走路，学校规定一周回家一次。在学校住一周，要吃十八顿饭。为了吃饱，也为了背干粮不累，我自己规定每顿吃三个地瓜面煎饼，每周吃五十四个。周日下午回校时，就全部背上。到夏天或初秋，天气炎热时，怕煎饼坏了，我和其他同学都在宿舍里扯上一根绳子，将地瓜面煎饼挂在上面晾干，像一面面白色的旗帜，静静地垂在屋内。到了吃饭的时候，扯下两三个，用热水泡着吃，也是一道美味。

家里的咸菜也不多，母亲只好用葱花、大油炒一瓶盐粒让我捎着。每次她都细心地嘱咐我：“多吃煎饼，少吃盐，别咸坏了嗓子。”

我记着母亲的嘱咐，每当泡煎饼吃的时候，就撒上些许盐粒，咸咸的，香喷喷的，一股母亲的味道弥漫开来。有时泪水会无端地充满了双眸。

20 世纪 80 年代，国家实行了大包干政策，将土地承包到每家每户，并且规定了三十年不变的家庭承包政策，让农民放心在地里增加投入，提高收益。人们除了种植玉米、小麦这些基本作物外，大多种植花生、黄烟、桑树等高产、高效农作物，地瓜这种作物就种植得很少了。有的农户因喜爱，少种些自家吃；有的农户作为增收的经济作物，种部分到集市上卖；还有的农户是在城市里卖烤地瓜的，需要种些地瓜自己用。地瓜以其独特的甜美，装点着美好的生活。

如今，随着农业科技的不断发展，地瓜品种很多，红瓤的、黄瓤的、六九瓤的（指多种颜色），花色多味道美。煮熟或烤熟后，还没入口，就有一股甜丝丝的香气扑鼻而来，让人馋涎欲滴，咬一口，满嘴香甜。地瓜成了餐桌上价格不菲的稀罕物，滋养着甜蜜的岁月。

每次在饭桌上看到地瓜的身影，我心里就会涌起一股温情，总有一种沧桑感。时光流逝，人生易老，经过岁月的淘洗，儿时的困苦便会转化为今日的香甜。

百家饭

当老师的第二年，我被调到原朱家村乡的仉林小学去任教。乡教育组分管小学的校长找我谈话，说那个地方山清水秀、景色优美。仉林小学前面就是座大山，空气清新，常住在那里能延年益寿。末了，他还说了一句："就是路远些，从你家到仉林将近三十里路，但是你还年轻，这点儿路也算不了什么。"

1986 年秋，我才二十周岁，对路的远近并没有放在心上，只是觉得什么都新鲜，听说到那里还能吃"百家饭"，我挺高兴的。王校长和我谈完话，我就骑着自行车高高兴兴地跟着仉林小学的校长去了。

一路上翻沟越岭、穿村过庄，路是相当不好走，自行车在路上不停地颠簸。其中有三个山岭是无法骑行的，只能下来推着自行车爬坡。特别是仉林村西的那个大坡，既陡又长，推着自行车爬上去，累得我满头大汗、气喘吁吁。第一次走这样的山路，我还真有点儿吃不消。但我心里还是感到挺新鲜的，望着一座座翠绿的山岭，呼吸着清新的空气，道路两旁的绿色庄稼随风不停地摇曳，我产生了一种莫名的兴奋。

爬上仉林的陡坡后，向东便是一路下坡，骑着自行车顺坡而下，一路便冲到了仉林小学大门前。

仉林小学在村子的东南方向，大门朝北，村中心路就从门前经过。进入大门，首先映入眼帘的是一个操场，操场上南北两端分别站立着一个破旧的篮球板。操场的围墙是用红砖砌的，外面是一座青山，海拔不高，但见山上黑松青翠欲滴，各种各样的鸟上下翻飞。面对学校的是一面峭壁，峭壁下是一条小河，涓涓细流贴着学校的围墙蜿蜒东去。在操场的西边有两排房子，房子之间有一道墙，墙的北边嵌着半圆式的小门。进入小门，便看到了教师办公室，共两间，外面一间办公，里面一间是教师宿舍。教师办公室的西边是一二年级的学生教室。前排房屋是三年级和五年级的教室。到了学校和校长报到后，他安排我教三年级。那个年代都是大包班，一个人既要担任班主任，又要教语文、数学、自然和音体美等全部学科。

第二天我便带着铺盖正式上课。

仉林小学是学区驻地，共有四个班，一、二、三、五年级各一个班，没有四年级，由六个教师教授。其中五年级因学生多、又是毕业班（小学还是五年制），有两个任课教师，其他年级都是大包班。还有一个是幼儿班，幼儿教师是本村人。

20 世纪 80 年代，中国经济刚刚起步，农村才开始实行大包干，农民刚刚解决了温饱问题，生活还不富裕。教师工资也不高，特别是我们这些刚招聘的年轻民办教师，一个月只有三十六元。学校都没有实行八小时工作制，更没有双休日，只星期日休息一天。每天白天上完课后，学生还要上早自习、晚自习，教师都要上课、看班。除了本村教师，外村教师到校后便吃住在学校，只有周六下午才能回家。那时只有乡镇驻地的中心小学和初中有教师食堂，统一供教师吃饭。其他村小的教师都是由村干部统一派到群众家中吃，也叫吃“派饭”或“百家饭”。那个年代驻村干部、下乡干部都吃“派饭”，有时也和老师们一起吃。

到了仉林小学后，我们一行六位教师到群众家中吃饭。每到吃饭的时间，有学生的人家便让学生到办公室领我们到他（她）家吃饭。没有学生的人家，便让邻居家上学的孩子把我们领去。仉林的父老乡亲非常热情，早上一般都做四个菜，中午和晚上六个，晚上都好吃水饺。这个村离集市较远，为了管教师饭，大多数户都骑自行车跑十几里路去赶集买菜，还有的跑三十多里地到城里去买菜、买鱼。考虑到老百姓生活不容易，早上吃饭时，我们都少吃菜，多吃干粮。特别是那盘鱼（一般都是黄尖子鱼、刀鱼或小鲅鱼），平时他们自己都不舍得吃，我们也不好意思吃。早饭都不会动筷子，中午饭少吃一点儿，晚饭才能和农户一起吃。总之让这盘鱼将就一天，不能让人家再去操持着重新买。

那时伙食标准是一天三毛钱，一斤粮票（山东省的或全国通用的）。到了后期，粮票渐渐不用了，改为一天四毛五分钱。每天吃完后，我们将钱放下，但淳朴的老百姓一般都不会要，他们硬要把钱塞给我们，往往争执很长时间。有时没有办法，我们只好偷偷将钱放在桌子底下，但这样也会被发现，再争执一番。后来老师们就想了个办法，不当天给钱了，而是将到各户吃饭的天数和次数记好，每隔半年一算，让学生将钱捎回家，没有学生的户，让邻近的学生将钱送去。这样钱攒在一起数目大些，大多数户都几十元左右，由学生捎回，这些农户也就不好意思再拒收了，解决了老师们的一块心病。

对教师吃“派饭”，村里的老百姓都是非常高兴的。有孩子上学的，趁机和教师拉呱一下孩子在学校的学习情况及在家里的表现，这样有利于孩子的学习和成长。没有孩子上学的，也乐意让教师们到家中吃饭，一方面是自家早晚会有孩子上学，另一方面是能挣个好名声。如果哪家村干部不派老师饭，邻居家就会指指点点：这家是因为家里太脏了，无法让老师们去吃；那家是个光棍，家里没有女人做饭；还有的是家里有重病人，不适宜管老师饭，等等。因此，只要村干部派饭，没有不同意的。

常在村里吃百家饭，也是五味杂陈。

到农户家吃饭，可以说都是非常热情的。一般都由这家的男主人陪着，中午和晚上都会喝点儿酒（那时还没有禁酒令），因下午还要上课，老师们中午都少喝点儿，只有到了晚上才会多喝一些，但都顾及教师的身份，尽量不会喝醉。老师在谁家吃饭，这家的女人及孩子都不能上桌，等老师吃完饭走了，全家人才会到桌上吃饭，这时桌上的菜也就所剩无几了，他（她）们只好将就着吃饱。我们有时觉得过意不去，想给这些家人多留点儿菜，但因教师太多，往往留不下。

为了管好老师饭，很多农户绞尽脑汁。记得有一户为了让饭有特色，用土枪到坡里打了一只野兔（那时没有禁枪），用大豆腐炖着吃。嫩白的豆腐，衬着酱色的兔肉，入口味道鲜美，吃起来筋道发香，着实是一道好菜。我头一次吃这样的菜，感觉味道好极了，至今我还难以忘怀。

当然也有不尽如人意的农家。有一次，村干部将我们派到一户人家，只有娘俩过日子。老大娘已经是六十多岁的老人，还有一个儿子，三十多了没有娶到媳妇。一听老师们到她家吃饭，老大娘乐坏了，觉得这是个表现的机会，一定要将家里拾掇干净，高标准做好饭，让老师们在外宣扬一下，赚个好名声，儿子找媳妇也容易些。

我们一行六人还没有走到她家，老大娘早就在大门外等候了。她个子不高，头发花白，满脸的皱纹堆成了一朵菊花。看到我们，她高兴地说："老师们快进屋，我们家就是脏点儿，我和儿子都拾掇了，老师们别嫌弃。"我们一边客气着，一边进入屋内，一股刺鼻的兔尿味扑面而来。环视一下屋内，只见整个屋子打扫得很干净，但炕前有明显的兔尿痕迹，白色的圆圈一环一环的，土的地面还未干，明显是当天刚清理出来。原来这间屋一直养兔子，得到管教师饭的通知后，娘俩赶紧将兔子搬到天井里，把屋子进行全面清理，以崭新的面貌迎接老师们的到来。

吃饭时，老大娘的儿子将饭桌搬到炕上，在饭桌的一端有一粒兔子屎。其中一个老师手中拿着一本书，用书打了三次才将那粒兔子屎打掉。大家看在眼里，都没有出声。看到这一老一少这么热情，我们都不好意思影响娘俩的情绪。

娘俩把我们全部让到炕上坐好，然后开始上饭。老大娘的儿子一趟一趟来回走着上菜，那件咖啡色的西服（20 世纪 80 年代最流行）随风摆动着，显示着时髦。但大煞风景的是，那西服的后背上全是"地图"，白色的盐渍在上面格外显眼。因我们是周一到她家吃饭，第一顿就是中午饭。饭相当丰盛，不多时，六盘满满的、冒尖的菜就端上了桌子，酒也摆好了。但我们已没有了胃口，又不好拂逆人家的一片好意，大家只好象征性地吃了点儿。老大娘坐在饭桌边上，边说话边催促道："老师们都吃菜，别不好意思。"说着又摸着身旁的一位女老师的手说："大妹子，你多吃点儿，看你也不胖。”弄得还没结婚的小姑娘，脸上一阵发红，赶紧说：“没停下吃。大娘，吃饭不用让。”不一会儿，我们都放下了筷子说吃饱了。

吃完饭走出大门后，校长对老大娘说：“大娘，晚上我们开会，就不来吃饭了，您就不用准备了。”老大娘很惋惜地说：“你看看，头一次来我们家吃饭，就碰上开会。真的吗？不会这样巧吧？”“真的，大娘，我们也没有办法。这样也好，就不用给您添麻烦了！”校长客气了一下。

到了晚上，我们跑了五里路，到邻村一个老师家吃的晚饭。

后来村干部再也没有派饭到这位老大娘家。我们虽然也确实不想再到她家吃饭，但心里又有些过意不去，觉得对不起人家那份热情。

第二年，我从仉林小学调到河北小学，这个村的派饭方式和仉林不同，村里负责派饭的小组长只派有学生的农户，没有学生的不用管老师饭。这样就比全都派好多了，有些不讲卫生、不干净、有特殊情况的农户就不再派了。

第三年，我又被调到了朱家村乡中心小学。学校有食堂，每天在食堂里打饭吃。从此与“百家饭”无缘。

过了几年，随着教师工资的不断提高，为了减轻老百姓的负担，“派饭”这事也就取消了。

回想起吃“百家饭”那段时光，真是五味俱全，色彩斑斓，令人难以忘怀。

梦想从这里启航

淇河从山山岭岭间蜿蜒而下，流经我的家乡朱泮，流入诸城最大的水库——三里庄水库。与淇河并行的另一条河叫扶河，在皇华镇的东面，先流入青墩水库，后再流入三里庄水库。从三里庄水库流经市区的扶淇河就由此而来。

朱泮是个美丽的村庄，淇河从南面和东面环村而行，两岸绿树婆娑，梯田纵横。全庄有五百多户人家，共分三个行政村，分别是朱泮一、二、三村。记得小时候，村内绿树成荫，每家每户房前屋后栽植着果树。每到果实成熟的季节，整个村庄便成了我们孩子的乐园，偷杏、打枣、摘梨，其乐无穷。

在这个美丽的村庄内，还有令我向往的神圣殿堂——朱泮学校。

朱泮学校位于朱泮三村中部，东面是一片郁郁葱葱的树林，淇河便从树林中淙淙流过。西面是一条中心大街。南、北两面是住户。皇华人民公社时，朱泮是一个片，共辖九个村庄。由于是片驻地，也是学区驻地，所以是一所由小学、初中组成的全日制学校。20 世纪 70 年代，普及高中教育时，还开办过两年的戴帽高中，后来又撤销了。1974 年，我八岁时到学校上学。小学一年级，写字用的是石笔、石板。刚入学那会儿，课桌是用土坯垒成的。一年后，村里伐了几棵白杨树，制成木板，用砖头垫了起来，这便是当时最好的课桌了。教室是土房子，窗子很小。

每当放寒暑假，或者是麦假、秋假，回到学校的第一天，就是在老师的带领下垒课桌、打扫卫生，或者学校组织开会。所以学生们总结了一首打油诗：

开学头一天，保证不上班。
不是垒垒位，就是开开会。

不仅学校的办学条件差，教学质量也谈不上。那时是贫下中农管理学校，学校教师的任职都是由村支部书记说了算。每到农活儿紧张时，村里便要求教师们组织学生到田地里拾麦穗、捡豆粒、割青草，有时还要拾鸡屎头（鸡粪），给生产队当肥料。

到了20世纪80年代，县里进行校改，黑屋子、危房要全部进行改造，不能让孩子们在不安全的教室里上课。学校便搬迁到村庄最西北角，在一块平整的农田上，盖起了六趟宽敞明亮的大瓦房。教室里全部换成了木质双人课桌凳，各种实验设备也陆续开始添置。学校的办学条件有了较大改变，老师和学生们都非常高兴。有的老师便创作了一首打油诗，表达自己的喜悦之情：

乡村建起大瓦房，窗明几净亮堂堂。
水泥地面新桌凳，好好学习不忘党。

这时学校办学也全面走上了正轨，学校不再由贫下中农进行管理，改由教育行政部门自行管理。1983年，县里统一招聘了一批民办教师。此后1984年和1985年，由于教师缺口太大，各乡镇又相继招聘了两批民办教师。我有幸成为其中的一员。

那是一个令人难忘的日子。

初秋的一天，令人烦躁的闷热终于结束，天气已渐渐凉爽，人的心情也感到清爽和惬意。我接到录取通知书，高高兴兴地骑着自行车到学校报到。

在这人生珍贵的时刻，她必将成为一道美丽的风景，在生命中久久闪耀着光彩。我终于实现了自己的梦想。我暗下决心一定不辜负这一难得的机遇。我要为教育事业奉献自己的力量，要实现自己的梦想，并做出令人刮目相看的成绩。

到了20世纪80年代末90年代初，商品经济的大潮风起云涌，挣钱已成为人们的头等大事。各地忙于发展经济，刚刚有起色的教育便又被边缘化了。“学好数理化，不如有个好爸爸。”农村很多学生家长让孩子辍学了，回家帮着父母种地，或者到外面打工挣钱。

学校建设放慢了速度，教师工资发放不及时。由于当时教师工资是由乡镇政府统筹、乡镇财政发放，全国大多数地方都出现了拖欠教师工资现象，拖欠时间大多在三个月以上，有的地方甚至时间更长。这一现象造成了很大的社会影响，那时已是九十多岁高龄的著名作家冰心曾为教师鸣不平：“拖欠教师工资，这简直是中国的耻辱！”

为了养家糊口，很多民办教师都辞职了，有的去当了工人，有的去经商，还有的回村当了村干部。

每当白天紧张的教学工作结束后，晚上我常常独自到淇河边散步，听着潺潺的流水声，我在思考，在这艰难的时刻，是去？还是留？经过一番思想斗争，我终于坚定当一辈子教师的信念。因为自己热爱这一职业，又总感觉到党和政府不会让这种现象长久下去，教师这一职业一定会受人尊重，教师的待遇也一定会不断提高。于是我不但坚守住自己的岗位，还为此不懈奋斗着，并利用课余时间撰写了二十多篇教学论文，还写了一些诗歌、散文发表在市级以上报刊上。我曾在市报上发表过一首《写给老师》的诗：

您写的每一笔
都是一缕春天的阳光
您写的每一个字
都是一朵花蕾含苞欲放

窗外，金钱闪着诱人的光
可您，守住贫穷
执着于
浇铸人格智慧的作坊

其实这个时期，不光教师的待遇出现了问题，整个社会脑体倒挂现象非常严重。当时，社会上曾流行着这样一句话：“造原子弹的不如卖茶叶蛋的。”全民经商的热潮汹涌澎湃，“十亿人民九亿商，还有一亿正匆忙”。这种社会现象也引起了党和国家领导人的高度重视，特别是对教育的重视也到了空前的程度，提出了“百年大计，教育为本”的方针，喊出了“再穷不能穷教育，再苦不能苦孩子”的口号。在1985年确立了每年的9月10日为“教师节”后，又于1994年颁布实施了《中华人民共和国教师法》，明确规定了教师的工资不低于或高于当地公务员工资，从法律上对教师的待遇进行了规定。

《教师法》颁布实施后，各地纷纷采取措施提高教师待遇。教师的工资也由乡镇政府统筹、乡镇财政发放，改为县级政府统筹、县级财政统一发放。从此以后，教师的工资再也没有拖欠过，并建立了逐年增长的机制。

为了解决民办教师问题，国家采取让民办教师考师范院校的方式，逐步将优秀的民办教师转为公办老师。1995年，经过努力，我考上了师范学校，终于改变了民办教师这一身份。

2002年，按照国务院制定的“关、转、招、辞、退”五字方针，山东省将所有符合条件的民办教师全部转为公办教师，从此民办教师这一职业退出了历史舞台。

在解决教师待遇问题的同时，学校建设也突飞猛进。

2013年，实施“义务教育均衡发展”工程。各乡镇加大标准化学校建设力度，学校面貌发生了翻天覆地的变化。我自小上学的朱泮学校，因合班并校，已撤到邻近学校。大瓦房也变成更为宽敞明亮的教学楼，教室内还安装了空调、电视机、电脑。教师们也不再是只靠一支粉笔、一张嘴进行教学，每位教师都用上了笔记本电脑。多媒体教室、高标准实验室、录播教室、梦想中心、塑胶跑道等现代化的教学设施，一应俱全。各学校教学楼内，还设置了文化墙，上有名人名言、名篇佳句。弘扬传统文化，建设书香校园，已成为每个学校的共识。有了这样良好的学习条件，相信学生们各种五彩缤纷的梦想也将会从这里起航、放飞。

皇华“三宝”

走进绿树遍野、环境优美的皇华，扑面而来的除了清新的空气，还有一种浓郁的文化气息。皇华历史悠久，人文渊薮。不仅有呈子遗址、齐长城等古文化遗迹，有丁耀亢、丁昌燕等文化名人，还有闻名全市的非物质文化遗产。这就是皇华“三宝”。

一宝：柏戈庄粉皮

每当到了秋季，在皇华镇的周家和范家柏戈庄村便出现一道亮丽的风景。一张张苇箔（或秫秸箔）摆在沿街朝阳的地方，上面是正在晾晒的刚加工完成的粉皮，它们在阳光的照耀下，如一面明晃晃的镜子，将人耀得睁不开眼。

柏戈庄粉皮历史悠久，已成为皇华的一张名片。它独特的制作工艺和上乘的质量，让很多人慕名前来购买。

据传，柏戈庄粉皮的制作原料最早是绿豆，叫绿豆粉皮，并延续了近千年。等到当地开始种植地瓜这种作物后，才把粉皮原料转为地瓜，有了柏戈庄地瓜粉皮。周边村庄及外县各地，也有制作粉皮的作坊，却唯独柏戈庄的粉皮最有名。其原因就是这里的粉皮制艺正宗，滑甘味纯，清香爽口。食用时筋道耐咬，口感好，余味久，不黏不面，独具特色，令人难忘。

柏戈庄粉皮的制作工艺是很有讲究的。大体分为选料、沉淀、制作、晾晒四步。

选料。粉皮制作对毛料特别讲究。制作地瓜粉皮时，所选的地瓜首先要没有虫害，再逐个去土，投入大搅笼里用清水洗净，然后进行粉碎。粉碎时要慢而均匀，使地瓜变成糊状，倒出后，再把地瓜粉浆用一百二十目的细筛加水三遍或更多遍进行过滤，紧跟着是把滤出的地瓜糊进行搅拌，标准是把池子里的浆糊全部搅荡起来为好。

沉淀。滤出浆水后，须在池中加一倍的水进行淀粉沉淀，沉淀一般需要十五至二十个小时。然后进行取淀，须等到池子淀粉上层有一小层细渣，实际这也是沉淀下产生的，只要把细渣舀干净，剩下的就是淀粉了。

制作。先把淀粉加上一定清水搅拌成糊状，将水在锅中烧沸，然后用勺子将浆糊舀进一个旋子（如小罗一样的器具）。将旋子在开水锅里旋转开来，转上那么几圈儿，浆糊就在旋子里均匀摊开。待旋子里的浆糊成固体状态时，大概也就十来秒钟吧，就把旋子从锅里取出放到凉水中。降温冷却后，剥下来就已是粉皮了。

晾晒。就是将秫秸或苇子编成宽至少五十厘米的箔，把剥出来的粉皮依次展放到苇箔上进行晾晒，一般须晒四五个小时，气温较低时间可长些。待还有些发软时取下来，先按数摞起，全干后装箱封口，粉皮就可以出卖了。

相传柏戈庄粉皮用绿豆做的时候，在山东东部沿海一带就名声大噪。特别是天气炎热的时候更是抢手，供不应求，不仅因为好吃，更因为绿豆粉皮能败火，还预防中暑。后来发展成地瓜粉皮，抢购之势仍不减弱，原因是虽然原料已改成地瓜了，但其功效仍然不减。或凉拌或掺入菜中炒食，其败火养胃润脾的功效依然具有，并对便秘、腹泻等杂疾皆有治疗作用。甚至有人说，如有三日不食柏戈庄粉皮，腹内便有不适之感。

柏戈庄粉皮，以它悠久的历史、高超的工艺博得了世人的好评，同时也为一方的经济发展起到了推动作用。

二宝：皇华茉莉

“好一朵茉莉花，好一朵茉莉花，满园花草香也香不过它……”一曲扬州民歌似乎把我们一下带到了大江之畔、鱼米之乡。但是谁能相信，在齐鲁大地的诸城市皇华镇，竟然也有着茉莉的栽培技艺。

相传诸城皇华茉莉花栽培技艺最早始于金朝章宗承安年间，距今已有近千年的历史了。早在隋代置密州的时候，诸城就有多家茶坊，经营渠道就是茶商们到南方购来茶叶在诸城销售，生意还算兴隆。到了金朝章宗承安年间，诸城南乡今皇华镇的朱泮三村有一位朱姓茶商，经营茶叶已有十几年了，当他发现北方当地人好多喜欢喝带有茉莉花香味的茶叶，就在去南方购茶时捎带购些茉莉花掺上，销路很好。后来他又觉着茉莉花太贵，心想，反正是往茶叶里一掺就完事，也无须再加工，何不自己栽些茉莉采下花来掺上，既省钱又方便。于是这位朱掌柜就在春天去南方购茶时顺便买回十几株茉莉苗子，回家栽到院子里。小苗夏秋两季长势都很好，但是霜降一到，马上蔫了下来，当年冬天大雪节气还没过就全死了。

朱掌柜一下明白了，原来茉莉为什么不能在北方种植，就是存在着越冬问题。他考虑来考虑去，最后决定再试一次。只要能把茉莉越冬的问题解决了，就不信栽不活树、开不了花。第二年春天，朱掌柜再去南方购茶叶，又顺便买了六十株茉莉苗子，回到家后分别栽到六十只大花盆里，摆放在院子窗前的向阳处。茉莉苗夏秋长势仍然很好，眼看霜降节气就要到了，他赶紧叫老婆把西间大炕腾出来，窗户上挂上一床旧棉被。霜降前一天，朱掌柜就把六十只茉莉花盆全搬到西间的大炕上，然后每天都根据天气的温度决定烧炕的次数。天气冷了就多烧，天气暖些就少烧或不烧，总之就是让西间屋里始终保持在初夏或初秋那个温度。天气好时就掀开窗上的棉被让茉莉晒太阳通气。

事情果然像朱掌柜盼望的那样，六十株茉莉安全越冬了。清明节一过，天气转暖，朱掌柜又一盆一盆搬出屋，如果晚上转冷再搬回去，那是比对自己的孩子还上心。开始他只是定期浇水，什么肥也不施，有次偶然把老婆泡豆子已变臭了的水浇到几株茉莉上，几天后发现那几株茉莉长得格外好，叶片绿油油的，朱掌柜就知道了原来茉莉喜欢泡豆子的臭水。于是他又用热水把黄豆泡开，直到臭烘烘了才浇到花盆里，效果果然明显。

功夫不负有心人。六十株茉莉终于开花了，叶子油绿油绿的。那花又大又多，满院里飘散着诱人的香气，引得街坊邻居忍不住前来观赏。朱掌柜又适时把花采下来晾干，适量地掺到茶叶里，自泡一壶品了品。那味道，是举杯闻香，入口品香，香而爽口，爽中带绵，还带着甜丝丝的味道。朱掌柜大喜，自己配制的茉莉花茶总算成功了。

后来，朱掌柜又在茉莉栽培的技艺上做了更进一步的探索，越来越摸出些门道，培育出了双瓣的、单瓣的两个茉莉花新品种，从而提升了茉莉花茶的质量，生意日渐兴隆。

从此，朱家人就把北方栽培茉莉的技艺一代代传下来，直至今日。在皇华镇的一些村，茉莉栽培一度成为村里的一个主要庭院经济项目，助推了农户个体经济的发展。

三宝：宋家村编席

宋家村位于皇华镇西部，距镇区十多千米，诸郝路从村东穿过。早年提起皇华镇的宋家村，周围村庄的人都知道，这是个编席村。宋家村原名小朱旺，因该村百分之九十以上人家姓宋，新中国成立后改为宋家村。原村的人都是由龙都街道的大水泊迁来，而大水泊的宋氏家族则是洪武二年从山西大槐树下迁来。

宋家村的编席已有数百年的历史，从清朝开始就已经很有名气。现在该村六十岁以上的男人会编席的不少。近年来，随着科技的发展，都用机器编席，人工编席成本高、收益低，所以编席这门手艺已渐渐衰落。

宋家村编席的主要材料是高粱秸，通常是自家种植，秸秆一般都是红色的。编席前，把高粱秸的外套剥去，用席刀子从中间划开晒干，然后再下水泡，泡完后，再用席刀子把高粱秆瓤剥去，用破篾刀破成席篾，就可以编席了。编席时从中间向外编，先铺好白的，再编红的，编完之后把四周的边编入。

席的规格一般有两种，一是长两米，宽一米六；二是长三米，宽一米八。主要是炕席。除了红席外，还编织苇席。一个人一天一晚上就可以编制一张席。

除了编织技术，种植高粱也有注意事项，就是不能用化肥，只能用少量的土杂肥。因为用肥多了，高粱要长大骨节，编席就不好用，容易断，编起来的席还凹凸不平，睡觉不舒服。

虽然宋家村现在没有人编席了，但大多数人对席还有着深厚的感情，可以说“剪不断，理还乱”。他们自己不编席，却贩席卖席。皇华镇及周边大小集市上卖席的人基本上都是宋家村的人。

第四辑 诗性行走

天空是蔚蓝色的，
洁白的云朵像地上的羊群在飘荡，
只有在草原上才能看到这样的
蓝天与白云。

走进草原

对大草原心仪已久，暑假期间终于成行了。

八月十八日，我们一行人乘坐旅行社的大巴车，从诸城北高速路口进入青兰高速，一路疾驰，到东营服务区时已近中午，每人吃了一个自带的大碗面，上车后继续向第一个旅游景点——金山岭长城奔去。

下午五点多，蜿蜒的金山岭长城如一条蛇，横亘在眼前。从入口到长城走了很长一段路，到了长城后，大女儿已累得不能再爬城墙了，她到了郑成功雕像的地方便停下了。我和小女儿及其他人一起爬到长城的中段，因时间太晚，便也停步了。这时已经累得两腿发酸，汗流浃背。站在金山岭长城上，放眼望去，远处群山逶迤，长城蜿蜒盘旋，景象十分壮观。但此处的长城与八达岭相比，无论规模还是气势都差远了。“不到长城非好汉”，只有到了八达岭长城，才算真正领略了长城的风采！

从金山岭长城下来，天已经快黑了。我们上了车，继续向下一站进发，晚上要赶到承德县城住宿。到了承德县城，在旅馆放下行李，我们便一起找了一个小饭店吃晚饭。

这次内蒙古之行，第一天的饭旅行社不负责，我们自己想办法解决。时间已是晚上八点多，饭店大多数已不再营业。好在一个小饭店有经营头脑，我们去后，赶紧把厨师叫了回来，给我们做了饭，虽然不是很可口，但外出旅游，这已经是很不错的了。

第二天早上六点半准时出发，到这次旅行的第二站——承德避暑山庄。山庄分宫殿区、湖泊区、平原区、山峦区四大部分，始建于 1703 年，1961 年被公布为第一批全国重点文物保护单位，1994 年列入《世界遗产名录》。

承德避暑山庄是清朝初期，康熙、乾隆两代皇帝建设并到此避暑的行宫。这里山系蜿蜒、林木茂密、景色优美，气候的确比较凉爽，是个避暑的好地方。听了导游的介绍，才知道这就是之前的热河，也是英法联军攻入北京后，咸丰皇帝和慈禧太后逃往的地方。在承德游玩了半天，我们便乘车向乌兰布统大草原奔去。

汽车在河北境内不停地奔跑，沿途的树木和村庄飞快向后跑去。我在车上睡一会儿，看一会儿。这一段路程，村庄稀少，即使看到了村庄，周围也不像山东境内的村庄似的都是树，这里很少看到大的树木。地里的庄稼大都是玉米，经济作物就是向日葵了。

大巴车如一只小鸟，不停地向北方奋飞。终于到了内蒙古境内，一片黄绿相间的草原呈现在我们眼前。啊，美丽的大草原，我终于看到你了！但令我略感失落的是，眼前的草原与我想象的有一些差距。我一直认为草原是宽大的、平坦的，像那浩瀚碧绿的大海。没想到，在那绿色的波浪中，不时会闪出一个个绿色的小山包，起起伏伏，这绿色的起伏的毯子，让我的思绪也在不断地起伏！

时间已经接近八月下旬，草原上有些地方，颜色已变得有点儿发黄，有的牧民正在用割草机割草。

傍晚，我们到达了第三站——乌兰布统镇。我们在旅馆住下。来时听说内蒙古的住宿条件很差，被褥很脏，甚至都有虱子、臭虫等东西，我和女儿们都做好了准备，带好睡衣，或准备不脱衣服睡觉。住入旅馆后，发现条件还可以，被褥很干净，也无杂物，不像传说的那样。只是水量不足，常常没有水，而且因为是地下水，水很凉，有冰手的感觉。旅馆的伙食还可以，基本上符合我们的口味。

到乌兰布统镇的次日，我们到大草原上去看万马奔腾。所谓的万马奔腾，就是草原上几家养马的把马集中到一起，从跑马场的一端跑到另一端，虽然只有一百多匹，由于马跑得较快，尘土飞扬，蹄声嘚嘚，场面还是比较壮观的。万马奔腾之后，便是骑马，好奇的三个女孩都去一试身手了，我和其他人则被喷香的烤牛肉味吸引过去。

在万马奔腾旅游景点的旁边，有卖烤牛肉的，现场烤制，真空包装。我们几个人都买了一些，准备带回家分给亲朋好友吃，也算是来内蒙古的一个礼物。

晚上，居住的旅馆安排了吃烤羊，主人热情地烤了一只整羊，分给我们这个团吃。这是来内蒙古旅游必备的一个项目，餐桌上还有几样菜，那滋滋冒着香味的烤羊肉，很快吊起了我们的胃口。他们能喝酒的，喝内蒙古的特色酒——闷倒驴。好在这几个人还比较有数，没有被闷倒。

第三天，导游带领我们分坐几辆越野车，到草原深处游览一个影视基地，还有草原的泡子（塘坝）。

越野车在望不见边际的草原上奔驰，扑入视野的是一望无际的已经发黄的牧草，还有在草原中站立的一棵、几棵或几十棵的树木。行驶了几十里路后，我们在一个泡子边停了下来。原来草原上所谓的泡子就类似家乡的小塘坝，但它们的面积太小了，与我想象中的完全不一样。听导游介绍说，这已经是草原上比较大的泡子了。这个泡子不足一千平方米，水面平静，周围长着水草，空气清新。远远望去，一条涓涓小河，从草原上蜿蜒飘过，像一条白色的丝带。小河的两边有牛羊在低头喝水。

游览完泡子，越野车又载着我们去了一片白桦林，这是我在草原上看到的最大的一片白桦林。林下灌丛以虎棒子、映山红、山刺玫为主，生长茂盛，种类繁多，走进去油然而生一种诗意。这时，著名歌手朴树所唱的《白桦林》仿佛在耳边响起："白桦树刻着那两个名字，他们发誓相爱用尽这一生……"

从白桦林又到了影视基地。也忘记了导游介绍哪部电视剧在这里拍摄了，只见布景大多是人工修建的，只是利用了这草原的底色罢了。看完影视基地，越野车队载着我们沿草原的土路颠簸着往回走。眼前是黄绿相间，绵延起伏的大毯子。草原上的山像蒙古包一样，从草原上凸起，不高，但有时也连绵几里。天空是蔚蓝色的，洁白的云朵像地上的羊群在飘荡，只有在草原上才能看到这样的蓝天与白云。

在一片宽阔的地方，我们的车队停了下来，观赏眼前牧羊人放牧的场景。进入草原以来，我们还没有看到这么多的羊群。只见牧羊人赶着各自的羊群，分别在草原上放牧。羊们都不理睬眼前的游人，一心一意低头啃草，它们似乎知道冬天就要到了，再不快吃个饱，以后就再也吃不到这样的草了。

游人纷纷拿出照相机或手机拍照留念，有拍摄近景的，也有拍摄远景的，都想把眼前这美丽的景色留存下来。在这里停留了一段时间，我们怀着依依不舍的心情踏上越野车，回到了住处。

22 日一大早，我们启程返回诸城。美丽的草原之旅结束了。再见了内蒙古！再见了乌兰布统大草原！

青州五日

赴青州·游九龙峪
（2020 年 11 月 23 日）

早上八点，大巴车从诸城出发，一路向青州进发。

非常有幸参加这次有关部门组织的一线职工医疗休养活动。我按要求提前十五分钟到达集合地点，已有五六个人比我早到了。工作人员把参加医疗休养人员的名字贴在座椅上，和我相挨的是个三十岁左右的青年，姓董，经询问，是青特车桥的。

三十多年前，我曾去过两次青州。那时是为了参加自学考试，没有时间游览景点，都是匆匆而去、急急而回。三十年前的青州早已在记忆中模糊了。

今年终于有机会一睹青州的风采。

大巴车行驶了约两个半小时，就到达我们下榻的九龙峪大酒店（云门春大酒店），下了车，小董帮我提着手提箱。我抬脚迈上台阶，只见大门口两边的柱子上分别挂着两块牌子，右边是：山东省职工疗休养基地；左边是：潍坊市职工疗休养基地。

入住酒店后，上午我们不再有活动，而是在房间内休息，十二点吃午饭。

下午两点我们乘车参观九龙峪生态旅游度假区。大巴车把我们送到景区的停车场，进了检票口，我们分乘两辆观光车到景区游览。由于已是初冬，刚过小雪节气，前两天又有一股冷空气经过，天气明显冷了许多。我坐在观光车上，将衣服的拉链拉上，但因没戴帽子，头还是有些冷。左耳戴着导游发的耳机，听着导游的解说，冷风飕飕从身上吹过，寒意不断。景区内树木大多已经凋零，只有为数不多的松树、柏树呈现出绿色，还有一些树木的叶子保持着秋季的红色。

由于九龙峪景区正处在开发中，景点不是很多，也没有太吸引人的地方。经过了一段弯曲的道路后，观光车将我们拉到了一座玻璃吊桥边。导游介绍说，该桥长五百多米，是亚洲最长的玻璃吊桥。我们一起走向桥头，有恐高的人就不上桥了，胆气大的，已经快步走向了吊桥。几个女同志两人一起，相互扶持着，仰着头也不敢向下看，一直向前走去，有个女同志说自己身上都已紧张得出汗了。我也比较胆小，也不敢向下看，只是慢慢向前走着，和别人说着话，分散一下自己的恐惧感。桥虽然高，但没有风，只有轻微的晃动感，这样也减少了过桥人的恐惧心理。不一会儿我们就到了吊桥的另一端，然后沿着石阶下去，坐上了早已在那儿等待的观光车。

观光车沿着景区内的道路逶迤前行，导游一路介绍着两边的风景和传说。我的耳机没有电了，小董便将他的耳机给了我。

不一会儿到了陈毅纪念馆前，停下车，人们纷纷走进纪念馆参观。纪念馆前有一座陈毅的半身雕像，馆内主要陈列了陈毅指挥临朐战役时的各种物件及一些影像资料。

1947 年，解放战争进入第二年。国民党反动派为挽救颓败的大势，气势汹汹地对山东、陕西两大解放区展开了重点进攻。为响应党中央的总体战略部署，华东野战军实施了军史上著名的“七月分兵”战略，即以叶（飞）陶（勇）率领的一、四纵队，陈（士渠）唐（亮）率领的三、十纵队两路相机策应刘邓大军千里跃进大别山的重大战略行动。而以陈毅等所率二、六、七、九纵队、特种兵纵队及渤海、鲁中等地方部队仍留鲁中地区，以牵制国民党的顽八军等强劲兵团，伺机予以歼灭。

7 月 24 日，陈毅、饶漱石、粟裕、谭振林等领导的华东野战军，不顾南麻战役的疲劳，不计雨季恶劣天气的影响，克服重重困难，趁敌人向渤海咽喉之地的临朐集结，立足未稳之际，果断发起临朐战役。这次战役共毙伤李弥第八军和山东省保安第一师共一万三千余人，俘七百余人，缴获了十二门迫击炮，一百多挺轻重机枪，长短枪、子弹及其他若干物资，解放军伤亡也达到了万人以上。

站在陈毅纪念馆前，我不禁为老一辈无产阶级革命家的雄韬伟略所折服。没有革命先辈的浴血奋战，就没有我们今天的幸福生活。

从陈毅纪念馆启程，我们又观赏了景区的一些景点，于四点多到达了九龙峪酒店门前，第一天的行程就结束了。

游云门山·参观青州博物馆

（2020 年 11 月 24 日）

“香气入岫门，瑞云出岩石。”作为北方小有名气的云门山，我神往久矣，却一直没有成行，这次终于有机会了却我的这份心愿。吃了早饭，我们八点十分到车上集合，向青州的游览胜地云门山出发。

云门山位于青州南部，距离青州城区两千米，海拔四百二十一米。虽然不高，但陡崖峭立，山势巍峨，漫山松柏，景观棋布，宛如一个巨大的盆景置于城南，以它美丽、俊俏的身姿和特殊的地理环境而独具风貌。云门山是国家地质公园、国家重点风景名胜区、国家 5 A级旅游景区。云门仙境，历来颇得佛、道两教的青睐，两教在此山争强几百年。从我们居住的地方去云门山，需要半个多小时的车程。

到了云门山下，我们沿着石阶向上爬去。导游介绍说，到山顶共有九百九十九个石阶。沿着人工铺设或天然形成的石级攀登，只见满山都是松柏，翠绿满眼，这个季节北方的山很少见到这种景致。

北方的山大多或栽植或野生落叶树木，入冬之后，往往一片肃杀，除了松树，几乎看不见绿色，而云门山因了这些松柏，却是一身绿装。千年柏、夫妻柏、崖柏，各种各样的柏树，让人叹为观止。很多游人都驻足，拍照留念。云门山的岩石也很有特色，大多是灰岩，而灰岩是以方解石为主要成分的碳酸盐岩。

拾级而上，在山腰处，我们遇到的第一个建筑是观寿亭。在观寿亭的北边是望寿阁道院，原为元朝时期的“灵官庙”，后毁于战火，1984年重修，因这里与山顶的“寿”字遥遥相望，于是更名为“望寿阁”。到院内转了转，在院的东北方向有一石碑，上书“寿比南山”四个大字，我站在旁边照了一张照片。听导游说，因为云门山有一个大大的“寿”字，这“寿比南山”的成语就是由此而来。再往上走，当代著名书法家武中奇先生题写的“海岱雄风”四个蓝色的大字映入眼帘。这四个大字笔力遒劲，深深地嵌入岩石中，让人佩服先生笔法的纯熟。继续前行，我们来到了云门山有名的“寿”字面前。只见大大的红色“寿”字刻于石壁之上，让人不由为之惊叹。该“寿”有“天下第一寿”之称，通高七米五，宽三米七，是明嘉靖年间衡王府内掌司周全为衡王祝寿时所献书。“寿”字结构严谨，端庄大方，为中国古代最大的单字摩崖石刻，素有“寿比南山”“云门献寿”的美称。因“寸”字高达两米三，所以当地有“人无寸高，何须自大”之说。

从“寿”字往右走，就是云门山有名的云门洞。洞高约三米，宽约四米，深六米余。穿洞而过，就到了山的南面。据有关资料记载，云门洞远望如高悬于天空的明镜，拱壁镶嵌。每到夏秋季节，云雾缭绕，穿洞而过，将山顶的亭台楼阁托于滚滚云海之上，犹如仙境一般，故被称为“云门仙境”，又称“云门拱壁”，为古青州胜景之一，云门山也因此而得名。许多描写云门山的诗句，都写得出神入化。如王心鉴的《游云门山》：“闲访云门山，悠然踏龟鳞。移步皆苍翠，招手即白云。勿扰陈抟梦，恍闻范公吟。明月照青州，仙境蜕俗痕。”还有赵居贞的《云门山投龙诗》：“晓登云门山，直上一千尺。绝顶弥孤耸，盘途几倾窄。前对竖裂峰，下临削成壁。阳巘灵芝秀，阴崖半天赤。”都把云门山的美景，刻画得激动人心。

云门洞阳坡西侧，有一天然罅隙，口如井状，深不可测，每到夏秋季节，常有云雾泛出，名曰“云窟”，经它造出的云，由云门升天。在云窟两边有隋、唐石窟造像五处，石佛二百七十二尊，但因战争和其他因素的破坏，大多数石佛已残缺不全。有的头没有了，有的手指没有了，有的胳膊没有了，还有的脚趾没有了。看着这些被损坏的石佛，我们都觉得很可惜。那个年代没有古迹及古文物保护意识，现在来看，有多少有价值的古迹、文物被破坏了，又有多少旅游资源遭到了毁灭性损毁，损失是无法用金钱来衡量的。

沿着云门洞东侧陡峭的石级向上，我们登上了云门山上的天街，也就是大云顶。大云顶略显平坦，山上有一石碑，刻有“云门仙境”四个红字。沿顶西行，在顶的右侧地上刻有“天池”两个大字，字的凹处存有积水。据说，无论多旱的天气，“天池”二字内的水都不会干。“天池”的西边是一道石门，叫“迎旭门”。过了迎旭门，到了海拔四百二十一米的最高峰，同行的人纷纷在此合影留念。

大云顶为横亘东西数百米的峭壁，两端建有东、西阆风亭，有天仙玉女祠、玉皇殿等景观。据史志记载，山顶明代以前建有碧霞祠、关帝庙、灵官庙以及东、西阆风亭，清代建有赠怡堂、闲云亭和留弁亭。新中国成立前夕，山上的建筑多毁于战火。后来重新修复迎旭门、三元殿、天仙玉女祠和东、西阆风亭。

“山不在高，有仙则名；水不在深，有龙则灵。”云门山不高，有云则耸。山上既有道教，又有佛教，历来是佛道必争之地。我们在山上游览了半天，正是“云从脚下穿流急，人在天街步悠闲”。仔细游览了每一处景点，深受佛道浓郁文化底蕴的熏陶，驻足留恋，心生不舍。在导游的多次催促下，我们只好怀着依依不舍的心情挥手向云门山告别。

下午一点四十分，我们又乘车前往青州博物馆和范公亭公园进行参观。

青州博物馆位于青州市范公亭公园（范公亭路）西端，是一座综合性地方博物馆。据馆内资料显示：该馆始建于1959年，1984年异地新建。

博物馆收藏各类文物四万余件，推出了简史陈列、陶瓷器、玉器、青铜器、书画、古货币、碑碣、石刻、革命文物等十个专题陈列厅。2008 年，青州博物馆被国家文物局评为“国家一级博物馆”，是八十三家入选单位中唯一的一家县级综合性博物馆。

青州博物馆馆藏三级以上文物两千余件。其中，国家珍贵文物就有一千多件，有明代赵秉忠的殿试卷、东汉“宜子孙”玉璧、战国玉人、龙兴寺遗址出土的佛教造像。

给我印象最深的是明代赵秉忠的殿试卷。赵秉忠曾经连中三元，自我国古代实行科举制度一千多年来，全国总共才十七人获此殊荣。听导游介绍说，这是我国现存的唯一一份古代殿试卷。为保存这份试卷，赵家后代经历了很多磨难，而试卷本身的经历也是跌宕起伏，曾经被盗走，又被追回，而盗贼也因此被处以极刑。

从青州博物馆出来，我们进入了范公亭公园。沿一个斜坡向下走约一千米，在一条宽阔的大沟内有一条小河，河上有一拱形小桥，桥的两边是公园，园内有人工木栈道、石雕等，还有三三两两的游人游玩。过了小石桥，右边便是李清照纪念祠，匾额由著名诗人臧克家题写。因正在修缮，原则上并不让游人参观游览，但大门开着，我们便走了进去。院子很大，正房因前年发大水，最西头一间房子已坍塌半边，其他房间还算完好。我看了之后，心里很不是滋味，总觉得这样的古迹没有保护好，很可惜。也许是因为资金问题吧。但不管什么理由，没有保护好，不仅浪费了旅游资源，更是一种文化价值的损失。

在李清照纪念祠的右手边约五百米处是三贤祠，因正在修缮，大门关着不能进去游览。

据资料记载：三贤祠为后人祀三位青州知州——范仲淹、富弼、欧阳修之所。范公祠居中，内有范仲淹塑像；富公祠和欧阳公祠故址均在城西瀑水涧之侧，明末皆移建于范公祠左右，统称“三贤祠”。清顺治十八年（1661），青州知府夏一凤重修，并于祠后崇台之上建后乐堂，取“先天下之忧而忧，后天下之乐而乐”之意。范公亭之北有高地曰范公台。民国初年，在台南侧建澄清轩八间，亮窗前后均出厦，为游人休息之所。

没有能够参观瞻仰“三贤祠”很是遗憾，正赶上修缮，没办法，只好打道回府。

游仰天山
（2020 年 11 月 25 日）

早上起来，天有点儿雾蒙蒙的。初冬时节，天气乍寒又暖，雾气再现，但能见度尚好，一轮红日从东边冒出，昭示着又是一个难得的好天气。今天我们去游览仰天山，八点十分准时在大巴车上集合。人齐后，便向仰天山出发。

仰天山位于青州城西南四十六千米处，海拔八百三十四米，是国家 4 A 级风景区，距离我们居住的九龙峪大酒店有约一个小时的车程。大巴车一路疾驰，临近山下了，因村庄密集、道路狭窄，行进速度慢了下来。听导游说，由于前些日子下了一场小雪，山顶已经封了，不能上去，我们只能游览到半山腰。

大巴车在窄窄的柏油路上扭动着，由于人多，又开着暖风，车窗玻璃上充满了雾气，看不清外面的世界。我用手掌将玻璃上的雾气擦了擦，望着外面的风景。远远近近的小山村深居山内，时隐时现，那歪歪扭扭的炊烟，摇步街头的鹅、鸭、鸡等家禽，都散发着乡野气息，远处的青山和山下的一池碧水给人以宁静的美感。

到了仰天山下，四周全是高高的山峰。虽说已是初冬，但因山上栽植了不少柏树，远处还是满眼绿色。我们一行人沿着石级攀登而上，最先看到的是文殊寺，是我国现存的三大文殊寺之一。

文殊寺坐西朝东，背靠佛光崖，始建于北宋。寺门口左右两棵大槐树，也是北宋时期栽植。千年树木，承载着厚重的历史。寺有山门、钟楼、鼓楼、佛殿、伽蓝殿等。据传，当年宋太祖赵匡胤遨游天下，见仰天山像他梦中见过的境界，以为菩萨显灵，即命在此立寺。

沿文殊寺北边的石级我们一路向上，先遇文昌阁。站在阁前，整个寺院及周围的山光水色尽收眼底，一览无余。往西走一段，又见观音洞。洞距离攀山路约有三米高，两边设有铁索，有几个人拽着铁索爬了上去。听说过去洞内石壁上有一面石镜子，光可照人，每逢月明之夜，寺院及周围的山峦树木全部映在镜中，煞是好看。现在这面镜子已不复存在。

再往前走是牛女洞，传说牛魔王之女曾卧洞中。洞居崖上，不能攀登，想必当年的牛女待字闺中，暖阁香帐，风韵万千。牛女洞再向南便是佛光崖。崖中一座天然巨佛端坐，手握经卷，目视山谷。据明钟羽正《仰天山文殊寺佛光崖放光记》载："万历四十八年四月朔，佛光崖放光三日，夜则穿月两垂，色明如银；昼则映日圆下，色耀如金……"佛光崖便因曾放佛光而得名。站在崖前，望着巨佛，眼前仿佛有万道佛光在放射。清爽的风带着愉悦扑面而来，浪花一般激起我心中的虔诚，顿觉获得了佛心的看透与慈悲。

继续沿着石阶向上爬行，展现在眼前的是观月亭。这是一座石质殿式建筑，拱顶无梁。亭东门有姊妹松，树干粗壮，有千年以上树龄。亭上有松三株，名曰"桃园三结义"。听着这名字，我眼前浮现出当年刘备、关羽和张飞三人举酒结义的情景。我惊异于古人高超的建筑艺术，更惊异于生长在屋顶上的三株松柏，寸土未有，却生长旺盛，生命力之顽强，令人赞叹。

望月亭之上便是千佛洞，古称白云洞，因传说赵匡胤曾在此居留，又名"太祖洞"。洞内非常宽敞，深有六十多米，高五十余米，宽三十多米。洞顶有一天然石隙，仰视可见天光，仰天山的名字由此而来。每逢中秋之夜，自洞中石隙可以赏月，但一般所见并非全月，只有甲子中秋可见全月，届时洞顶华光下射，洞壁披金挂银，古人有"仰天高挂秋月圆”的诗句盛赞此景。洞内正面供奉如来佛祖和文殊、普贤两位菩萨。四壁有铜佛像一千多尊，洞口有高三米的四大天王像。每一尊佛像都有一个动人的故事，都有一个美丽的传说。

从千佛洞出来，我们便沿石级往下走。因下雪封山，不能再往上爬了，可仍有几位勇敢的人，走了上去。

初冬的季节，在仰天山上看到不化的积雪，令我相当惊讶。只见漫山遍野分布着点点银色，像一片片发亮的鳞片。随着海拔的不断升高，雪的厚度也在增加。虽然没有高海拔地区雪山那样晶莹亮丽，耀人眼目，却也让人心生震撼。部分石级上还结了滑滑的薄冰，我只得小心翼翼慢慢挪动脚步，生怕不小心滑倒受伤。和我同一个房间的小董，用石块细心地在每一块结冰的石级上画上大大的“X”，以警示后面的人。

从诸城出发时，曾有人说，因下雪，黄花溪封山了，不能游览，我还不相信。心想，诸城没有下雪，青州离诸城不过二百多千米，这么近，还能下雪？还有积雪？今天在仰天山上，望着点点银光，我才信服了。

沿着石级继续下山，两边大多是刺槐和松柏。这些树木都已历经沧桑，成为时光的化石、岁月的标签。特别是那些松柏，它们顽强地从岩石的缝隙中生长出来，有的树根甚至和岩石结为一体，有的树干直径有一米多。树龄是几百年还是几千年，无法考证，但它们顽强的生命力实在令人惊奇。

游览的最后一站是水帘洞，听名字好像到了花果山。沿着石级先回到文殊寺，再向东北角方向走去，便是一条穿过茂密树林的小道，最初一段铺着石块，住后便是土路了。逶迤前行，走了很长一段路，才看到所谓的水帘洞。原来这里还是未开发的处女地，只见清清的水流从山崖上淌下来，越过脚下的羊肠小道，流到下面一个小水池中，又从池中流入一条深沟内。流水并未形成水帘，只是从一石洞中呈扇面的形状流泻而下。凡是水流过的地方，都长满了绿色的苔藓，像铺设了一块绿色地毯，一片生机盎然，煞是好看。我和几个游客赶紧用手机拍照，将眼前的美景收入囊中。

游完水帘洞，本次的行程就基本结束了。虽然没有到达山顶，没有看到黄栌、红枫、黄连木等树木组成的漫山遍野的红树林，但到了停车场，一位大妈为我们奉上了甘美的水果。她卖的软枣、柿子饼、杏仁、野菊花等特产，很受游人喜爱。大家一拥而上，几乎把她摊上的货买光了。特别是那些无核的软枣，放进嘴里，绵软香甜，不用吐核，令人赞不绝口。由于数量不多，一会儿软枣就卖完了。我也凑了个热闹，买了一包颗粒很小的野菊花，回到酒店，和绿茶一起泡水喝，清香满口，令人神清气爽。

仰天山以其独特的风韵，让人流连忘返，回味无穷。

游井塘古村·泡温泉

（2020 年 11 月 26 日）

今天上午我们还是八点十分起程，去游览井塘古村。

井塘古村位于青州市区西南十五千米处，是一座历经五百余年沧桑风雨、依旧保存一些明代建筑风貌的古村落。井塘古村始建于明代景泰七年（1456）。该村东南纱帽山下有一清泉，常年不涸，形成一塘，村民围塘砌石，筑高为井，村名便由此而来。

井塘古村依山而建，形成了具有明代建筑风格、又有西部山区居住特色的古建筑群，是山东省内保存比较完好的一处古村落。在北方能够保存如此完整的村落，非常少见。整个村落被古城墙包围，城墙用青石砌成，每隔三十多米修建一处城堡（炮楼），向人们展示着明代古村自卫防御功能。

井塘古村现有衡王宜宾古宅一处，古井、古桥、古庙、古街等都是明代建筑。村内有古槐、皂角树、朴树等古树十余棵，以张家大院、孙家大院、吴家大院为代表的古院落一百二十余处，古街近千米。2013 年，井塘村被评选为山东省第三批省级历史文化名村。2014 年 10 月，井塘古村入选山东省第一批省级传统村落。2015 年 6 月 30 日，井塘古村建筑群被公布为第五批省级文物保护单位。随着旅游经济的不断发展，近年来，井塘古村也成为青州较为热门的旅游景点。

井塘古村不仅是著名的旅游胜地，也成为一些影视剧的取景拍摄地。由著名导演郑晓龙执导的电视剧《红高粱》，就曾在井塘古村取景拍摄。

我们沿着青石铺成的小路，向村里走去。到村口，首先参观了村头的井，四周全部用石头垒砌，上面还有一架有些腐烂的辘轳。一个村民刚打上来一筲水，游人可以现场品尝。井的右边有一棵大槐树。村头有一石板小桥，路过小桥。右边就是关圣祠。该祠建于明万历年间，保存相对完好，是祭祀关羽的祠堂。整个祠堂全部用石头构建，无梁殿，券门，整石镂空窗。祠内供奉着关羽、周仓、关平的彩塑，每个塑像都惟妙惟肖，给人一种神秘感。

从关圣祠出来，我们继续到村内游览。最先游览的是张家大院。此院是元代在青州做官的浙江省张姓后裔清初自临朐涝洼村迁来时建造的。东屋、西屋、南屋、北屋和耳屋以及大门楼构成当地标准的四合院。北屋为主房，屋前脸以凿平青石对称垒砌，砖镶门窗；屋山把子配有迎风、探头和挑翅，东西迎风分别雕“福”“寿”，寓意“福寿双全”。张家老宅先后有十代人在此居住，最多时大院中同时有二十余口人一起生活。

从张家大院出来，我们到了孙家的石板院。孙姓先人从陡峭山体下挖到一整块面积足够砌房建院的石板，以此为基础建房。开出的石材先在地势低处砌墙，筑至基础高，再在此上建房院，形成一块石头板作天井的石板院。在石板上发现人工开凿的大小不等、分布不均的十七个石窝，现有星象图说、接地气说、插立柱说三种解释。导游讲解为接地气说。据传孙家兄弟俩只养女儿，不养儿子。后来有一南方道士云游至此，无住处，无饭吃，孙家兄弟热情接待了他。此道士临走时，教给兄弟俩这个办法，老二家一连生了好几个儿子。

出了石板院，沿石级而上，又见一石屋内有一盘大碾，称为“南碾”。

此碾为明末清初孙家迁往井塘后所建，距今已有近五百年的历史。我小的时候，经常和母亲一起推碾，那个年代粮食粉碎必须用碾或磨，否则不能加工成食物。

从“南碾”继续往上走，就是孙家大院，也就是井塘村著名中医孙玉清的故宅。此院为孙姓先人于清中期所建。同光年间，著名中医孙玉清居住于此。他在此用古井里的水和山里的药，炼制“红升丹”和“白降丹”，治疗恶疮、疖子，非常有效，闻名乡里。孙家大院保存完整的有三间正房和四间偏房，院内有三位老年妇女和一位老大爷无偿为游人表演节目，老大爷拉二胡，三位老年妇女唱歌。我在院的秋千上坐了坐，同行的王静给我照了张照片以作留念。

从孙家大院出来，沿石级走了不一会儿，一棵高大的古槐呈现在我们面前。这棵古槐名为“送子槐”，上面放满了石头。此树已有五百多年的树龄。当地有一民俗：有人上山上庙求子时，会拿一块小石头放在儿媳的床上，意思是求了个结实的孩子（男孩）。此树抱石，像送子观音，故名送子槐。

沿送子槐脚下的石级再往上走，我们到了吴家大院。吴家大院始建于明末清初，有南院、北院、西院。后来，吴凌霄四代人先后在此居住。吴凌霄考过科举，家中开过钱庄和酒店。

吴家大院还有一个动人的传说。听导游解说：第三代衡王朱载圭生了三个闺女，大闺女嫁给在京一个有钱的大户，过门不到三年，男人就吐血死了。她年轻守寡，日子难熬。每次回娘家，总要对父母哭一场。二闺女嫁给一个官宦子弟，封为郡主，尽管吃的山珍海味，穿的绫罗绸缎，可惜男人也是个面黄肌瘦的病秧子，她回到王府就唉声叹气。三闺女看着两个姐姐的遭遇，就多了个心眼儿。长到十八岁那年，父母要给她招女婿，她说泰山老母托梦，叫她抛彩球选女婿。朱载圭信佛，就依从了。放牛青年吴仪宾听说后，也前来凑热闹。因他长得浓眉大眼，脸色黑里透红，相貌堂堂，三女儿心仪已久，看到吴仪宾来到现场，暗暗高兴，抛彩球的时候，就有意打中了他。

衡王听说打中的是个放牛的，后悔得直跺脚，这门不当、户不对的，如何是好？衡王不想承认这门亲事。这时王妃对他说："你已经求过神了，这也是咱女儿的命啊！穷点儿怕啥？咱多陪送些不就有了吗？"衡王没有办法，只好照办。他送给三女儿好大一片地当嫁妆，并在井塘村给三女儿盖了楼台亭阁，修了一条从府城通往山里的大路。吴家大院的七十多间房子就是衡王给盖的，现在只有管家居住的房屋还保存完好，后面的房屋全部倒塌了，很是可惜。当年的富贵和繁华化作了眼前的一堆乱石，只能让人生出无可奈何的叹息。

古村内还有两棵夫妻槐，相互缠绕，立于悬崖之中，历经风吹雨打而屹立不倒。相传这是衡王女儿下嫁贫穷百姓的爱情见证。

连续爬了三天山，大家都有点儿累了，大多数人的小腿肚子都疼了。为了让参加医疗休养的同志们放松一下，按照日程安排，下午两点启程，我们去泡温泉。

青州并没有温泉，我们这次去临朐揽翠湖温泉。该温泉位于临朐县东城街道，是国家4A级旅游景区。景区房屋呈现中式简约、现代徽派建筑风格特色，分为独立客房楼、餐饮楼、温泉楼。景区内设高端温泉养生区，迷人的梦幻水城，漂亮的马术俱乐部，以及健身房、室内游泳池、多功能会议室等多种休闲养生场所。望着眼前气派的建筑，鲜明的特色，独具的韵味，让人有眼前一亮的感觉。

这个地方大多数人都没有来过。大家怀着好奇的心理，纷纷换好了泳衣，却不知怎么走，经服务员的指引才找到。我们四五人一起，先在室外的两个池子里泡洗。一个中药的，温度43.5摄氏度；一个是清水的，温度39.5摄氏度。泡了一会儿，后面人还没来，估计他们都在刚进门的泳池里，没有找到这里。于是一个姓郭的师傅去把大家找来，四五个同行的女同志也进来了，但她们没好意思进外面的温泉，而是进里面去了。我们几个人在每个池子里泡了十几分钟，也进屋去了。里面有红酒的、牛奶的、菊花的，我们都进去泡了十几分钟。听服务员说，这里有四十多个池子，还有有金鱼的，但要单独收费。收费的大家都不想去，于是又到外面去找其他池子。本以为到了外面会很冷，却没有感觉，看来泡温泉是有好处的。

到了外面一个池子里，有来自烟台的职工也在泡温泉。开始大家还不好意思在一起，后来也就不在意了。我们泡在一个池子里，通过聊天才知道，她们都是医院的大夫或者护士。泡了一圈，最后我们四个人到了最西边一个叫伊甸园的地方。这里比较僻静，树木葱绿，小鸟啁啾，泡温泉的人也少，池子里的水比那些池子干净了很多。每个池子的水温都在 39 摄氏度左右，很舒服，我们尽情享受着。这是我平生第一次泡温泉，感觉既新鲜又惬意，确是人生的一大乐事。

不觉到了集合的时间了，我们披上浴巾走了出来，在淋浴下冲洗了一下，换上衣服，把头发吹干，随即上车离开。

逛青州古城·返程

（2020 年 11 月 27 日）

今天是医疗休养的最后一天了，日程安排是上午逛青州古城，下午返回诸城。

吃了早饭，我们乘车到青州城区。从停车场出来走不多远，就到了青州市委、市政府的门前。呈现在眼前的是一条用青石铺设的道路，因年代久远，青石已被磨得放光。沿青石路左拐进入另一条青石路，就到了青州古城。一下映入眼帘的便是一座座气势壮观、各具特色的牌坊，有一门科第坊、柱国坊、大学士坊、尚书里坊、冯琦太子少保坊等十余座名人坊，还有古城青州的地标性牌坊——海岱都会坊。这些牌坊每一座都有着悠久的历史，都深藏着一个励志的故事，流传着一个美丽的传说。这些故事和传说，也成为激励后人和传承历史的丰碑，彰显了青州深厚的文化底蕴。

据有关资料记载：青州是一座历史文化名城，人文资源积淀深厚，地域文化特色鲜明。根据出土文物考察，早在七千多年前，此地已有人类繁衍生息，是“东夷文化”的发源地。大禹治水划九州，青州为九州之一。被公认为科学价值很高的我国最古老的地理著作《尚书·禹贡》中记载的古九州——冀州、兖州、青州、徐州、扬州、荆州、豫州、梁州、雍州——中就有青州。青州历来为名城重镇，在全国有着重要的影响，作为山东境内的政治、经济、军事、文化中心，长达一千四百多年之久。

青州地处交通要冲，地理位置优越。“右有山河之固，左有负海之饶”，东扼半岛，南控沂蒙，北望渤海，为历代军事重镇。由于青州具有显要的地位，历史上在青州分封的王侯较多。汉代封召欧为广侯，传五世，封刘便为广侯，传三世，元封迈努为忠靖王、益王，明封齐王、汉王、衡王。

青州因其在政治、经济、文化等方面的背景，作为齐鲁境内的佛教中心，有一千七百多年的历史，是佛教传入中原最早的地区之一。境内佛教分为净土宗、禅宗、密宗等多种宗派，许多地方留存了大量的珍贵佛教遗迹。尤其是许多佛教遗存的发现和修复，以及大量佛学研究论文和专著的相继问世，营造了青州浓郁的佛教文化研究氛围，增强了青州佛教文化的内涵。

青州是古九州之一，有十二年国都、一千零六十五年省会、一千六百零六年府衙、两千两百一十六年县治的历史。自西汉初年始，先后存在过六座古城，分别是广县城、广固城、东阳城、南阳城、东关圩子城以及旗城。

1948年3月至1949年4月，华东局驻青州。

1986年，经国务院批准，设立青州市。

我们行走在青州古城的偶园街及南门大街上，在每一座古建筑和牌坊前驻足欣赏，感受古青州的韵味，倾听历史车轮在青石板上的滚动声。

望着文化气息浓郁的牌坊，我感慨万千。好一座青州古城，确实让人流连忘返。沿着青石板路，导游带领我们到了偶园。

偶园位于青州古城偶园街中段东侧，青州本地人称为“冯家花园”，最早为衡王府东花园，距今已有五百多年。康熙二十一年（1682），文华殿大学士、刑部尚书冯溥告老还乡，居住在此。冯氏一族是青州历史上，特别是明清之际的名门望族，自始祖冯裕开始，世代为官清廉耿直，诗书文脉代代传承。

冯溥在京城为官时，曾购得元人建造的一座精致的花园，因园内遍植柳树而得名“万柳园”。七十四岁的冯溥告老还乡，为让他安享晚年，康熙帝在青州赐给他一处宅第建园。冯溥取“无独有偶”之意，命名此园为“偶园”。

园内有亭有阁，有桥有水，古柏参天，怪石嶙峋；砖石甬道蜿蜒，道旁竹影摇曳，落叶飘零；温暖的阳光照耀着，给初冬的偶园增添了些许亮色。有几片红的、黄的叶子，想必是不愿脱离母亲的怀抱，微风中在枝条上抖动着，显示着顽强的执着力。四株明朝的桂花、三株明代迎春花，早已过了花期，只有光秃的枝条静静地与我们对视。细细观赏，四百年的风韵犹存，有一种无以言说的风情弥漫着，让人惊奇。园内“福、寿、康、宁”四大奇石，每一块石头都玲珑剔透，弥足珍贵，当时就有“一两石头一两银”之说，现今应是价值连城。园内假山堆砌，精巧别致，小桥流水，波光闪闪，确为北方少有的园林胜地。

偶园北面是冯氏宗祠，古朴宽大，与冯宅连为一体，互相衬托，实际上是一组宅第、宗祠、园林完美结合的三位一体清代建筑群体，虽年代久远，历经沧桑，经多次维护，仍保持原有样貌。望着眼前曾经辉煌的建筑，虽然往日的繁华不再，但历史的隧道里却似乎有一束亮光，照耀千秋。亮丽的偶园，因曾是衡王的东花园，其布局和规模都仿制了皇宫内的御花园。尤其是园内的假山，构思巧妙、造型奇特，布局得体，手法纯熟、高超。其艺术构思与叠石技巧独特别致，既有天然之美，又让人产生一种重峦叠嶂的感觉。青州偶园如一幅美丽的山水画张贴在这片古老的大地上，每年迎来无数的游客游览、观赏。它也成为青州的一张名片。

参观完偶园，我们便自由活动。听说青州有一家隆盛糕点房很出名，其生产的糕点在清代为朝廷贡品，味道独特，很受人们喜爱，购买的人络绎不绝。一位曾经来过的同事说，“隆盛”商标始创于清道光年间。它集古青州清真糕点之精华，产品基本上是京式和苏式品种，选料纯正考究，要求十分严格，生产严格按祖传工艺和配方进行，从而保证了隆盛糕点制作精细、香甜可口、油而不腻、保质期长等特点，深受人们欢迎。大家纷纷慕名前去购买。

我去时，已有很多人，必须排队，否则店家不卖，而且必须用现金交易，不接受微信和支付宝支付。我没带现金，只好向我同住一个房间的小董借了一百元钱，买了十包蛋糕带回家，作为一种特色礼物分给亲朋好友。

从隆盛糕点房出来，几乎每个人都提着大包小包，脸上充满了幸福的笑容，大家纷纷笑谈不虚此行。等人齐了之后，我们乘车回了下榻的九龙峪大酒店。

中午稍事休息，下午一点三十分，我们在车上集合，开启了回家之旅。

五天美好的时光就要结束了，大家都有点儿恋恋不舍，多么美好而又短暂的日子啊！没有了繁杂的工作，暂时抛却了烦恼，一心一意休养，这样的日子的确是太美好了！

在车上大家激动的心情久久不能平静，你一言我一语相互交谈着。有两个人还按捺不住，发起了红包，大家纷纷抢了起来，一时间车内吱吱声不断，无形中又增加了欢乐的气氛。

不知不觉，汽车到了城区，大家纷纷下车，相互道别后，各奔东西了。

印象桂林

上小学的时候，学过一篇题为《桂林山水》的课文。文中描写了桂林山水的俊美，让我神往不已。特别是描写漓江的句子，我至今还能背下来：“漓江的水真静啊，静得让你感觉不到它在流动；漓江的水真清啊，清得可以看见江底的沙石；漓江的水真绿啊，绿得仿佛那是一块无瑕的翡翠。”

2013 年 6 月的一天，我终于实现了自己的夙愿，来到了桂林，来到了漓江，坐在了漓江的游船上。

漓江是中国锦绣山河的一颗明珠。从桂林到阳朔，素有“百里画廊”之称。碧绿的漓江镶嵌在山峡中，犹如一块绿色绸缎从天际间飘然而下，波光粼粼，浮光跃金。江上水鸟成群，白鹤纷飞。绿色的江水静静地流着。站在船头，望着两岸“像老人，像巨象，像骆驼，奇峰罗列，形态万千”的一座座秀丽山峰，我心中不由赞叹大自然的鬼斧神工。多美的山水啊！

船匀速地在漓江上行驶，只有马达声和船头泛起的水花声，游人都伸长脖颈望着两岸的美景。两岸重峦叠嶂，翠竹、桉树、松树等各种绿树环绕，给群山披上了一层厚重绿衣。有的高山望不见它的山峰，上面云雾缭绕，更增添了一种神秘感。船在前行，那一座座秀美山峦纷纷向船后跑去。人们举着各种品牌的手机、相机，不停地拍照留念，用镜头记录下这美好的景色。人群中不时发出惊呼声。船行驶到一座发白的山前。导游说，看，这就是九马画山，大家看看是不是有九匹马。我们都努力张望着，细看那些造型，确像一匹匹战马。至于是不是九匹，有的说是，有的说不是。我还没有数完，游船已经驶过了这座山。

漓江俏丽的山，奇异的峰，晶莹的水，翠绿的树，让我终生难以忘怀。

第二天来到阳朔的银子岩洞。从外表看，那是一个很平常的山丘，跟桂林的众多山没有什么区别，上面长着各种杂草和树木。据导游介绍，银子岩洞内特色景点数十处，最为著名的景观有三绝：雪山飞瀑、音乐石屏、瑶池仙境；三宝：佛祖论经、混元珍珠伞、独柱擎天。大自然的鬼斧神工在这里展示得淋漓尽致，故被誉为“世界溶洞奇观”。

进入洞中，豁然开朗。在彩灯的照耀下，闪光的石柱、起伏的山峦花团锦簇，如一个神秘的仙境。沿着洞中人工修建的小道前行，一会儿是天然石路，一会儿是木栈道。一步一景，处处惊艳。进入洞中之洞，洞里的每一根石钟乳，每一处小小的景点，都是精美的艺术品。造型各异的石钟乳柱上的纹理，或粗或细，或深或浅，或直或迂，粗纹中隐含着细纹，粗细交叉，每一根都像是雕刻艺术大师的精品。那根擎天独柱，中部长出许多枝杈，曲折玲珑与刚直壮丽合二为一，让人不得不由衷地赞叹。最令人难忘的是那瑶池仙境：在水镜倒影的衬托下，内里容颜随之变化，美轮美奂。正所谓此景只应天上有，人间哪得几回见。

往里走，以为不会再有令人震撼的景致了，没想到却是柳暗花明又一景。高处红绿相映的地方，有花有树，有阁有亭，有桥有溪，不知是哪个园林高手的杰作。漫步洞中，每一处都让人耳目一新，都让人惊叹不已。走出洞来，我不由赞叹，美景不仅在蓝天下，还在溶洞中，大自然的美无处不在。

游完银子岩，便到遇龙河漂流。两人一个竹排，我和小女坐在一个竹排上，一个个竹排如一片片竹叶，在河中轻盈地漂动。听着摇橹人那动听的山歌，在清澈的遇龙河上漂荡，的确别有一番滋味。河中水草丰美，小树轻摇，水流湍急清澈。水下的鹅卵石清晰可见，五彩缤纷，浅的地方甚至可以看见水底游动的各色小鱼。由于游人众多，有时竹排会发生轻微的碰撞，当两个竹排靠近了时，坐在另一条竹排上的游伴赶紧给我们照相。驾驶竹排的师傅知趣地蹲下，藏在了我们身后。一张张美丽的照片，留下了宝贵的瞬间。

竹排在河中悠悠漂荡，我将手探入清清的水中，一股清凉浸透肌肤。偶尔与水中小鱼逗乐，它却倏地跑远了，并不与我亲近。两岸的山青翠欲滴，秀丽静美。这里的山不像北方的山那样连绵起伏，它们是一座一座的，每一座山都有自己的特点，有的像一尊佛像，有的像一只高耸饱满的乳房，有的像倒置的青萝卜，还有的像两只乌龟环抱在一起……每一座都是那样神奇。

漂流结束，导游带领我们去游览象鼻山公园。当我们走进公园时，远远映入眼帘的，就是久负盛名的象鼻山。它静静地站立在漓江与桃花江交汇处的水面上，因山形酷似一只站在江边伸鼻豪饮漓江甘泉的巨象而得名。它是桂林山水的象征，是桂林的城徽山。

象鼻山以神奇著称。它是如此酷似一头饮水的大象，在象鼻和象腿之间有面积约一百五十平方米的圆洞，江水穿洞而过，皓月当空的夜晚，便造就一幅临水明月图，构成“象山水月”奇景。由于是白天，我们当然无法欣赏到，只能带着遗憾离开。

象鼻山的图景，在中央电视台新闻联播后播放桂林天气预报时，经常出现。它早已印在我的脑海中，今日亲临其境，欣喜万分。遗憾的是，我们去时，正值下过一场大雨，漓江水已上涨，不能贴近观赏，只能远远地观看。

到了桂林，必看《印象刘三姐》。据说这是中国第一部新概念山水实景演出，由著名导演张艺谋任总导演。舞台是一片方圆两千米的漓江水域，背景是十二座山峰，非常大气，是少有的大型山水剧场。在宏大的实景山水背景和灯光、音乐、舞蹈的配合下，场面非常震撼。

小时候，经常看电影《刘三姐》，那旖旎的自然风光，优美动听、机智诙谐、脍炙人口的山歌，至今都让我难以忘怀。现在置身于《印象刘三姐》山水实景剧场，我才知道，这部以山水为舞台的作品，不像传统剧院那样在有限空间进行演出，它把漓江的水、阳朔的山化作为中心舞台，是一种户外情景剧，场面恢宏壮观、气势磅礴。开篇采用对山歌的形式，以再现当年刘三姐在漓江对山歌的情形。随着一声声振聋发聩的锣鼓声，放眼望去，视野开阔的江面上，那些山峰隐现、水镜倒影、烟雨迷蒙的美景映入眼帘，给人宽广的视野和超人的感受，让人产生一种心灵的震动，完全沉溺在这美丽的风光里，如同陷于人间仙境。目睹一江渔火满江红的震撼场景，目睹这天人合一的至高境界，给人一种震撼的冲击力，有一种如诗如梦的感觉。

在观看《印象刘三姐》之前，导游先带领我们游览了刘三姐唱歌的大榕树。这棵树位于阳朔县的月亮山景区，至今有一千五百多年的历史。望着眼前这盘根错节、枝繁叶茂的大榕树，我们惊叹不已。只见大片成荫的绿色有如平地上升起的一把巨大的绿色伞盖，遮天蔽日，巍峨壮观。据导游介绍，树干周长七米多，高达十七米，浓荫蔽天，覆盖了一千多平方米。像许多地方的古树一样，大榕树在人们的心里已有了灵气。在导游的鼓动下，很多游人围着树转了几圈，默默许下自己的良好愿望。

大榕树是桂林阳朔的一个著名景点，电影《刘三姐》中阿牛哥与刘三姐对歌、抛绣球、订终身的一场戏就是在树下拍摄。这棵大榕树见证了他俩生死不渝的爱情。大榕树下有缓缓流淌的金宝河，明净如镜，倒影清晰。附近有猩猩山、水狮岩、骆驼峰，还有不知名的峰，如一只大金元宝。这些山峰与周围村舍阡陌构成优美的田园风光，如一幅田园风景画。

著名东晋诗人陶渊明的名作《桃花源记》，为我们描绘了一幅世外桃源的神秘画卷，千百年来，让人向往不已。这一天，在导游的带领下，我们乘着一只小船驶向世外桃源。

小船在蜿蜒曲折的水道里漂荡，一路观赏着如画的景色，颇有一番《桃花源记》中描写的样子。当小船在绿丝绸般的水面上裁波剪浪、悠然滑行时，心里不由升起一股惬意和欢欣。我想，当年陶翁也是这样的心情吗？大自然清新博大的怀抱会使人忘却一切烦恼，俗念顿消。

航道越来越狭小。小船通过没有灯光，黑乎乎的燕子岩洞时，游人一片惊呼。出了燕子岩洞，又驶入“初极狭，才通人”的窄窄隘口，一股神秘感油然而生。逼仄的隘口，让人感觉似乎是“山重水复疑无路”了，没承想眼前豁然开朗。不一会儿，桃花岛到了。小岛不大，四面环水，草木繁茂，鲜花盛开。最惹人眼的，是那红艳艳的桃花，一株株正笑得灿烂，热情地迎接远道而来的游客。

越过原始部落的水域，来到渊明山庄，在五柳堂前看看陶渊明先生的生平简介，在五柳堂内欣赏陶老先生的《五柳先生传》《归园田居》《归去来兮辞》《桃花源记》等诗文，在来雨轩眺望青山绿水的意境美，一番世外桃源感觉油然而生。在村子里面，我们品尝到当地人酿的米酒，观看了侗族的歌舞表演，心情畅快，一时忘却了人间烟火。

一带山河，举世无双。梦幻之旅很快就结束了，我怀着依依不舍的心情，离开了桂林。

多彩云南

久闻云南是旅游胜地，神往久矣。

这一天终于成行了，我们从青岛坐飞机直飞昆明，用了四个多小时的时间。一路上，透过飞机的舷窗，望着湛蓝的天空和飘动的白云，心潮起伏，久久不能平静。

当晚在四季如春的昆明住下。第二天坐大巴车，一路颠簸，向大理古城进发。大巴车在蜿蜒的道路上疾驰，越过无数风景如画的山谷，进入大理。一边是洱海，一边是苍山，中间是一片平原。我不禁赞叹：古代的大理国的确选了一块风水宝地。

历时七个多小时终于到达了大理古城。

首先映入眼帘的是一座高大的城楼，古朴大方，坚固巍峨。高高的城门上，由郭沫若老先生亲手题写的“大理”二字，苍劲有力。那厚重的城墙，凝重的颜色，无一不在诉说它的沧桑与久远。

大理是南诏国旧时的都城，曾经辉煌、喧闹、繁华，是当时的政治、经济、文化中心。现在它早已褪去了帝王的尊严，成为供万千游人品读的岁月古书。

漫步在大理古老的街道上，目之所及是古大理国时期留下的文物古迹和建筑奇观。厚重的历史积淀，古朴幽静的气息，让人满怀兴致地寻找这座古城的岁月印记，触摸历史的柔软和昨天的温度。

千百年来，大理曾遭遇过无数战火和地震等自然灾害，如今依然较为完整地保留着千年样貌，实为难能可贵。

漫步在大理古老的街道上，两边建筑古朴，门窗上雕刻着复杂精美的图案，有的还长了青苔。古建筑内外摆满了具有民族特色的各种商品，大理石、扎染、珠宝玉石等工艺品，琳琅满目，吸引了每一个中外游客的目光。走不多远，一弯溪水错落着贯穿了整条青石板铺就的街道，溪水清可见底，淙淙流淌。古老的石板，斑驳发亮。大理人在自家的院落里、古建筑门前栽植着各种花草，满城飘散着花香草味。他们自由自在、缓慢地生活着，没有大城市的繁忙，没有北方农民的劳碌，一切都是那么悠然自在。

登上城墙，只见大理古城肩靠洱海，头枕苍山。远处的苍山萦云戴雪，银装素裹，那云变幻多姿，那雪晶莹娴静。导游说苍山有十九峰、十八溪，它们就像亲兄妹一样蜿蜒在山峦上，每两座山峰之间都有一条小溪。山峰苍劲挺拔，直插云霄；溪水清冽灵动，顺着山峰一路欢歌奔流而下，扑进洱海的甜蜜怀抱。而洱海宛如一轮清澈明亮的新月，静静地仰卧在苍山脚下，成了群山里的一块无瑕美玉，又像镶嵌在大地上的一块明镜，成为大理的一张名片。

从大理古城出来，到了蝴蝶泉。它位于苍山十二峰的云弄峰下，镶嵌在苍山洱海之间。泉水由冲积扇上部的砾石下涌泻而出，汇集在碧蓝如翠的潭内。泉池四周镶嵌着大理石栏杆。泉西壁的大理石上，镌刻郭沫若题写的“蝴蝶泉”三个大字。池边的蝴蝶树，像一条青龙横卧于泉池上。这里绿树成荫，泉水汩汩，色彩斑斓。徜徉蝴蝶泉边，感受着那温润的气息，真想幻化为一只彩蝶，在蝴蝶泉畔飞舞。

第二天，我们驱车奔向玉龙雪山。远远的，一座巍巍雪山拔地而起。不知是谁喊了一句：看，前面就是闻名遐迩的玉龙雪山。那银雕玉塑般的千年冰峰矗立着，仿佛要刺破蓝天，气势非凡。山上的皑皑白雪，在阳光的照射下熠熠生辉。

玉龙雪山位于玉龙纳西族自治县境内，以险、奇、美、秀著称于世。它气势磅礴，玲珑秀丽，随着时令和阴晴变化，有时云蒸霞蔚，有时碧空如水，有时云带束腰，有时霞光辉映，万千姿态，俏丽神奇。

玉龙雪山是纳西族及丽江各民族人民心目中一座神圣之峰。自古以来，拜山朝圣者不绝于途。现在，山下也是游人如织，它以其迷人的景观、神秘的传说和至今尚无人征服的处女峰而令人心驰神往。

由于这次旅行计划没有登顶玉龙山的安排，我们非常遗憾地失去了坐索道到山顶放眼享受美景的机会。但山下景色亦非常美丽。月牙形的蓝月谷，就像一轮蓝色的月亮镶嵌在玉龙雪山脚下，水的颜色是那样湛蓝，与蓝天交相辉映。

雪山的下面，有一大片草场。草场上疏疏落落地长着一些树木，一道道经幡在风中飘扬。地上开满了各种各样的小野花，黄的、红的、蓝的、紫的，像繁星闪烁。各种鸟儿唱起婉转的歌，与嘚嘚的马蹄声、叮叮当当的马铃声交织在一起，如一曲动听的交响乐。

游览完玉龙雪山，我们来到了丽江古城。尽管千百次想象过丽江古城的样子，如今亲见它典雅古朴的容颜，心中不免荡起一圈圈涟漪。初见丽江，它的浓郁风韵便让我为之倾倒。行走在小桥与流水装帧的街巷，你会发现，丽江古城美，美在古朴的风韵，美在淡雅的山水，美在浓郁的风俗。

有着八百年历史的丽江古城依山傍水而建，兼具山城风貌与水乡韵味。城在水中，水在城中。沿街穿行，不论哪一条街道通过的地方都有水流淌。古城的水真清啊，低头俯瞰，河底的水草又浓又密，绿油油的，在水底招摇。各色小小的鱼儿自由自在地游来游去。你走到哪里，流水追逐你到哪里，如影随形，不疾不徐，风情万种。

走进繁华的四方街，五彩石铺就的石板路，人头攒动。沿街的店铺，摆放着纳西民族的各种风物——打制的银饰、家织的土布、各种工艺皮革制品——非常有特色。当地妇女现场织就的棉麻七彩披肩古朴典雅，一行人无论男女，都争相买了几条，准备送给亲朋好友。四方街的深处，是富有民族特色的各种小吃，色、香、味俱佳，令人馋涎欲滴。

丽江古城像一个古老而新奇的故事，千百年来它用独特的色调与风格存续于丽江，供无数人翻阅、欣赏。重叠厚重的青瓦上积淀着时间的尘土，古老的青石板上镌刻着时代的脚印。每一个来古城的人，都会带着一种向往神奇的情感，用这得之不易的闲暇时光，追寻沉静、安然，忘却日常的烦琐、疲倦，给自己一份恬淡闲适和快乐幸福。

“清清的河水流不完，重重青山望不断，马帮行路难。”游览丽江古城后，我们踏上了茶马古道。这是一个遥远而又陌生的名字。

行走在崎岖险峻的山道上，我仿佛看到了高崖断壁下久远的往事，看到了古道上长途跋涉的马队。在尘土飞扬的古道上，在崇山峻岭间，在滔滔流水的江边，在高寒缺氧的雪山，在植被茂密的原始森林，在少数民族的村寨，马帮艰难前行，荆棘刺破裤腿，蚊虫叮咬肌肤，风餐露宿，日夜兼程，奔波在雪域高原，还要时刻小心剪径的贼人与凶猛的野兽。历经千辛万苦，他们用刚毅的精神谱写了一条生存之道、人生之路。这是一条凝聚着茶马文明的古道，这是一条繁荣贸易的古道，这也是一条用生命和鲜血铺就的古道。我不知道，在那些顶风冒雨的沧桑时光里，在那些时刻都会有生命危险的艰难岁月里，马帮们有着怎样的豪情，那汗渍如水的人背、马背上驮载了多少人的希望和梦想。

如果说茶马古道是一部载满血泪的奇书，那么东巴圣地——玉水寨，就是一处洗涤心灵的纳西净地。走进玉水寨，东巴文化的深厚底蕴立刻将我们笼罩。玉水寨的人文景点与自然景观颇多，有神龙三叠泉瀑布群、三文鱼养殖生态观光、古树、东巴壁画廊、祭天场、东巴神庙等等。除此之外，纳西族传统生活和古建筑都很有特色，比如东巴祭祀活动、东巴舞、纳西族传统水车等等。我们饶有兴致地观看了纳西族的歌舞表演，有个同行的年轻小伙子，还被拉入其中参演，激起游人更大兴趣。

最后一天，我们来到了久负盛名的石林景区。知道它，还是因为20世纪八九十年代的名烟——石林烟。

走进石林，只见一块块灰色大石头耸立在田地中，拔地而起，孤高挺立。这些石头错落有致地站在那里，有的像一头野象，有的像一匹骏马，有的像一把利剑，有的像一座宝塔，有的像一只大蘑菇。还有的像古希腊神话中的巨人，手执剑戟，意欲搏斗。林林总总，形态万千，让人目不暇接。到了石林的深处，那些青灰色的大石头高达几十丈，它们盘根错节，形成了一座巨大的迷宫。在迷宫中漫步，一条条羊肠小道阴暗崎岖，一处处岩穴洞府老藤攀壁、绿苔盈阶，一道道纤纤的细流清凉惬意。这些形态各异的巨石，以自己的肢体语言向世人述说着千万年前的种种情感历程，每一种形态似乎都经历了万般磨难，每一种形态好像都有一个动人的故事。

林中一日，人间千年。置身于这片神奇的峰林中，美轮美奂，让人心动神驰、流连忘返。

石林景区是我们云南之行的最后一站。离开石林，便踏上了归程。不知不觉，愉快的旅行结束了。多彩云南，像一幅美丽的画卷，会让我一往情深地将它收藏。

神奇九寨沟

登上银色的雄鹰，我的心向神奇的九寨沟飞去。

飞机于上午十点缓缓降落于成都双流机场。踏上这片富庶的热土，我的心愈加激动。成都是著名的天府之国，在群山环抱中，它静静地躺在一片平原上，温柔而富足。午饭后，我们慕名游览了杜甫草堂，体验了一把诗圣当年的悠闲生活。从草堂出来，我们走进了浣花溪公园，茂盛的树木，丰沛的水流，欢快的鸟鸣，好一处怡人的休闲娱乐佳地。公园内有许多人在锻炼身体，其乐融融，好一派成都人的生活味道。都说成都是一个休闲的城市，果然名不虚传。晚饭时，我们寻了一家富有特色的小吃店，饶有兴致地品尝了成都的麻辣特色菜，吃到了真正的川菜。

第二天，大巴车载着我们一路疾驰，向心仪的九寨沟奔去。一路上，时而高山连绵，时而江流湍急，眼前的景象让我想起了李白的名句：“蜀道难，难于上青天。”如果不是现在的道路好，入川真是不容易。

九寨沟就在前面了。未及进沟，便见青山间一道水瀑流下，青翠葱茏，树在水中长，水在树中流，飞泻的水流是那么纯净。待你一脚踏进去，人入画中，眼不由得迷离、心不由得恍惚起来。哦，美丽的九寨沟，你把天堂般的神奇和美丽撒在了人间，让无数天南海北的游人前来膜拜。

九寨沟的水又叫作海，海里的水是蓝色的，每个海都是有名的景点，如长海、上下季节海、芳草海、天鹅海、箭竹海、熊猫海、五花海、镜海、老虎海、卧龙海、双龙海、犀牛海、火花海、芦苇海等等。海海不同，特色各异。那清澈见底的绿水，如一面翡翠制作的镜子，熠熠生辉。九寨沟比较著名的景点还有五彩池、珍珠滩、诺日朗瀑布等。

九寨沟最大最长的海子要数长海。它水面宽阔，水平如镜。墨蓝色的水面上倒映着参天大树，仿佛长在水中。海底下静静躺着千姿百态的不朽古木，它们不知在水中沉睡了多少年。海面上时而会有水鸟上下翻飞，自由翱翔，给游人增添了乐趣。岸边繁茂的树木探出纤纤的玉指抚摸宝蓝色的水，美丽的小鸟在枝头跳跃、歌唱。在长海边徜徉，就如走进了美丽的童话世界。长海是九寨沟的心脏，对于我，或许只能仰望，不可触摸。

从长海沿着石级徒步而下，走一段山路，就看见五彩池了。五彩池是九寨湖泊中的精粹，是九寨沟最小而颜色最为丰富的海子。它深藏于挺拔参天的翠林中，如散落在九寨沟的琥珀，小巧玲珑，晶莹剔透，绚丽多姿。阳光照在五彩池上，水面上呈现出红、蓝、绿、青、紫等斑斓的色彩，在微风中变幻无穷，美轮美奂。五彩池就像一把横着的竖琴，弹奏着雪域的情歌。游人沉浸那梦幻似的音韵中，如痴如醉，不知今夕何夕。

在九寨沟，步步让人惊喜，景景让人惊叹，处处摄人心魄。

看那诺日朗瀑布，滔滔的水流自群海而来，瀑布从顶端平台沿着陡立的峭壁飞泻而下，白练腾空，银花四溅，山谷轰鸣。从谷底不断腾起磅礴迷茫的水雾，在阳光的照射下幻化出道道彩虹，气势宏大，颇为壮观。“飞流直下三千尺，疑是银河落九天。”用诗仙李白的诗句形容诺日朗瀑布，再恰当不过。据导游说，诺日朗瀑布为中国最宽的瀑布，是九寨沟的象征。

沿着木栈道，行至珍珠滩瀑布，熙熙攘攘的人群挤满了半山腰的观景台。相机、手机、平板电脑“咔嚓咔嚓”响个不停，每个游人都欲把这美景储存为永恒的记忆。站上观景台，眼前腾空飞泻的瀑布令人叹为观止。飞扬的姿态，如白衣侠女舞动着的剑花；又如蛟龙横空出世，翻江倒海，奔腾而下。我的目光迎着洒下的阳光，阳光里飘然而下的水帘，如丝绸飘舞。水花四溅，如大珠小珠落玉盘。水汽飘逸，烟雾弥漫，我的脸湿漉漉的一片，视线模糊了。听着潺潺的流水声，目光顺着欢快的流水而去，时光的晶莹就凝结成珍珠，汇流成海子。

离开珍珠滩，步入镜海。之所以称为镜海，是它非常清澈，能见度达到水下十五米。蓝天、白云、远山、近树，鱼游鸟飞，游人晃动，皆一览无余。镜海如一面镜子，照出世间本色，毫不失真。镜海如一位纯真的少女，美丽娴静。她只宜静静地欣赏，不可轻易叨扰。

最惊艳的还是五花海。在阳光的照耀下，湖水呈现出鹅黄、浅红、黛绿、宝蓝、靛蓝等色，斑斓驳杂，交相辉映。蓝天、白云、雪山、森林倒映湖水中，水光浮翠，美丽如画。五花海是九寨沟的骄傲，被誉为“九寨沟一绝”。立于栈桥上，我全神贯注地欣赏着阳光下湖水千变万化的色彩，仿佛绘画大师的调色盒被打翻了。太多的色彩，充盈了我的双眼，一种置身奇幻世界的美妙感觉油然而生。

漫步九寨沟，眼前的海子多姿多彩，耳中的水声轰鸣阵阵，脚下的流水缠绵不断。

九寨沟的水，清凉纯净，汪洋恣肆；九寨沟的水，山坡上流，深涧里流，草丛中流，树林里流；九寨沟的水，静若处子，动若脱兔，水平如镜，清澈见底，五彩缤纷，晶莹似玉；九寨沟的水，轻盈灵动，如绸缎柔顺，似珍珠飞泻，像繁花绽放。置身其中，令人神清气朗，如醉如痴，如入天堂。九寨沟的水，缥缈神奇，它流向哪儿，哪儿就花繁树茂，美丽富饶。真想在微风细雨的山中，守着缤纷的海子，过一段人间仙境的岁月。

“五岳归来不看山，九寨归来不看水。”九寨沟的水啊，确实名不虚传。

揽着九寨沟的美景，香甜地睡了一夜。第二天，向着神秘的黄龙出发。大巴车在连绵的岷山山脉间蜿蜒盘旋，两边的山峰下部林木茂盛，上部银装素裹。由于海拔越来越高，游人开始出现高原反应。有的吸上了氧气袋，有的在导游的劝说下，花一百元买了瓶有氧水，但效果并不明显。过海拔四千三百米的雪山梁子时，我反应有些厉害，便喝了两瓶有氧水，却并未减轻。正在难受之际，积雪覆盖的雪宝顶，突然出现在前面。导游说："雪宝顶海拔五千五百八十八米，终年积雪，高山雪水和流出地表的岩溶水汇合交融，流入黄龙沟，便绘出黄龙风景的奇观。"远远看去，岷山主峰雪宝顶在阳光照射下，显得晶莹剔透、熠熠生辉。

据景区资料介绍：黄龙风景名胜区位于四川省阿坝藏族羌族自治州松潘县，面积七百平方千米，是中国唯一保护完好的高原湿地；最高峰岷山主峰雪宝顶峰，终年积雪，是中国存有现代冰川的最东点。

黄龙以彩池、雪山、峡谷、森林、滩流、古寺、民俗"七绝"著称于世。整个景区由黄龙沟、丹云峡、雪宝鼎、雪山梁、牟尼沟、红星岩等景区组成。景区最美的去处是黄龙沟，许多壮美的景观集中于此。沟内遍布彩色的池子，它们挤挤挨挨，色彩明丽，纵横交错，呈梯田状排列，呈现一种特别的美。景区内动植物资源丰富，空气清新，风景独特，享有"世界奇观""人间瑶池"等美誉。

进入黄龙景区，眼前一片眼花缭乱，各种形状奇特、大小不一、色彩艳丽的池子铺展开去。有的精巧别致，有的光洁细腻，有的水质明丽，这些池子静静地躺在那儿，每一个池子都像一位可爱的小天使。远处山岳环峙，山上白雪皑皑，林木葱茏，林中野花竞放，彩蝶飞舞。景区内石径、木栈道曲折盘旋，不时显现出一座座观景亭阁，游人驻足观赏，休息闲谈，情趣倍增。

告别迎宾池，沿着曲折的栈道蜿蜒而上，潺潺的流水声跳入耳内。不一会儿，只见千层碧水冲破密林，顺坡而下，从高高的岩坎上飞泻而来。几经起伏，几经跌宕，形成数十道梯形瀑布。那瀑布闪烁着银光，如无数的珍珠从高处滚落；又如丝绸般飘逸而下，形成一道道水帘。珠帘闪动，水雾升腾，飘逸舒展。我静静地欣赏着，忽又感觉一条白练凌空而下，状如龙舞，形似龙吟，飘洒自如，蔚为壮观。瀑布后那座陡峭的石崖，大多呈现为马肺状和片状钙化沉积。它金黄的色泽，衬托着流泻的瀑布，让整个瀑布更加美丽壮观，更加富丽堂皇。这时，西斜的太阳悄悄将其金色的余晖洒向瀑布和石崖，各种不同的颜色反射着耀眼的光芒，如片片彩霞从天飘落，辉煌壮丽，耀人眼目。这就是传说中的“飞瀑流辉”吗？让人如此惊奇。

我抬头仰望，瀑布掩映在崇山翠柏中，在蓝天、雪山映衬下，更加风姿绰约。

再往前走，来到了盆景池。只见近百个大小不一的池子相互交融，相互连接，你中有我，我中有你，顺势层叠，错落有致，特色鲜明，分外美观。池的底部呈现出白、黄、蓝、绿、褐等各种颜色，池水洁净耀目，如一面镜子，能清晰地望见水中的你。在盆景池的旁边，各种花草树木，展现着旺盛的生命力。鲜花争艳，小草含笑，树木盘根错节，多彩的野果在枝头晃动，惹人垂涎。这一片绚丽的景观，俨然天设地造的奇特盆景，让园艺师们自叹不如。

钙化景观中色彩最为丰富的是争艳池，它由数百个彩池组成。这些池子大小不等，深浅不一，形态各异，相互偎依，参差错落，不离不弃。池水清丽透明，池底的水草、苔藓、枯枝，清晰可见。争艳池的每个水池深度不同，水草、苔藓分布在不同层次，错错落落，经过太阳光波的折射、反射和吸收，每个池子都呈现出不现的色彩。有的秀丽，有的俊美，有的帅气，有的宁静，有的明媚，有的圣洁，竞秀斗艳，旖旎壮美，令人目不暇接。

据说争艳池是目前世界上景象最壮观、色彩最丰富的露天钙化彩池群。漫步争艳池边，在多彩的环境中徜徉，让人产生一种心潮澎湃的感觉。这时往日的一切忧愁和烦恼都烟消云散，卸下日常那些沉重和疲惫，心情豁然开朗。如果我是一名丹青圣手，定会拿起画笔，将眼前的这幅美丽的风景画临摹下来，然后挂在家中的客厅里，日日欣赏，时时品味。

观赏过形形色色的彩池，在黄龙沟的第二级台阶上，我们遇到了洗身洞。原以为它会是一个水流如瀑的仙洞，游人可以进去将身体洗净，同时荡涤灵魂，不承想，它只是一道钙化塌陷壁。奔涌的水流从堤埂上翻越而下，在钙化壁上跌宕成一道金碧辉煌的钙化瀑布，雄伟壮观。钙化瀑布下部就是牵人魂魄的洗身洞。众多游人探头张望，争相一探究竟。

从洗身洞来到游客休息处——黄龙中寺。我们各寻了地方坐下，将酸胀的双腿伸开，好好休息会儿。据导游介绍：沟内原有前、中、后三座寺庙，前寺已经损毁，只留遗址，仅存有中、后寺。中寺共有五殿，寺内现存观音殿及殿内十大罗汉塑像，正殿有身披玄色道袍、神态安详的黄龙真人坐像，整个庙宇建筑基本保存完好。相传黄龙助大禹治水有功，后人为祭祀而在此修庙立碑。另一传说是因黄龙在此修道成仙，从而修建了黄龙寺。

从黄龙中寺出来，时间已经不早了。顺级而下，回望雪宝顶，再望黄龙沟，沐浴在夕阳的余晖下，宛如置身在迷人的仙境中。此时此刻，我真想化作一棵青松，扎根在黄龙沟，万古长青。

浪漫海南

就这样来到了海南，来到了浪漫的天涯海角。蓝天、碧海、白色的沙滩，海南像一位纯净的少女。如果说九寨沟是神奇的，那么海南就是贞洁的。

大巴车悠然驰骋在海口热辣辣的土地上，一片片扣人心弦的绿不断跳入我的眼帘，让人目不暇接。路边不断闪现的椰子树，彰显了海南的独特味道。海南素有“椰子之乡”的雅称，椰树也成为海南一道亮丽的风景线。美丽的海南，无论在海边、在高楼林立的城市，还是在荒无人烟的蛮荒之地，都有椰树的影子。那一棵棵、一排排、一片片椰子树，镶嵌在林立的高楼大厦间，镶嵌在碧水青山中，成了海南的独特景观。椰子树不仅是海南独特的风景，还是海南重要的经济来源之一，那圆圆大大的椰子销往全国各地。它就像海南的一张名片，让人们认识海南、了解海南、向往海南。

在海南，标志性的树木还有槟榔树。初见槟榔树，让我想起了邓丽君演唱的歌曲《采槟榔》：“高高的树上结槟榔，谁先爬上谁先尝……那太阳已残，那归鸟儿在唱，教我俩赶快回家乡。”椰子树和槟榔树均被誉为海南情侣间爱情的象征，槟榔还是男女间的定情信物。南方女子热情奔放，不会像北方女子那样羞羞答答、太过含蓄、一点儿不主动。当她爱慕或喜欢上了一个男子，她就会毫不犹豫地拿着槟榔，跑到男子的面前。如果男子将女子的槟榔送进了嘴里，说明他接受了女子的追求，并爱慕着女子。槟榔就像神话故事里月老的红线，成就了一桩美事、一段佳话。

行驶在海南的土地上，处处都是海南独特的标记。从海口到三亚，除了椰树、槟榔，还有芭蕉、酒瓶椰子、棕榈、小叶榕、龙血树、变叶木等树木。盛放的三角梅、百日草，明媚艳丽，给炎热的海南增添了一抹亮色。那原汁原味的热带风光，美不胜收，让人心旷神怡。

到了三亚，登上东屿岛，来到博鳌亚洲论坛的会址，触摸着有温度的桌椅，我的脑海里闪现了各国政要、专家、学者在这里激扬文字、纵论天下的场面。这曾经只能在电视上看到的场景，真实地呈现在我的面前，让我心潮澎湃，激动不已。我赶紧让同伴掏出相机，将这美好的时刻定格，它将是我永久的记忆。

来到三亚，兴隆热带植物园是必须体验的热带风光。走进植物园，便如同打开一本关于热带植物的百科全书，大自然的种种奇妙在这里异彩纷呈。波罗蜜、铁西瓜、橡胶树、杧果、木瓜、荔枝等，各种奇特的热带植物花木构成一幅幅美丽的图画。穿行其中，如在画中游。最让人惊奇的是植物园后面的那片可可林。树干上缀满如苦瓜大小的可可果，有绿色、墨绿色、红绿色、红色、紫色等多种颜色，周围没有树叶的陪衬。可可树，原产热带美洲，是世界三大饮料作物之一。剖开可可果，里面的可可豆由白色的薄外衣包裹着，它是制造巧克力的主要原料。拿一颗放进嘴里，有一种滑润、细软的感觉，还有一股浓香味。

植物园内的鸟类也很多，各种各样，大小不一，多姿多彩。它们欢快地叫着、唱着，好像在欢迎游客的到来。还有一种鸟，是专门供游人合影的，它可以站在游人的肩膀上、胳膊上、手上，随着游人的姿势，摆着各种造型，不慌张，不飞走，泰然自若，犹如游人饲养的宠物。这在北方是不可能实现的。同行的朋友纷纷与鸟合影，有的让鸟站在肩头上，有的让鸟站在胳膊上，还有的用手托着鸟，各种造型，兴奋异常。我只是在一旁饶有兴味地观赏，并用相机给他们留影纪念，一直没有亲自去体验一下。

当晚，下榻在兴隆的酒店里，美美地吃上了一顿热带水果宴。木瓜、杧果、鸡蛋果，还有闻起来臭臭的吃起来很香甜的榴梿，让我大饱口福。

第二天，很早就起床出发了，来到了天下第一湾——亚龙湾。亚龙湾是海南最南端的一个半月形海湾，号称“东方夏威夷”。有“三亚归来不看海，除却亚龙不是湾”之说。

踩着白皙细软洁净的沙滩，如踏着松软的地毯。远望着湛蓝的海、碧蓝的天，海天一色。蓝天上的白云是那样洁白，好似一团团棉絮，静静地飘浮着。金色的阳光洒向波光粼粼的海面，空气清新。在这儿的每一次呼吸，都感觉灵魂被深深地洗涤。我和大多数游人一起换上了泳衣，像一条鱼一样，扑入大海宽广的怀抱。头枕着柔软的波涛，手抚温暖的海水，我醉了，仿佛要进入梦乡了。中国最美的海，我终于和你相拥在一起，用肌肤感受你的美、你的柔、你的暖。

来到海南，来到三亚，最不能错过的是天涯海角。对天涯海角的最早认知，是沈小岑演唱的歌曲——《请到天涯海角来》。但导游告诉我们，天涯海角只能去一个地方，如果都去，你的人生道路就走到了尽头。

于是，我来到了天涯。在林荫道上漫步，旁边一块大石头耸立着，上书“南天一柱”四个红色大字。巨大的石柱矗立在海天之间，给人气势非凡的感觉。这一石景早已被众多人所熟知，它就印在第四套人民币两元面值纸币的背面。继续在细软的沙滩上行走，静静倾听海的呼吸，在天涯寻找昨日的希冀和梦想。在白云椰风送来柔情的浪漫意境中，一片宽阔的沙滩展现在眼前，一块巨石静立着，红色的“天涯”二字分外醒目。“天涯”这两个字是清雍正年间崖州知州程哲所题，铭刻在一块高十米的巨石上。“天涯海角”是爱情的栖息地。看着身边成双结对的男女，年老的，年轻的，脸上都洋溢着幸福和甜蜜。他们在找寻过去的岁月，回忆往日的幸福与甜蜜，相伴于此，誓结同心，白发偕老，携手终生。我真心地祝福天下有情人终成眷属，祝福所有相爱的人都爱到地老天荒、爱到天涯海角。

三亚还是一个让人在禅意里滋生梦境的地方。南山文化旅游区因南山、南山寺和南海海上观音而成为佛教文化圣地。这里不仅拥有高一百零八米的海上观音，还有目前世界上最大的一尊金玉佛像，是全国罕见的超大型文化和生态旅游园区。

南山是中国最南端的山，历来被称为吉祥福泽之地。它不仅是一座风景旖旎的海上仙山，更是一座闪耀着佛教光辉的圣山。到了南山，我才真正领会到，“福如东海长流水，寿比南山不老松”这句用来祈愿老人长命百岁的吉祥语，原来就出自这里。

进入景区前，首先映入眼帘的是一座南北朝建筑风格的大门，上书“不二法门”四个大字。据说“不二法门”是佛家的最高境界，只有入得此门，才能进入佛教的圣境。我们跨过不二法门，进入南山文化旅游景区。眼前的南山寺背靠南山，面临南海，风景奇佳。南山寺内庄严肃穆，有的朋友虔诚地烧香许愿。我没有敢许愿，听老人讲，许了愿就要还愿。毕竟海南离家几千里路，许了愿，什么时间还愿，也是个问题。

从南山寺到观音净苑景区，一面欣赏优美的热带风光，一面领略着佛教文化的精髓。据景区资料介绍：观音净苑景区，由面积近万平方米的观音广场和广场两侧的主题公园共同组成，占地三十多万平方米。一尊高大的白色观音圣像凌波伫立在金刚洲（观音岛）上。观音圣像为一体化三尊造型，三面分为持箧观音、持莲观音、持珠观音，分别象征智慧、和平、慈悲。整个圣像气势磅礴，蔚为壮观。观音像脚踩一百零八瓣莲瓣的莲花宝座，座下为金刚台，台内是阔大的圆通宝殿。金刚洲由普济桥与陆岸相连。据说，观音菩萨有十二大愿，其中第二大愿就是长居南海，世称“南海观世音”。

佛教文化博大精深，经过佛教文化的浸润，能够让世俗的人荡尽铅华，体味回归自然、天人合一的乐趣。

“请到天涯海角来，这里四季春常在。”即将离开海南这块净土了，我怀着依依不舍的心情，再次来到海边。踏着细软的沙滩，望着湛蓝的天空、波光粼粼的大海，在清纯的海风抚摸下，神清气爽，非常惬意。愉快的海南之旅，让烦琐和烦扰淡出了心底，只剩下温暖的阳光和清纯的海风。这是一次幸福之旅，也是心灵的洗涤之旅。我真想永远驻足在这人间天堂。

初识武汉

2018 年，女儿以六百二十九分的成绩考入中南财经政法大学。入学时，我怀着兴奋的心情送女儿去学校报到。

当我踏上武汉这片热土时，心情无比激动。哦，武汉，我终于与你相识。我一头扑入武汉的怀抱，感受那热辣辣的情怀。

未去武汉，久闻武汉。武汉三镇、热干面、武汉长江大桥，这些特色符号早已深深印在我的脑海里。很久以前就有了一睹武汉风采的愿望，却一直未能实现，这次终于有了机会。

时值九月初，北方酷暑早已消退，正是风清气爽的日子。武汉却还处于闷热天气。太阳炙烤着，大地上的一切都笼罩在白花花的阳光下，没有风，地面散发着暑气。大多数人都打着遮阳伞，步履匆匆。

吐鲁番、重庆、武汉是国内夏天最热的三个城市，并称中国三大火炉。来到武汉，我才深有感触。作为三大火炉之一的武汉，确实不是徒有虚名。

在女儿通过网上预订的酒店住下，稍事休息，我们便出来寻找武汉的特色美食。

品热干面

久仰武汉热干面大名，知道它是中国四大名面（山西刀削面、四川担担面 、武汉热干面、伊府面）之一，却始终没有口福。

到了武汉，没想到不用细细搜寻，大街小巷随处可见热干面面馆、摊点。我和女儿在一家小面馆门前驻足。门前支着一个架子，摆着三五张小桌，几个人正津津有味地吃着。我要了两碗。

只见饭馆师傅将粗如棒针的面条下入热锅内，煮熟后捞出，用冷水和油过一遍，用长筷子利索地翻转抖动几下，分放入两个碗内，再淋上用芝麻酱、香油、香醋、辣椒油等调料做成的酱汁，搅拌几下。金黄色的面条上点缀着绿色的葱花、红彤彤的辣椒酱、橘红色的胡萝卜丁，热气腾腾，香味扑鼻，让人馋涎欲滴。

从面馆师傅手中接过满满的一碗热干面，我急不可耐地吃起来。香喷喷的热干面一入口，便有一种爽滑感，越嚼越筋道，越嚼香味越浓。独特的风味让人食欲大增，回味无穷。一边吃饭，一边望着大街上脚步匆匆的人们，心想：大城市的节奏就是快一些。从众多的小面馆也可以看出，早上很多人家都不在家做饭，而是出来吃一碗热干面，便匆匆忙忙地上班去了。

此后几天，我和女儿的早饭都是以热干面为主。酒店附近大街小巷内的热干面馆都留下了我们的足迹。

逛楚河汉街

来武汉前，朋友就告诉我，到武汉不能不去楚河汉街逛逛。吃了晚饭，我和女儿搭乘地铁就到了离楚河汉街最近的地铁口，步行不一会儿，就来到灯光璀璨的楚河汉街。

在各色灯光的照耀下，只见一条墨绿色河流静静地卧在那里，河岸边是充满民国风情的汉街，以红灰相间的清水砖墙为主的各色建筑错落有致，彩带随风飘舞，沿街小吃店飘散着诱人的香气。我和女儿漫步在汉街上，好像穿越到了民国年代。

汉街总长一千五百米，据说是目前中国最长的城市商业步行街。我们在熙熙攘攘的人群中穿行，望着两边商铺中琳琅满目的商品，有一种目不暇接的感觉。楚河汉街不仅具有独特的商业特色，更具有鲜明的城市历史文化和生态景观特色，它就像一幅现代版的“清明上河图”长卷在这里徐徐展开。

绚丽多彩、妩媚迷人的夜景，让人流连忘返。在这典雅华丽的空间中穿行，领略着这温馨宜人的美景，心情无比舒畅和惬意。真想留下来，住一晚，尽情享受一夜的河街美色，将这最美好的情景储存下来，作为一生难忘的回忆。

步行时间长了，我和女儿都有些累了，也有了饥饿的感觉。我们在一家特色小吃店门前驻足，想品尝一下这里的独特美食。只见吃饭的人排着长长的队伍，络绎不绝。女儿用微信支付后，我们坐在饭桌旁等候了半个多小时，才吃到所点的美食。

饭后，我们在汉街上走了一会儿，倾听着舒缓曼妙的音乐，沐浴着璀璨的星光和闪烁的霓虹灯光，感受着热闹的氛围，沉浸在美妙的夜景中。时间很晚了，我们才怀着依依不舍的心情离开了楚河汉街，回到了下榻的酒店。

漫步东湖

东湖离我们居住的酒店不远，我和女儿步行不到一个小时就到了。踏上东湖风景区内的道路，心情一阵激动。只见宽阔的湖面宏大壮观，比我想象的大了许多。湖水清澈明亮，如一面镜子，在阳光的照耀下，波光粼粼，耀人眼目。水中鱼儿游动，水鸟飞跃。岸边树木葱绿，鲜花盛开，好一派迷人的景色。

东湖是武汉著名的游览胜地。它是以大型自然湖泊为核心，湖光山色为特色，集旅游观光、休闲度假、科普教育为主要功能的旅游景区。它也是中国第二大的城中湖，拥有梅花园、荷花园、樱花园、桃花园、玫瑰花园、牡丹花园等十三个植物专类园。

古代诗人屈原、李白都曾在此留下诗赋。毛主席也曾多次来到东湖，并对东湖赞赏有加。很多外国政要造访武汉时，都会到东湖一游，领略东湖的无限风光。

在东湖风景区内徜徉，澄碧的湖水荡漾着氤氲的湿气，不时扑面而来。鲜花的芳香弥散着，沁人心脾。在一个湖中，漂荡着几只游船。因不是旅游旺季，它们只好轻轻在水上寂寞地晃动着，显出一幅无精打采的样子。景区的树木种类繁多，有高大的樟树、水杉，有婀娜的垂柳，有婆娑的雪松，还有一些稀有树木。印象最深的是对节白蜡，此树有两根树干，树皮皴裂，如一位饱经沧桑的老人。景区内另有一棵粗壮翠绿的重阳木，用木栅栏围着，绿色树冠高阔如伞，一片生机勃勃。其枝条与其他树木不同，呈下垂状，是我国发现的唯一一株垂枝重阳木。

东湖景区太大，有“听涛”“落雁”“吹笛”“磨山”四个景区。半天的时间，根本游览不完。走久了，我和女儿都累了，腿脚生疼，全身乏力，便叫了电瓶车，坐着游览了一段。由于天气比较热，我们没有再继续游览，只好带着些许的遗憾，十分不舍地离开了东湖景区。

登黄鹤楼

“故人西辞黄鹤楼，烟花三月下扬州。孤帆远影碧空尽，唯见长江天际流。”读了李白的《送孟浩然之广陵》这首诗，才知道黄鹤楼。

9月3日，已是到武汉的第三天，女儿已到学校报到并上课。我独自一人，坐着公交车去黄鹤楼景区，一睹黄鹤楼的风采。

进了黄鹤楼景区，走在绿树成荫的石板路上，美景处处，赏心悦目。迈上一层层台阶，向景区深处走去。三三两两的游人不时从身边走过，有的走累了，随便找一处台阶、石凳或木排椅坐下休息。

在曲折的景区道路上走了很长一段，一座在绿树掩映中的金色翘角楼呈现在眼前。哦，久仰的黄鹤楼，我终于与你相见、相识。我急切地走向它，仔仔细细地进行观赏，只见整个楼体雄浑稳健、古朴典雅、巍峨壮观。

黄鹤楼地处武昌区蛇山之巅，濒临万里长江，与武汉长江大桥遥相呼应。它是武汉市地标性建筑，始建于三国吴黄武二年（223），历朝历代都进行重修。楼内大厅陈列着宋、元、明、清四个朝代的建筑模型。今日之楼，为1985年时以清代同治楼为原型设计、重建的。

黄鹤楼因唐代诗人崔颢登楼所题《黄鹤楼》一诗而名扬四海。它与湖南岳阳岳阳楼、江西南昌滕王阁并称为“江南三大名楼”。

黄鹤楼周围游人如织，大家都非常兴奋，纷纷拍照留念。由于我只身一人，只好请其他游客用手机给我拍了几张照片，以作留念。随着一众游人，沿着曲折的楼梯向上攀登，找了一处可以观景的楼层，我高兴地放眼四望。只见灰蓝的天空中，飘着灰色的云彩，远处高楼林立，近处风光旖旎。向东望去，宽大的长江静静地卧在远处，雄伟的武汉长江大桥横跨江上，桥上车辆川流不息。

这时我想起了毛主席著名的《水调歌头·游泳》，词中表现出的自强不息，将宏伟蓝图变为现实的大无畏的奋斗精神，永远激励着我们。